KB004083

스즈미야 하루히 시리즈

스즈미야 하루히의 우울

초능력자가 제게 오십시오. 있으면 이상.

파란 불을 내뿜은 그것은 학교 건물을 파괴하고 있었다.

타니가와 나가루 | 지음

이덕주 | 옮김

CONTENTS

프롤로그

산타클로스를 언제까지 믿었는가 하는 이야기는 실없는 잡담거리도 안 될 정도로 시시한 이야기지만, 그래도 내가 언제까지 산타와 같은 상상 속의 빨간 옷 할아버지를 믿었는가에 대해서는 확신을 갖고 말할 수 있다. 처음부터 하나도 안 믿었다.

유치원의 크리스마스 이벤트에 나타난 산타는 가짜 산타라고 생각하고 있었고, 그 이전으로 거슬러 올라가보면 주위에 있던 아이들도 진짜라고는 생각하지 않는 것 같은 눈빛으로 산타 복장을 걸친 원장 선생님을 바라보고 있었던 것 같다.

이러저러한 이유로 엄마가 산타에게 키스하는 그런 장면을 목격한 것도 아니었지만 어린 나이에 크리스마스에만 일하는 그 영감의 존재를 이상하게 생각했던 매우 똑똑한 아이였던 내가, 어쩐 일인지 우주인이니 미래에서 온 사람이니 유령이나 요괴니 초능력이니 악의 조직이니 하는 것들과 싸우는 애니메이션, 특촬물, 만화 히어로들이 이 세상에 존재하지 않는다는 사실을 깨달은 것은 상당히 시간이 지난 뒤의 일이었다.

아니, 사실은 깨닫고 있었을 것이다. 다만 그렇게 생각하고 싶지 않았던 것뿐이다. 나의 마음속 깊은 곳에서는 우주인이나 미래에서 온 사람이나 유령이나 요괴나 초능력자나 악의 조직이 내 눈앞에 나타나주기를 바라고 있었던 것이다.

내가 아침에 눈을 뜨고 밤에 잠드는 이 평범한 세계에 비교해 애니메이션, 특촬물의 이야기 속에 그려지는 세계는 얼마나 매력적이란 말인가.

나도 이런 세계에 태어나고 싶었다!

우주인에게 납치당해 커다란 투명 콩알 감옥에 갇힌 소녀를 구해내기도 하고, 레이저 총을 한 손에 들고 역사를 바꾸려 드는 미래에서 온 자들을 지혜와 용기로 물리친다거나, 악령이나 요괴를 주문한 방으로 처치한다거나, 비밀 조직의 초능력자와 초능력 전투를 벌인다거나, 그러니까 바로 그런 일을 하고 싶었다!

아니, 잠깐만. 좀 냉정해봐라.

만약 우주인(이하 생략)이 습격을 해온다 하더라도 나에겐 아무런 특수능력도 없으니 상대할 수 있을 리가 없다. 그 정도는 나도 잘 알고 있다.

어느 날 갑자기 수수께끼의 전학생이 우리 반에 왔는데, 그녀석이 사실은 우주인이니 미래에서 온 자라거나, 뭐 그런 정체를 알 수 없는 힘을 갖고 있다거나 그래서 나쁜 녀석들하고 싸운다거나 해서 나도 그 싸움에 휘말려들게 되면 되는 거잖아. 주로 싸우는 건 그녀석이고 나는 조연. 오오, 멋지다. 똑똑해.

모로 가도 서울만 가면 되는 거다. 어느 날 갑자기 내가 신비한 능력을 각성하게 되는 거야. 순간 이동이니 염동력이니 하는 그런 걸 말이다. 사실은 나 외에도 초능력을 가진 인간이 많이 있고, 또 그런 녀석들만 모여 있는 조직도 당연히 존재하는 거다. 그래서 선한 쪽 조직에서 동료가 마중을 와서 나도 그 일원이 되어 세계정복을 꾀하는 나쁜 초능력자들하고 싸운다 이거지.

하지만 현실이란 의외로 만만하지 않았다.

실제로 내가 있던 반에 전학생이 온 적은 한 번도 없었고, UFO조차 본 적이 없으며, 유령이나 요괴를 찾아 동네의 귀신이 출몰한다는 곳도 가봤지만 아무것도 나오지 않았고, 책상 위에 놓인 연필을 2시간 동안 아무리 필사적으로 노려보아도 1미크론도 움직이지 않았으며, 앞자리의 친구 녀석 머리를 수업 시간 내내 노려봤지만 그 생각을 읽어낼 수조차 없었다.

세계의 물리 법칙이 정말 잘 만들어졌구나 감탄도 하고 자조도 하며 어느 사이엔가 나는 TV의 UFO 특집이나 심령 특집을 그렇게 열심히 보지 않게 되었다. 있을 리가 없잖아…, 하지만 그래도 있었으면 좋겠다, 그런 생각을 할 정도로까지 나도 성장을 한 거다.

중학교를 졸업할 무렵에는 그런 어린애 같은 꿈에서도 졸업해 이 세상의 평범함에도 익숙해졌다. 일말의 기대를 걸었던 1999년에 무슨 일이 일어난 것도 아니었고 말이다. 21세기에 들어서도 인류는 아직 달 너머로는 나가지 못했고, 내가 살아 있는 동안에 알파 켄타우로스까지 당일치기로 왕복을 하는 것도 지금 상황으로 보건대 절대 불가능할 것 같으니 말이다.

그런 생각을 머리 한구석에서 멍하니 떠올리며 나는 별 감회도 없이 고등학생이 되었고—, 그녀, 스즈미야 하루히와 만나게 되었다.

제1장

멍하니 지내는 사이 학군 내의 현립 고등학교로 무난하게 진학을 하게 된 내가 가장 먼저 후회한 것은 이 학교가 무지무지 높은 산 위에 있다는 사실이었다. 계절은 아직 봄임에도 나는 구슬땀을 흘리며 끊임없이 이어지는 언덕길을 올라가면서 가벼운 하이킹 기분 따위를 내키지 않아도 별수 없이 맛보며 지내고 있었다.

앞으로 매일, 그것도 3년간이나 이런 등산을 아침 댓바람부터 해야 하나 생각하면 암담한 기분이 드는 것도 어쩔 수 없지만, 아슬아슬한 순간까지 잠에 빠져 있던 덕분에 자연스레 걸음이 빨라져서 그렇게 생각되는지도 모르기에, 차라리 10분이라도 일찍 일어나서 천천히 걸어가면 그렇게 힘들지는 않을지도 모르겠다는 생각도 하게 되었다. 그렇지만, 일어나기 직전의 수면 10분이 얼마나 귀중한가를 고려해본다면 그런 것은 불가능한 일이기도 하다. 결국엔 난 이 아침 운동을 계속해야 할 것이라는 확신으로 인해 더욱 암담한 기분이 되고 말았다.

그런 까닭으로 쓸데없이 넓은 체육관에서 입학식이 열리는 내내 나는 새로운 학교에서의 희망과 불안감으로 가득 찬 학교 생활에 들떠하는 신입생 특유의 표정과는 전혀 어울리지 않게 어두운 표정을 짓고 있었다.

같은 중학교에서 올라온 녀석들이 상당수를 차지하고 있었고, 그 중 몇 명은 제법 친했던 녀석들이라 친구를 찾는 데엔 큰 어려움이 없었지만.

남자는 재킷 교복인데 여자는 세일러복이라니 특이한 조합이로 군. 혹시 지금 단상에서 내 잠을 부르고 있는 음파를 연신 읊어대고 있는 가발 교장이 세일러복 마니아인가, 그런 생각을 하는 사이에 뻔할 뻔자에 지루하기 그지없는 입학식이 아무 일도 없이 끝났고, 나는 싫어도 1년간 얼굴을 맞대야 하는 반 친구들과 함께 새로 배정받은 1학년 5반 교실로 들어갔다.

우리 반 담임을 맡은 오카베라는 젊은 청년 교사는 교단에 올라서자마자 거울 앞에서 약 1시간 정도는 연습한 것으로 보이는 명랑하고 쾌활한 미소를 우리들에게 보여주며 자신이 체육교사라는 것, 핸드볼부의 고문을 맡고 있다는 것, 대학 시절에 핸드볼부에서 활약을 해 리그에서는 꽤 괜찮은 수준까지 올라갔다는 것, 현재 이 고등학교의 핸드볼부는 인원이 적어 들어오면 바로 정규 선수 자리를 보장받는다는 것, 핸드볼 이상 재미있는 구기 종목은 이 세상에 없을 거라는 얘기를 쉬지 않고 떠든 다음, 더는 할 이야기가 없는지,

"다들 자기 소개를 해보도록 하지."

라는 말을 꺼냈다.

뭐, 흔해 빠진 전개에다 짐작 못했던 바도 아니었기에 놀랄 일도 아니었다.

출석 번호 순서에 따라 남녀가 교대로 왼쪽 끝에서부터 한 명씩 일어나 이름, 출신 중학 플러스 알파(취미나 좋아하는 음식 등등)를

어떤 녀석은 웅얼대듯이, 혹은 넉살 좋게, 혹은 썰렁한 개그를 섞어서 교실의 온도를 낮추며 점점 내 차례까지 밀고 왔다. 참 긴장된 순간이다. 이해하지?

머리로 쥐어짜낸 최소한의 말을 겨우 더듬거리지 않고 마치자 해야 할 일을 마쳤다는 해방감을 맛보며 나는 자리에 앉았다.

뒤를 이어 뒷자리에 앉은 녀석이 일어나—아아, 나는 평생 이 일을 잊지 못할 것이다—대대로 이야깃거리가 될 말을 내뱉었다.

"히가시 중학 출신 스즈미야 하루히."

여기까지는 평범했다. 바로 뒷자리라 몸을 틀어 쳐다보는 것도 귀찮아서 나는 앞을 바라본 채로 그 시원스런 목소리를 들었다.

"평범한 인간에겐 관심 없습니다. 이중에 우주인, 미래에서 온 사람, 초능력자가 있으면 제게 오십시오. 이상."

이 말에 어찌 안 돌아볼 수가 있겠는가.

길고 검은 생머리에 헤어 밴드를 하고 모두의 시선을 거만한 표정으로 받아들이고 있는 얼굴은 더할 나위 없이 단정한 생김새에, 고집이 세어 보이는 크고 검은 눈은 기이할 정도로 긴 속눈썹이 장식하고 있었으며, 연분홍색 입술을 굳게 다물고 있는 여자아이.

하루히의 하얀 목이 묘하게 눈부셨던 것이 기억난다. 엄청난 미인이 그곳에 있었다.

하루히는 싸움이라도 거는 듯한 눈빛으로 천천히 교실 안을 돌아보고선 마지막으로 크게 입을 벌리고 쳐다보고 있는 나를 매섭게 째려보고는 웃지도 않고 자리에 앉았다.

이거 개그냐?

아마 모두의 머릿속에는 어떻게 반응을 해야 좋을지 의문 부호가 떠올랐을 것이다. "지금 웃어야 하는 거야?"

결과부터 말하자면 개그도 농담도 아니었다.

스즈미야 하루히는 언제든 어디서든 농담이라곤 입에도 올리지 않는다.

항상 진지 그 자체인 것이나.

나중에 직접 그 사실을 깨닫게 된 내가 하는 말이니 틀림없다.

침묵의 요정이 30초 정도 교실을 날아다니다가, 마침내 체육 교사인 오카베가 주저하며 다음 학생을 지명한 덕분에 새하얘졌던 공기는 겨우 정상으로 돌아왔다.

이렇게 해서 우리들은 만나고 만 것이다.

정말 절실히 생각하지 않을 수 없다. 우연이라 믿고 싶다고 말이다.

이렇게 순식간에 반 전체의 마음을 여러 가지 의미로 사로잡은 스즈미야 하루히였지만, 이튿날부터 한동안은 의외로 얌전하고 언뜻 보기에는 아무 문제도 없는 여고생인 양 행동했다.

폭풍 전의 고요라는 단어의 의미를 지금 나는 뼈저리게 이해하고 있다.

아니, 이 고등학교에 들어온 것은 원래 시내에 있는 네 군데의 중학교 출신 학생들(성적이 중간 수준인 녀석들)뿐이고 히가시 중학교도 그중 한 곳이었기에 당연히 스즈미야 하루히의 동창들도 있는데, 그런 녀석들이야 이 녀석의 잠복 상태가 어떤 사건이 일어날 전조라는 것을 깨닫고 있었을 것이다. 하지만, 안타깝게도 나는 히가

시 중학교 출신 애들 중에 아는 애가 없었고 반 애들 중 누구도 가르쳐주지 않았기 때문에 엉뚱한 자기 소개를 마친 지 며칠 뒤—잊을 수도 없는—아침 조회 시간이 시작하기 전에 스즈미야 하루히에게 말을 건다는 어리석기 그지없는 짓을 저지르고 만 것이다.

불운은 한번 터지기 시작하면 연달아 찾아오는 법, 그 단추를 나는 내 손으로 누르고 만 것이다.

그치만 말야, 스즈미야 하루히는 입을 다물고 조용히 앉아만 있으면 미소녀 여고생으로밖에 안 보인다 이거지.

우연히 자리가 바로 앞이라는 지리적 이점을 살려 친해지는 것도 나쁘지 않겠다고, 잠깐 제정신이 가출한 날 누가 탓할 수 있으리오.

물론 화제는 그 일밖에 없었다.

"야."

나는 자연스럽게 몸을 돌리고 자연스러운 미소를 만면에 지으며 말했다.

"맨 처음에 했던 자기 소개, 어디까지가 진심이었냐?"

팔짱을 끼고 입을 굳게 다물고 있던 스즈미야 하루히는 자세를 무너뜨리지 않은 채 똑바로 내 눈을 응시했다.

"자기 소개라니?"

"아니, 그러니까 우주인이 어쩌고 한 거 말야."

"너 우주인이니?"

진지한 얼굴로 이렇게 물었다.

"…그건 아닌데."

"아닌데 뭐?"

"…아니, 아무것도 아냐."

"그럼 말 걸지마. 시간 낭비니까."

나도 모르게 "죄송합니다"라고 사과를 해버릴 것만 같은 차가운 말투와 시선이었다. 스즈미야 하루히는 마치 양배추라도 보는 듯 나를 보던 시선을 휙 돌리고선 칠판 주위를 매섭게 노려보기 시작했다.

뭔가 반박을 하려다 결국 아무 생각도 하지 못한 나는 담임인 오카베가 들어온 덕분에 겨우 살았다.

패배자의 심정으로 떨떠름하게 앞을 보자 반 애들 중 몇 명이 내쪽을 흥미진진하게 바라보고 있지 뭔가.

눈이 마주치자 정말 의미심장한 미소를 지으며 '역시 어쩔 수 없군'이라고 말이라도 하고 싶은 듯이, 그리고 동정하는 듯이 날 향해 고개를 끄덕였다.

어째 분했다. 나중에 알게 된 사실이었지만 그 녀석들은 모두 히가시 중학교 출신이었다.

뭐, 아무튼 아마도 첫 접근으로서는 최악의 부류에 들어갈 법한 대화 덕분에 나도 스즈미야 하루히와는 얽히지 않는 게 낫지 않을까 생각하게 되었고, 그 생각을 뒤집지 않은 채 1주일이 지나갔다.

하지만 아직도 사태를 이해하지 못할 만큼 관찰력 없는 녀석도 아직 존재하고 있어, 항상 기분 나쁜 듯 눈썹을 찡그리고 입술을 꾸욱 다물고 있는 스즈미야 하루히에게 어떻게든 말을 걸려던 반 애들도 개중에는 있었다.

대개 그것은 참견 잘하는 여자애였고, 새학기 시작부터 반에서 고립되고 있는 여학생을 배려해 조화의 틀 안으로 끌어들이려는,

본인으로서는 호의에서 나온 행동이겠지만 아무래도 상대가 상대이다 보니 말이다.

"얘 어제 드라마 봤니? 9시에 하는 거 말야."

"안 봐."

"뭐? 왜?"

"몰라."

"한번 봐. 아, 중간부터 보면 이해를 못하려나. 그럼 지금까지 스토리를 가르쳐줄게."

"시끄러워."

이런 식이다.

무표정한 응대라면 또 몰라도 확연하게 짜증난다는 얼굴과 말투로 대답하기 때문에 말을 건 사람은 무슨 나쁜 짓이라도 한 것 같은 기분이 들어 결국 "응…, 저기…, 뭐…" 하며 어깨를 떨구고 힘없이 물러나게 된다. "내가 무슨 이상한 이야기라도 했니?"

안심해라, 그런 거 아니니까. 이상한 건 스즈미야 하루히의 머리야.

딱히 혼자서 밥을 먹는 게 괴롭지는 않지만, 역시 다 같이 소란스럽게 떠들면서 책상을 붙이고 먹는데 혼자 멀뚱하니 남겨져 도시락을 깨작거리는 것도 뭐하거나 …한 건 또 아니지만, 아무튼 점심시간이 되면 난 중학교 때부터 비교적 친했던 쿠니키다와 우연히 자리가 가까웠던 히가시 중학교 출신의 타니구치라는 녀석과 책상을 붙이게 되었다.

스즈미야 하루히에 대한 화제가 나온 건 그때였다.

"너 요전에 스즈미야한테 말 걸었지?"

자연스럽게 그런 소리를 꺼내는 타니구치. 고개를 끄덕였다.

"알아먹지 못할 소리나 하며 내쫓았지?"

바로 그랬다.

타니구치는 삶은 계란을 입에 딘져넣고 우물거리며,

"만약 그 녀석한테 마음이 있다면 심한 소린 안 할테니 그만둬라. 스즈미야가 특이한 녀석이란 건 충분히 이해했지?"

"중학교에서 스즈미야와 3년간 같은 반이었기 때문에 잘 아는 데 말이지"라고 입을 연 뒤,

"그 녀석의 기인 같은 행동은 상식에서 벗어나 있어. 고등학생이 됐으니 이제 좀 괜찮아지려나 했더니 여전하네. 자기소개 하는 거 들었지?"

"그 우주인이 어쩌고 했던 거 말야?"

생선구이에서 잔뼈를 세심하게 제거하고 있던 쿠니키다가 끼어들었다.

"그래. 중학교 때도 이해 못할 소리를 지껄여대며 이해 못할 일들을 실컷 저질러댔지. 유명한 게 운동장 낙서 사건이야."

"그게 뭔데?"

"석회로 선을 그리는 도구 있잖아. 그 이름이 뭐더라? 에이, 모르겠다. 아무튼 그걸로 학교 운동장에 엄청 커다란 그림 문자를 그린 적이 있어. 게다가 밤중에 학교에 몰래 들어와서 말야."

그때 일이 생각났는지 타니구치는 싱글거리며 웃음을 지었다.

"놀라지 마라. 아침에 학교에 왔더니 운동장에 거대한 원이니 삼각형이니 그딴 게 잔뜩 그려져 있었다고. 가까이에서 봐도 뭐라고

쓴 건지 알 수가 없어서 혹시나 싶어 건물 4층에서 내려다 봤었는데 역시 뭐라고 쓴 건지 알 수가 없었지."

"아, 그거 본 적 있는 거 같다. 신문에 실리지 않았었냐? 항공사진으로 말야. 어줍잖은 나스카의 지상 그림 같은 거."

라고 쿠니키다가 말했다. 난 기억이 안 났다.

"맞아. 실렸어. 중학교 운동장에 그려진 수수께끼의 낙서라고 말이지. 그러고 그런 바보 같은 짓을 저지른 범인은 누구냐 어쩌고 하면서…."

"그 범인이 걔란 거야?"

"본인이 그렇다고 했으니까 틀림없겠지. 왜 그런 짓을 했나 궁금하겠지? 교장실에까지 불려갔지. 선생들이 총출동해서 캐물었대."

"왜 그런 짓을 한 건데?"

"몰라."

단칼에 대답을 하고선 타니구치는 밥을 입에 가득 물고 씹었다.

"결국 털어놓지 않았어. 입을 다물기로 작정한 스즈미야가 매서운 눈으로 노려보면 아무도 더는 뭐라고 못할 걸. 일설에 따르면 UFO를 부르기 위한 그림이라던가, 악마 소환을 위한 마법진이라던가, 이 세계로 통하는 문을 열기 위한 거라던가. 아무튼 여러 가지 소문이 돌긴 했는데 본인이 이유를 안 밝히니 답이 나오겠어? 그래서 결국 지금도 그건 수수께끼야."

내 뇌리에는 캄캄한 운동장에서 진지한 표정으로 흰 선을 긋고 있는 스즈미야 하루히의 모습이 떠올랐다.

덜컹거리며 선을 그리는 라인카와 산더미처럼 쌓여 있는 석회주머니는 미리 체육 창고에서 가져왔을 것이다. 손전등 정도는 갖고 있었을 수도 있다.

믿음직스럽지 못한 흐린 불빛에 드러난 스즈미야 하루히의 얼굴에는 어딘가 비장한 느낌이 넘치고 있었다. 내 상상이지만 말이다.

아마 스즈미야 하루히는 진심으로 UFO 내지는 악마 내지는 이 세계로 통하는 문을 열려고 했을 것이다. 어쩌면 밤새도록 중학교 운동장에서 열심히 수고를 했을지도 모른다. 그리고 결국 아무것도 나타나지 않았다는 사실에 무척 실망을 했음이 틀림없다고 아무런 근거도 없이 생각했다.

"그것말고도 많아."

타니구치는 도시락의 내용물을 차례로 비우며,

"아침에 교실에 들어갔더니 책상이 전부 복도에 나와 있었던 적도 있었지. 건물 옥상에 별 모양을 페인트로 그리기도 하고 온 학교에 이상한 부적을, 강시가 얼굴에 달고 있는 그런 거 말야. 그걸 사방에 붙였던 적도 있어. 의미를 알 수 없다니까."

지금 교실에는 스즈미야 하루히가 없었다. 있었다면 이런 이야기도 못했을 테지만 만약 있다 하더라도 전혀 신경도 안 썼을 거란 생각도 들었다.

그 스즈미야 하루히는 4교시가 끝나자마자 바로 교실을 나가 5교시 시작 직전에야 겨우 돌아오곤 했다. 도시락을 갖고 온 것 같아 보이지 않았으니 아마 식당을 이용하는 거겠지. 하지만 점심을 먹는 데 1시간이나 걸릴 리도 없고, 그러고 보니 수업 중간의 쉬는 시간에도 반드시 교실을 비우는 녀석인데 대체 어디서 뭘 하고 있는 걸까.

"그런데 그 녀석 진짜 인기가 있단 말야."

타니구치는 아직도 이야기를 하고 있었다.

"아무래도 얼굴이 되잖아. 게다가 스포츠도 못하는 게 없고 성적도 좋은 편이지. 조금 특이한 구석이 있긴 하지만 입만 다물고 있으면 그런 거야 모르는 거니까."

"거기에도 무슨 에피소드가 있는 거야?"

질문하는 쿠니키다는 타니구치의 먹는 속도에 절반도 따라가지 못하고 있었다.

"한때는 쉬지 않고 애들을 바꿔가며 사귀던 녀석이었지. 내가 아는 한에서만 제일 오래 간 게 1주일, 제일 짧은 걸로는 고백을 받고 오케이한 지 5분 뒤에 끝나버린 적도 있었대. 예외 없이 스즈미야가 차고 끝났는데 그때 던지는 말은 항상 '평범한 인간을 상대하고 있을 시간은 없어'였대. 그럼 왜 오케이를 한 건데."

이 녀석도 그 말을 들었을지도 모르겠군. 그런 내 시선을 알아차렸는지 타니구치는 당황해서,

"나도 들은 이야기야, 정말로. 이유는 모르겠지만 고백을 받으면 거절하지 않거든, 걔는. 3학년에 올라가선 다들 그 사실을 알아서 스즈미야랑 사귀려는 생각을 하는 애도 없었지만. 하지만 고등학교에서도 다시 똑같은 일을 반복할 것 같아. 그러니까 네가 이상한 맘을 먹기 전에 말해주는 거다. 그만둬라. 이건 한 반이 된 우정에서 하는 내 충고야."

그만두고 자시고 그럴 맘 자체가 없다니까.

다 비운 도시락을 가방에 집어넣으며 타니구치는 씨익 미소를 지었다.

"나라면 글쎄다. 이 반에서 제일 괜찮은 건 쟤야, 아사쿠라 료코."

타니구치가 턱을 치켜올리며 가리킨 곳에는 여자애들 무리가 사이좋게 책상을 맞대고 담소를 나누고 있었다.

"내 견해로는 1학년 여자애들 중에서도 확실하게 베스트 3 안에 들 거야."

1학년 여자애들 모두를 체크하기라도 한 거냐.

"그럼. A부터 D까지 순위를 매겨놨는데 그중에서 A급에 드는 애들은 전부 이름을 기억해뒀지. 한번밖에 없는 고등학교 시절인데 이왕이면 즐겁게 보내고 싶잖아."

"아사쿠라가 그 A야?"

라고 묻는 쿠니키다.

"AA 플러스급이지. 나 정도 되면 얼굴만 봐도 알아. 쟨 분명 성격도 좋을 거야."

멋대로 단정하는 타니구치의 말은 반쯤 흘려듣는다 하더라도, 사실 아사쿠라 료코 또한 스즈미야 하루히와는 다른 의미에서 눈에 띄는 여자애였다.

무엇보다 우선 미인이다. 항상 웃고 있는 분위기가 참 좋다.

두 번째로, 성격이 좋다는 타니구치의 견해는 아마 맞을 것이다. 이 무렵쯤 되면 스즈미야 하루히에게 말을 걸려고 시도하는 정신 나간 인간은 한 명도 없는데, 아무리 거만하게 거절해도 굴하지 않고 말을 거는 유일한 인간이 아사쿠라였다. 은근히 반장 기질이 있나보다.

세 번째로, 수업 시간에 질문에 대답하는 모습을 보면 머리도 제법 좋은 것 같다. 자신에게 날아온 질문에 정확한 답을 말한다. 선생들에게도 고마운 학생일 것이다.

네 번째로 동성에게도 인기가 있다. 아직 새학기가 시작된 지 1주일 정도밖에 안 지났지만 순식간에 반 여자애들의 중심적인 인물이 되고 말았다. 사람을 끌어들이는 카리스마 같은 것이 확실히 있어 보였다.

항상 눈썹을 찡그리고 있으며 머릿속이 불가사의한 스즈미야 하루히와 비교한다면 여자친구로는 아무래도 이쪽이라고 나도 생각한다. 어차피 타니구치에겐 오르지 못할 높은 산이겠지만.

아직 4월이다. 이 시기엔 스즈미야 하루히도 아직 얌전했고, 그 소리는 결국 내게도 편안한 달이었단 말이다.

하루히가 폭주를 시작하기까지는 아직 약 한 달이라는 시간이 남아 있었다.

하지만 하루히의 기가 막힌 행동은 이 무렵부터 서서히 단편적으로 모습을 드러내고 있었다고 할 수 있다.

그럼 여기서 그 단편을 하나 소개해볼까.

머리 모양이 매일 바뀐다. 별 생각 없이 바라보는 사이에 어떤 법칙성이 있다는 것을 깨달았는데, 월요일에는 긴 생머리를 평범하게 등까지 늘어뜨리고 등교한다. 다음날에는 어딜 봐도 흠 잡을 데 없는 포니테일로 나타났는데 그게 또 참 얄미울 정도로 잘 어울렸다만, 그 다음날 이번엔 머리 양쪽에 머리를 묶은 트윈테일로 등교를 했고, 그 다음날이 되자 머리를 땋았다가 금요일에는 머리의 네 곳을 적당히 갈라 리본으로 묶은 상당히 기묘한 스타일이 된다.

월요일=0, 화요일=1, 수요일=2….

그러니까 요일이 나아감에 따라 머리를 묶는 곳이 늘어나는 것이다. 월요일에 다시 처음으로 돌아갔다가 금요일까지 다시 하나씩 늘어난다. 무슨 의미가 있는지 도통 이해도 안 되고 이 법칙에 따른다면 최종적으로는 여섯 곳으로 나뉘어야 하는데, 과연 일요일에 하루히는 어떤 머리일지 한번 보고 싶기도 하다.

단편 두 번째.

체육 수업은 남녀가 따로 받기 때문에 5반과 6반의 합동 수업이라는 형태로 진행된다. 옷은 여자가 홀수반, 남자가 짝수반으로 이동해서 갈아입게 되어 있어 당연히 수업이 끝나면 5반 남학생들은 체육복이 든 주머니를 손에 들고 6반으로 떼를 지어 이동한다.

그런 가운데 스즈미야 하루히는 아직 남자애들이 교실에 남아 있는데도 천천히 세일러복을 벗기 시작한 것이다.

마치 거기 존재하는 남자들은 호박이나 감자라고 생각하는 듯한 태연한 얼굴로 벗은 세일러복을 책상에 던져놓고 체육복에 손을 뻗는다.

하도 어이가 없어 멍하니 있던 나를 포함한 남학생들은 이 시점에서 아사쿠라 료코에 의해 교실에서 내쫓겼다.

그후 아사쿠라 료코를 비롯해 반 여자애들이 하루히에게 설교를 했다고 하는데 뭐 아무런 효과도 없었다. 하루히는 여전히 남자의 눈 따위는 조금도 신경 쓰지 않고선 태연히 옷을 갈아입고, 덕분에 우리 남학생들에겐 체육 전 쉬는 시간이 되면 종이 울림과 동시에 뛰어서 교실에서 나가는 일이—주로 아사쿠라 료코에 의해—일과가 되었다.

그런데 참 글래머더라…, 아니 이건 잠시 미뤄두고.

단편 세 번째.

기본적으로 쉬는 시간에 교실에서 사라지는 하루히는 또한 방과 후가 되면 재빨리 가방을 들고 나가버린다. 처음엔 그대로 집에 가는 건가 생각하고 있었는데 놀랍게도 하루히는 이 학교에 존재하는 모든 동아리에 체험 입부한 상태였다.

어제 농구부에서 공을 굴리고 있는가 싶더니 오늘은 수예부에서 베개 커버를 촘촘히 꿰매고 있었고 내일은 라크로스 부에서 막대기를 휘두르고 있는 그런 상태였다. 야구부에도 들어가보았다고 하니 참 철저하게 챙겼나보다. 운동 동아리에서는 예외 없이 가입을 권했지만 그 모두를 거절하고 하루히는 매일 참가하는 동아리를 자기 마음대로 바꾸다가 결국 어디에도 들어가지 않았다.

대체 저 녀석은 뭘 하고 싶은 걸까.

이 일로 인해 "올해 1학년 중에는 특이한 여자애가 있다"는 소문이 순식간에 전교에 퍼지게 되었고, 스즈미야 하루히를 모르는 학교 관계자는 거의 없는 상태가 되기까지 걸린 시간은 약 한 달. 5월이 시작될 무렵에는 교장의 이름까지는 모르더라도 스즈미야 하루히의 이름을 모르는 녀석은 존재하지 않는 단계에까지 이르게 되었다.

그런저런 일들을 하며—그런저런 일들을 한 것은 하루히뿐이었지만—5월을 맞이하게 되었다.

나는 운명을 믿지 않는다. 얼마나 믿지 않는가 하면, 비와 호에서 살아 있는 프레시오 사우루스가 발견될 가능성보다 더 낮을 정도다.

하지만 운명이 만약 인간이 알 수 없는 곳에서 그들의 인생에 영향력을 행사하고 있다면 내 운명의 바퀴는 이쯤에서부터 돌기 시작한 것이리라. 분명 어딘지 알 수 없는 저 높은 곳에 있는 누군가가 내 운명을 멋대로 고쳐 쓴 게 틀림없다.

5월의 골든위크 연휴가 끝난 첫째 날. 잃어버린 요일 감각과 함께 아직 5월임에도 이상할 정도로 뜨거운 햇살을 받으며 나는 학교로 이어지는 끝없는 언덕길을 땀투성이로 걸어가고 있었다. 지구는 대체 뭘 하고 싶은 거냐. 황열병(주1)에라도 걸린 거 아냐.

"어이, 콘."

뒤에서 누군가가 어깨를 쳤다. 타니구치였다.

재킷을 아무렇게나 어깨에 걸치고 넥타이를 느슨하게 매고선 실실 쪼개며.

"연휴 때 어디 갔었냐?"

"초등학생 동생 데리고 시골 할머니 댁에."

"썰렁하구만."

"넌 뭐 했는데?"

"계속 알바."

"너나 나나네."

"콘, 고등학생이나 돼서 동생 데리고 할아버지 할머니 비위 맞추러 간다는 게 말이 되냐? 고등학생이라면 고등학생다운 일을 해야지."

참고로 콘이란 바로 날 부르는 거다. 처음에 이렇게 부르기 시작한 사람은 아마 숙모 중 한 명이었을 것이다.

몇 년 만에 오랜만에 만났을 때 "어머, 콘 많이 컸구나"라고 멋대로 내 이름을 줄여서 불렀고 그 말을 들은 동생이 재미있어하며 '콘'이라고 날 부르게 됐는데, 집에 놀러온 친구들이 듣게 되어 그날부

주1) 황열병 : 이집트 모기에 의해 전염되는 열병.

터 내 별명은 바로 콘이 되었다. 젠장, 그전까지는 날 '오빠'라고 불러주었잖아, 동생아.

"연휴에 사촌끼리 모이는 게 우리 집의 연중 행사야."

툭 던지듯 대답을 하고 나서 난 계속 언덕길을 올라갔다. 머리카락 안에서 배어나오는 땀이 너무나도 불쾌했다.

타니구치는 알바하면서 만난 귀여운 여자애가 어쩌니, 용돈을 모았으니 데이트 자금은 부족하지 않다느니 하는 소리를 기운차게 떠들어댔다. 다른 사람이 꾼 꿈과 자기 애완동물 자랑과 함께 이 세상에서 별 중요하지 않은 정보 가운데 하나일 것이다.

타니구치가 계획하는, 상대도 없는 가상 데이트 코스를 3패턴 정도 흘려 듣는 사이 마침내 나는 학교에 도착했다.

교실에 들어서자 스즈미야 하루히는 이미 내 뒷자리에서 태연한 얼굴로 창 밖을 바라보고 있었는데, 오늘은 머리에 두 개의 문손잡이를 달아놓은 듯한 호빵 머리로, 그 모습을 보고 나는 오늘은 두 개니까 수요일이구나 인식하며 의자에 앉았고, 그리고 대체 무슨 악마의 유혹에라도 빠졌던 걸까, 그 이외의 이유는 떠오르지 않는 행동을 했다. 정신을 차리고 보니 나는 스즈미야 하루히에게 말을 걸고 있었던 것이다.

"요일별로 머리 모양을 바꾸는 건 우주인 대책이냐?"

하루히는 로봇 같은 동작으로 목을 돌리고선 언제나 그렇듯 웃음기라고는 조금도 없는 얼굴로 날 바라보았다. 조금 무섭네.

"언제 알아차렸어?"

하루히는 길거리에 놓인 돌에 말을 거는 듯한 말투로 말했다.

"음…, 얼마 전에."

"아, 그래."

하루히는 귀찮다는 듯 턱을 괴고는,

"이건 내 생각인데, 요일에 따라 느끼는 이미지가 모두 다른 것 같단 말야."

처음으로 대화가 성립되었다.

"색으로 말하자면 월요일은 노랑. 화요일은 빨강, 수요일이 파랑, 목요일이 녹색, 금요일은 금색이고 토요일은 갈색, 일요일은 하양 이지."

그건 이해가 될 것도 같은데.

"그렇다면 숫자로 치면 월요일이 0이고 일요일이 6인 거야?"

"그래."

"난 월요일은 1인 것 같은데."

"누가 네 의견을 물어봤니?"

"…그래."

그렇게 대답하는 내 얼굴의 어디가 어떤지, 하루히는 마음에 안 든다는 듯 찡그린 얼굴로 나를 바라보며, 내가 조금은 정신적으로 불안정한 기분을 맛볼 정도의 시간을 흘려보낸 뒤에,

"나, 너랑 어디선가 만난 적이 있던가? 훨씬 전에 말야."

라고 물었다.

"아니."

라고 나는 대답했고, 담임 선생인 오카베가 경쾌하게 교실로 들어오는 바람에 대화는 거기서 끝이 났다.

계기란 대개 별것 아닌 사소한 것인 경우가 많지만, 정말로 이것이 계기가 되었던 것이겠지.

하루히는 수업 시간 이외에 교실에 있던 적이 없기 때문에 뭔가 이야기를 하려면 아침 조회 전밖에 시간이 없었고, 내가 우연히도 하루히의 앞자리에 있었기 때문에 자연스레 말을 걸기에는 적절한 위치에 있었다는 사실은 부정할 수 없었다.

하지만 하루히가 제대로 된 대답을 던진 것에 대해서는 놀랐다. 분명히 "시끄러워, 바보야. 닥쳐. 그게 너랑 무슨 상관이야"라는 소리를 들을 줄 알았으니까. 그런 생각을 하면서도 말을 건 나도 좀 이상한 녀석이긴 하지만 말이다.

그래서 다음날 하루히가 법칙대로라면 머리를 땋고 등교를 해야 했는데 길고 아름다운 검은 머리를 싹둑 자르고 등교했을 때에는 상당히 놀랐다.

허리까지 닿을 것처럼 길게 길렀던 머리가 어깨 즈음에서 끊겨 있었는데 그건 또 그것 나름대로 귀엽기는 했지만, 그래도 내가 지적한 다음날 짧아졌다는 것은 어째 너무 관련이 있어 보이잖아, 응?

그 점에 대해 묻자 하루히는,

"별로."

여전히 무뚝뚝한 목소리로 그렇게 말할 뿐 특별한 감상을 보이지 않았고 머리를 자른 이유를 가르쳐주지도 않았다.

내 그럴 줄 알았지만.

"모든 동아리에 다 들어가봤다는 게 사실이냐?"

그 이후로 아침 조회 전의 짧은 시간 동안 하루히와 이야기를 나누는 것은 일과가 되어가고 있었다.

말을 걸지 않는 한, 하루히는 아무런 반응도 보이지 않는데다 어제 본 드라마나 오늘의 날씨처럼 하루히 입장에선 '아무래도 좋을 이야기'에는 반응을 안 보이기 때문에 화제에는 매번 신경을 쓰고 있다.

"재미있는 동아리 있으면 가르쳐줘라. 참고할게."

"없어."

하루히는 바로 대답했다.

"전혀 없어."

확인 사살을 하고선 하루히는 나비의 날갯짓 같은 숨을 내쉬었다. 이게 한숨을 쉬는 건가.

"고등학교에 들어오면 조금은 괜찮아질 줄 알았는데 이래선 의무교육 시대와 뭐 하나 달라진 게 없잖아. 학교를 잘못 고른 걸까."

무얼 기준으로 학교를 고르는 걸까.

"운동이고 문화고 하나같이 다 너무 평범해. 이 정도 인원이라면 조금은 특이한 동아리가 있어도 되는 거 아냐?"

뭘 가지고 특이한지 평범한지를 결정하는 거지?

"내 마음에 들 법한 동아리가 특이, 그렇지 않은 건 평범, 당연하잖아."

그러냐, 당연한거냐. 난 처음 알았는데.

"흥."

팽하니 돌아서는 걸로 이날의 대화 종료.

그리고 또 어떤 날엔,

"언뜻 들은 건데 말야."

"어차피 변변찮은 이야기겠지."

"사귀는 남자를 다 찼다는 게 사실이냐?"

"왜 너한테 그런 이야기를 해야 하는데?"

어깨에 오는 검은 머리를 손으로 쳐내고 하루히는 새카만 눈동자로 날 노려보았다. 정말 무표정이 아닐 때엔 화난 얼굴뿐이구나.

"출처는 타니구치? 고등학교에 와서까지 그 바보와 같은 반이라니 혹시 걔 스토커 아냐?"

'그렇지는 않을 거야'라고 생각한다.

"무슨 소릴 들었는지는 모르겠다만 뭐 좋아. 아마 전부 사실일테니까."

"한 명 정도는 진지하게 사귀고 싶었던 녀석 없었어?"

"전혀 없어."

아무래도 이 녀석의 입버릇은 '전혀'인가보다.

"하나같이 바보스러울 만큼 착실한 애들뿐이었어. 일요일에는 역 앞에서 만나기, 가는 곳은 마치 판박이로 찍은 듯 영화관 아니면 유원지 아니면 운동 경기장. 패스트푸드점에서 점심을 먹고 이리저리 돌아다니다 차 마시고 그러고선 내일 보자니 그것밖에 없는 거야?"

그게 어디가 문제인데 싶었지만 소리내어 말을 하지는 않았다. 하루히가 아니라고 하니까 그건 당연히 문제겠지.

"그리고 고백하는 게 거의 다 전화였던 건 대체 뭐니? 그런 중요한 건 직접 얼굴을 마주 보고 말을 하란 말야!"

벌레라도 쳐다보는 듯한 시선을 앞에 두고 중대한—적어도 본인에게 있어서는—고백을 할 마음이 들지 않았을 남자의 심정을 추리해가며 일단 나는 그 의견에 동의를 표했다.

"하긴 그렇겠지. 나라면 어딘가로 불러내서 말을 할 거야."

"그런 건 아무래도 상관없어!"

대체 하고 싶은 말이 뭐냐.

"문제는 말야, 이 세상에 한심한 남자들밖에 존재하지 않나 하는 거지. 정말 중학교 땐 계속 짜증만 났다니까."

지금도 그렇잖아.

"그럼 어떤 남자가 좋은데? 역시 그거냐, 우주인?"

"우주인 내지는 그에 버금가는 무언가. 아무튼 평범한 인간이 아니라면 남자든 여자든 상관없어."

왜 그렇게 인간 이외의 존재에 집착하는 거지?

내가 그렇게 말하자 하루히는 완전히 바보를 보는 듯한 시선으로 이렇게 말했다.

"그쪽이 훨씬 재미있으니까 그렇지!"

그건… 그럴지도 모르겠다.

나도 하루히의 의견을 부정하지 않았다. 미소녀 전학생이 사실은 우주인과 지구인 혼혈이었기를 바란다. 지금 가까운 자리에서 나와 하루히를 조심스럽게 살피고 있는 바보 타니구치의 정체가 미래에서 온 조사원이나 뭐 그런 거였다면 아주 재미있을 것이고, 역시 이쪽을 보며 대체 무슨 이유에선지 미소를 짓고 있는 아사쿠라 료코가 초능력자였다면 학교는 조금 더 재미있어질 것이다.

하지만 그런 건 불가능한 소리다. 우주인이니 미래에서 온 자이니 초능력자가 존재한다는 것 자체가 있을 수 없는 소리이고 만약 있다 하더라도 그렇게 쉽게 우리들 앞에 등장한다는 것도. 도대체가 아무런 상관도 없는 내 앞에 나타나 "여어, 내 정체는 우주인이올시다"라고 자기 소개를 해줄 리가 만무하잖은가.

"그러니까!"

하루히는 의자를 박차며 소리쳤다. 교실에 모여 있던 애들이 모조리 돌아보았다.

"그러니까 난 이렇게 열심히."

"늦어서 미안하다!"

숨을 헐떡이며 명랑 쾌활한 오카베 체육교사가 달려 들어오다가 주먹을 불끈 쥐고 일어선 자세로 천장을 노려보고 있는 하루히와 그런 하루히를 일제히 돌아보고 있는 일동을 보고선 깜짝 놀라 멈춰 섰다.

"아…, 조회 시작하자."

털썩 자리에 앉은 하루히는 책상 모서리를 열심히 노려보기 시작했다. 후우.

나도 앞을 향해 몸을 돌렸고 다른 녀석들도 앞을 보자 담임 오카베는 천천히 단상에 올라서 기침을 한번 콜록.

"늦어서 미안하다. 아…, 조회 시작하자."

처음부터 다시 반복해서 말하고는 곧이어 평소와 같은 일상이 부활했다. 아마 이런 일상이야말로 하루히가 가장 증오하는 것이겠지.

하지만 인생이란 그런 거 아냐?

하지만 말이다. 하루히의 삶의 자세를 부럽다고 생각하는, 이론적으로는 이해할 수 없는 감정이 마음 한구석에서 은밀히 술렁이고 있다는 사실도 무시할 수 없는 일이었다.

내가 애저녁에 포기해버린 비일상과의 해후를 아직까지 바라고 있는 것도 그렇고, 뭐니 뭐니 해도 방식이 매우 적극적이지 않은가.

그냥 기다린다고 내 입맛에 맞게 그런 일이 벌어진다는 건 불가능한 소리다. 그렇다면 내가 부르면 되잖아.

그래서 운동장에 선을 그리기도 하고 옥상에 페인트를 칠하기도 하고 부적을 붙이기도 하고.

어허허, 참(너무 늙은이 같은 웃음소리인가?).

언제부터 하루히가 남들이 볼 땐 맛이 간 것으로밖에 안 보이는 행동을 해왔는지는 알 수 없지만, 아무리 기다려도 아무 일도 일어나지 않아서 참다못해 기괴한 의식까지 벌였는데도 여전히 묵묵부답이라면 항상 전 세계를 저주하는 듯한 얼굴이 되는 것도 당연…하지 않지 않나?

"어이, 쿈."

쉬는 시간에 타니구치가 심각한 표정을 지으며 다가왔다. 그런 표정을 하고 있으니 정말 바보 같아 보인다, 타니구치.

"신경 끄셔. 그보다 너 어떤 마법을 쓴 거냐?"

"마법이라니 무슨 소리야?"

고도로 발달한 과학은 마법과 구분이 안 간다는 말을 떠올리며 나는 되물었다. 수업이 끝나면 항상 교실에서 모습을 감추는 하루히의 자리를 엄지손가락으로 가리키며 타니구치가 말했다.

"나는 스즈미야가 사람하고 그렇게 오랫동안 이야기하는 거 처음 봤다고. 너 뭐라고 했냐?"

글쎄, 뭐라고 했을까. 대충 아무거나 물어본 것 같은데.

"놀라서 팔짝 뛸 일일세."

지나치게 과장하며 놀랐다는 감정을 표명하는 타니구치. 뒤에서 불쑥 쿠니키다가 얼굴을 내밀었다.

"콘은 옛날부터 특이한 여자를 좋아했지."

이 무슨 오해를 살 만한 소리를 하는 거야.

"콘이 특이한 여자를 좋아하든 말든 그건 아무래도 좋아. 내가 이해가 안 되는 건 스즈미야가 저 녀석을 상대로 제대로 된 대화를 이어나가고 있다는 거지. 이해가 안 간단 말야."

"그건 굳이 구분하자면 콘도 특이한 인간에 포함되기 때문이 아닌가?"

"그야 콘이란 별명을 가진 녀석이 제대로 된 인간일 리가 없긴 하지만, 아무리 그래도 말야."

자꾸 콘 콘 그럴래. 나도 이런 웃기지도 않은 별명으로 불릴 정도라면 차라리 본명으로 불리는게 낫다. 최소한 동생에게서는 '오빠'라고 불리고 싶은 심정이다.

"나도 궁금한데."

갑자기 여자의 목소리가 들려왔다. 경쾌한 소프라노. 올려다 보자 아사쿠라 료코가 완벽한―너무나 완벽해서 꾸민 것 같지도 않은―미소를 띤 채 나를 보고 있었다.

"내가 아무리 말을 걸어도 아~무런 대답도 없던 스즈미야를 어떻게 하면 이야기하게 만들 수 있는지 특별한 비결이라도 있는 거야?"

난 일단 생각을 해보았다. 아니, 생각하는 척을 하다 고개를 저었다. 생각하고 자시고 할 것도 없으니까.

"몰라."

아사쿠라는 소리내어 한번 웃고는. "흐음, 그래도 안심했어. 스즈미야가 언제까지나 반에서 고립된 상태여선 곤란하잖아. 한 명이라도 친구가 생긴 건 좋은 일이지."

어째서 아사쿠라 료코가 마치 반장이라도 된 것마냥 걱정을 하는가 하면 바로 반장이기 때문이다. 요전의 긴 조회시간에 그렇게 정해졌다.

"친구라…."

나는 고개를 갸웃거렸다. 그런가? 그런 것치고는 난 하루히의 떨떠름하게 찡그린 얼굴밖에 못 본 것 같단 기분이 드는데.

"이 상태로 스즈미야를 반 애들과 잘 어울리게 해줘. 모처럼 한 반이 되었으니 다 같이 사이좋게 지내는 게 좋잖아? 잘 부탁할게."

잘 부탁하셔도 말이지요.

"앞으로 뭐 전할 게 있으면 너한테 부탁할게."

아니, 그러니까 말이지, 난 걔 대변인이고 뭐고 아무것도 아니라니까.

"부탁해."

합장까지 하네. 나는 "아아"나 혹은 "으으" 라는 신음을 했는데 긍정의 표현으로 받아들였는지 아사쿠라는 노란색 튤립 같은 미소를 던지고선 다시 여자애들 무리 속으로 돌아갔다. 무리를 구성하는 여자애들이 하나도 빠짐없이 이쪽을 주목하고 있다는 사실이 내 기분을 두 단계는 더 우울하게 만들었다.

"야, 우리 친구지…?"

타니구치가 애매한 눈으로 날 보며 말했다.

무슨 소릴 하는 거야?

쿠니키다는 눈을 감고 팔짱을 끼고선 쓸데없이 고개를 끄덕인다.

하여간 바보가 아닌 녀석이 없다니까.

자리를 바꾸는 건 한달에 한번이라고 어느 사이엔가 정해진 듯, 반장 아사쿠라 료코가 비둘기 사브레 과자통에 네 번 접은 뽑기 종이를 가져왔다.

그중에 하나를 뽑아서 나는 안뜰에 면한 창가의 뒤에서 두 번째라는 상당히 좋은 위치를 차지했다. 그뒤의 마지막 줄을 장식한 것이 누구냐 하면, 어찌 이럴 수가 있단 말인가, 스즈미야 하루히가 충치의 통증을 억지로 참고 있는 듯한 얼굴로 앉아 있었다.

"학생들이 계속해서 실종되거나 밀실이 된 교실에서 선생님이 살해를 당한다거나 하는 일 좀 안 생기나?"

"무시무시한 얘길 하네."

"미스터리 연구부란 게 있었어."

"헤에. 어땠어?"

"웃기지도 않더라. 지금까지 한번도 사건다운 사건과 만나보지 못했다는 거야. 부원들도 그저 미스터리 소설 마니아에 명탐정 같은 녀석도 없었고 말이지."

"그거야 그렇겠지."

"초자연 현상 연구부에는 조금 기대를 했었는데."

"그래?"

"평범한 오컬트 마니아 집단밖에 안 되잖아, 어떻게 생각하니?"

"아무 생각 없는데."

"아, 정말 따분해! 왜 이 학교에는 제대로 된 동아리가 없는 거야?"

"없는 걸 어쩌겠어."

"고등학교에는 좀더 놀라운 동아리가 있을 줄 알았는데. 완전 코시엔(주2)을 목표로 한 기분으로 입학했는데 야구부가 없다는 걸 알게 된 야구 열성팬이 된 기분이야."

하루히는 마치 저주를 위해 백일 기도라도 결심한 여자같이 부릅뜬 눈으로 공중을 노려보며 북풍과도 같은 한숨을 쉬었다.

지금 가엾다고 생각해야 하는 거냐?

대체 하루히는 어떤 동아리라면 만족할지, 그 정의가 불명확하다. 본인도 모르고 있는 거 아냐? 막연하게 '뭔가 재미있는 일을 했으면 좋겠다'고 생각만 하고 있을 뿐, 그 '재미있는 일'이 뭔지—살인 사건을 해결하는 건지, 우주인을 찾는 건지, 요마를 퇴치하는 건지, 이 인간의 머릿속에서는 확실하게 정해진 게 없는 것 같다.

"없는 건 어쩔 수 없잖아."

난 의견을 제시했다.

"결국 인간은 주위에 있는 것으로 만족해야만 하는 법이야. 말하자면 그러지 못하는 인간이 발명이니 발견이니를 해서 문명을 발달시켜온 거지. 하늘을 날고 싶다고 생각했기 때문에 비행기를 만든 거고, 편하게 이동하고 싶다고 생각했기 때문에 차나 기차를 만들어냈지. 하지만 그건 일부의 인간이 가진 재능이나 발상에 의해 생겨난 거야. 천재가 그걸 가능하게 만든 거라고. 평범한 인간인 우리는 인생을 평범하게 보내는 게 제일이라 이거야. 주제에 맞지 않

주2) 코시엔 : 甲子園 효고 현 니시노미야 시의 지명. 전 일본 고교 야구 선수권 대회가 열리는 야구장의 이름으로, 보통 전 일본 고교 야구 선수권 대회를 일컫는 단어로 사용.

는 모험심은 발휘하지 않는 게….”

“시끄러워.”

하루히는 내가 기분 좋게 하던 연설을 단칼에 자르고선 다른 방향으로 시선을 돌렸다.

정말 기분이 나빠 보이는구나. 뭐, 만날 있는 일이지.

아마 이 여자는 뭐든 상관없을 것이다. 따분한 현실에서 벗어날 수 있는 일이라면 말이다. 하지만 그런 현상은 이 세상에 그리 흔하게 존재하지 않는다. 아니, 없다.

물리 법칙 만세! 덕분에 우리는 평온하고 탈없이 살아갈 수 있는 것이다. 하루히에겐 미안한 일이지만 말이지.

그렇게 생각했다.

평범하지 않아?

대체 뭐가 계기가 되었던 걸까.

앞에서 나누었던 대화가 복선이었는지도 모른다.

그 일은 갑자기 찾아왔다.

따뜻한 햇살에 졸음을 느끼며 노를 젓듯 고개를 까닥까닥 흔들고 있던 내 목덜미가 덥석 잡히는가 싶더니 무서운 기세로 잡아당겨져 한껏 힘을 빼고 있던 내 뒤통수가 책상 모서리에 맹렬한 기세로 부딪혀서, 나는 이런 상황이면 당연히 나와야 할 눈물을 찔끔 흘리고 말았다.

“무슨 짓이야!”

당연한 분노를 드러내며 힘차게 몸을 돌린 내가 본 것은 내 목덜미를 잡고 일어선 스즈미야 하루히의—처음 보는—적도 지방에서 작열하는 더위와 같은 미소였다. 만약 미소에 온도가 있다면 열대 우림의 한가운데에 있는 것과 같은 기온이었을 것이다.

"이제야 깨달았어!"

침 튀기지 마라.

"어째서 이렇게 간단한 걸 깨닫지 못한 거지!"

하루히는 백조자리 알파별 정도의 빛을 발하는 듯한 두 눈으로 나를 똑바로 쳐다보았다. 할 수 없이 나는 질문을 던졌다.

"뭘 깨달았는데?"

"없으면 내가 만들면 되잖아!"

"뭘."

"동아리 말야!"

머리가 아픈 건 책상 모서리에 부딪혀서 그런 것만은 아닌 것 같다.

"그래. 그거 잘됐네. 그런데 이제 그만 손 좀 놔줄래?"

"그 반응은 뭐니? 너도 조금은 더 기뻐해야지, 이 발견을."

"그 발견인지 뭔지는 나중에 천천히 들어줄게. 경우에 따라서는 기쁨을 함께 나눌 수도 있어. 하지만 지금은 좀 진정해라."

"무슨 뜻이야?"

"수업 중이야."

마침내 하루히는 내 목덜미에서 손을 뗐다.

지끈거리는 머리를 누르며 앞으로 고개를 돌린 나는 반쯤 입을 쩍 벌린 반 아이들 모두의 얼굴과, 분필을 한 손에 들고 당장에라도 울음을 터뜨릴 듯한 신참내기 여선생을 시야에 담을 수 있었다.

나는 뒤에 빨리 앉으라고 손으로 신호를 하고선 뒤이어 가엾은 영어선생에게 손바닥을 위로 향해 내밀었다.

수업 계속 하시지요.

뭐라고 중얼거리며 일단 하루히는 자리에 앉았고 여선생은 칠판에 판서를 계속했는데….

새 동아리를 만들어?

흐음.

설마 나보고 가입하라고 하는 건 아니겠지.

통증을 호소하는 뒤통수가 불길한 예감을 알리고 있었다.

제2장

결과부터 말하자. 그 설마는 역시나였다.

그후 쉬는 시간, 하루히는 평소와 같이 혼자서 교실을 나가지 않았다. 그 대신 내 손을 억지로 끌고 밖으로 잡아당겼다. 교실을 나와 복도를 힘차게 걸어가 계단을 한 칸 뛰어오르더니 옥상으로 나가는 문 앞에 와서 멈춰 섰다.

옥상으로 통하는 문은 항상 열쇠가 걸려 있었고 4층 위쪽 계단은 거의 창고 대신으로 쓰이고 있었다. 아마 미술부일 것이다. 커다란 캔버스에 망가진 이젤, 코가 떨어져나간 마르스 상 등이 비좁게 자리를 차지하고 있었고 사실 많이 비좁았다. 게다가 어두컴컴하기까지.

이런 곳으로 데리고 오다니 나보고 어쩌라는 거야.

"협력해."

하루히가 말했다.

지금 하루히가 잡고 있는 것은 내 넥타이다. 머리 하나 정도 낮은 위치에서 날카로운 눈빛이 나에게 강요하고 있었다. 협박당하고 있는 듯한 기분인데.

"뭘 협력하라는 거야?"

사실 무슨 말인지 알고 있었지만 일부러 그렇게 물어보았다.

"내 새로운 동아리 만들기에."

"왜 내가 네 아이디어에 협력해야 하는지 그것부터 먼저 가르쳐 다오."

"난 동아리방과 회원을 확보할 테니까 넌 학교에 세출할 서류를 준비해."

안 듣고 있군.

난 하루히의 손을 뿌리치고선,

"무슨 동아리를 만들 작정인데?"

"그게 무슨 상관이야. 일단 만들고 보는 거지."

활동 내용도 불명확한 그런 동아리를 만든다고 해도 과연 학교에서 허락을 해줄지 매우 의문이다만.

"알겠지? 오늘 방과 후까지 조사를 해둬. 나도 그때까지 동아리 방을 찾아둘 테니까. 됐지?"

되긴 뭐가 되냐고 말한다면 그 자리에서 묵살당할 것 같은 분위기였다. 뭐라고 대답해야 좋을지 생각하고 있는 사이, 하루히는 몸을 돌려 경쾌한 발걸음으로 재빨리 계단을 내려갔고. 먼지 구덩이 계단 위에는 어찌할 바를 모르고 망연자실해 있는 한 남자만이 남겨졌다.

"…난 좋다고도 싫다고도 안 했는데…."

석고상에게 묻는 것도 허무하게 느껴져 나는 호기심으로 똘똘 뭉쳐 있을 반 친구들에게 뭐라고 말하며 교실에 들어가야 좋을지 고민하며 걸음을 옮겼다.

'동아리' 신설에 관한 규정.

인원 다섯 명 이상. 고문 교사, 명칭, 책임자, 활동 내용을 결정하고 학생회의 동아리 운영위원회에서 승인을 받을 필요가 있다. 활동 내용은 창조적이며 활기찬 학교 생활을 영유하는 데에 걸맞은 것이 한한다.

발족 이후의 활동, 실적에 따라 '연구부'로의 승격이 운영 위원회에서 결정된다. 또한 동아리에 머무르는 한, 예산은 분배되지 않는다.

애써 조사하고 자시고 할 것도 없었다. 학생 수첩 뒤에 그렇게 씌어 있었으니까.

인원은 적당하게 이름만 빌린다거나 할 수도 있을 것이다. 고문은 좀 어렵겠지만 대충 둘러대서 해달라고 우기는 수도 있다. 명칭도 무난한 것으로 하자.

책임자는 물론 하루히면 되겠지.

하지만 이건 내기해도 좋은데, 활동 내용이 '창조적이며 활기찬 학교 생활을 영유하는 데에 걸맞은 것'이 될 일은 결코 없을 것이다.

그렇게 말해보았지만. 자기 입맛에 안 맞는 이야기는 들으려고도 하지 않는 것이 바로 스즈미야 하루히가 스즈미야 하루히다운 이유였다.

수업의 끝을 알리는 종소리가 울리자마자 내 재킷자락을 바이스(주3)와 같은 힘으로 움켜쥔 하루히는 납치라도 하듯 나를 교실에서

주3) 바이스 : Vice. 공작해야 할 가공품을 끼워서 고정시키는 장치.

잡아끌고 나가더니 재빠른 걸음으로 어딘가로 향했다. 가방을 교실에 두고 가지 않도록 애쓰는 정도만이 고작 내가 할 수 있는 것이었다.

"어디 가는데?"

나의 당연한 의문에,

"동아리방."

하루히는 앞에서 터벅터벅 걸어가는 학생들을 걷어차버릴 기세로 걸음을 옮기며 짧게 대답하더니 나머지는 침묵으로 일관했다. 손이라도 좀 놓지.

건물과 건물을 잇고 있는 복도를 건너 1층으로 내려가 일단 밖으로 나와 다른 건물로 들어갔다가 다시 계단을 올라가 어두컴컴한 복도 중간에서 하루히는 멈춰 섰고 나도 그 자리에 섰다.

눈앞에 있는 하나의 문.

문예부.

그렇게 쓰인 팻말이 비스듬하게 기울어진 채로 붙어 있었다.

"여기."

노크도 하지 않은 채 하루히는 문을 열었고, 양해도 구하지 않고 바로 안으로 들어갔다. 물론 나도.

의외로 넓었다. 기다란 테이블과 철제 의자, 거기에 쇠로 만들어진 책장 정도밖에 없어서일 것이다.

천장과 벽에는 이 건물의 역사를 말해주는 듯한 금이 두세 개 보이는 것으로 건물 자체의 노후화를 여실히 말해주고 있었다.

그리고 마치 이 방에 딸린 부록처럼 소녀 한 명이 철제 의자에 걸터앉아 두꺼운 양장본을 읽고 있었다.

"이제부터 이 방이 우리 동아리방이야!"

두 손을 펼치며 하루히가 엄숙하게 선언했다. 그 얼굴은 신성하기까지 한 미소로 장식되어 있어, 나는 그런 표정을 교실에서도 계속 보여준다면 참 좋을 텐데 하는 생각이 들었지만 입 밖으로 내지는 않았다.

"잠깐만. 여기가 대체 어딘데?"

"문화 동아리방 건물이야. 미술부랑 밴드부는 미술실이랑 음악실이 있잖아. 그런 특별 교실이 없는 모임이나 동아리방이 모인 곳이 바로 이 건물이지. 통칭 구관. 이 방은 문예부야."

"그럼 문예부잖아."

"하지만 올 봄에 3학년 졸업한 뒤로 부원 제로, 새로 누군가가 입부하지 않으면 활동이 정지되는 유일한 동아리지. 얘가 1학년 신입부원이고."

"그렇다면 정지 먹은 건 아니잖아."

기가 막힌 녀석이다.

얘는 동아리방을 강탈할 생각인 거다. 난 접이식 테이블에 책을 펼치고 독서에 열중하고 있는 문예부 1학년으로 보이는 그 여자애에게 시선을 돌렸다.

안경을 쓴 짧은 머리의 소녀였다.

이렇게 하루히가 대소동을 벌이고 있는데도 고개를 들려 하지도 않는다.

가끔씩 움직이는 건 페이지를 넘기는 손가락이 전부로, 남은 부분은 미동도 않은 채 우리들의 존재를 완벽하게 무시하고 있었다. 이것도 나름대로 특이한 여자였다.

나는 목소리를 낮추고 하루히에게 속삭였다.

"저 여자애는 어쩌려고?"

"상관없다고 그러던걸."

"그게 사실이야?"

"점심 시간에 만났을 때 그랬어. 동아리방을 빌려달라고 했더니 그러래. 책만 읽을 수 있으면 괜찮나봐. 특이하다고 할 수 있지."

네가 할 소리는 아니지.

나는 다시 한번 그 특이한 문예부원을 관찰했다.

하얀 피부에 감정이 없는 얼굴, 기계처럼 움직이는 손가락. 보브 컷을 한층 짧게 친 듯한 머리 스타일이 나름대로 잘 자리잡은 얼굴 위를 덮고 있었다. 가능하면 안경을 벗은 모습도 보고 싶은 심정이다.

어딘지 인형 같은 분위기가 존재감을 희박하게 만들고 있었다.

노골적으로 말하자면, 좀 뻔한 이야기지만 소위 신비한 무표정 타입이랄까.

뚫어져라 쳐다보는 내 시선을 어떻게 생각했는지 그 소녀는 아무런 예비 동작도 없이 고개를 들고 안경을 손가락으로 꾹 눌렀다.

렌즈 안쪽에서 어둠의 눈동자가 나를 바라본다. 그 눈에도 입술에도 아무런 감정도 보이지 않았다. 무표정 차원, 최고치다.

하루히와는 달리 처음부터 아무런 감정을 갖고 있지 않은 천연의 무표정이다.

"나가토 유키."

라고 그녀는 말했다. 이름인가보다. 듣고 나서 3초 뒤에는 잊어 버릴 것 같은 평범하고 귀에 남지 않은 목소리였다.

나가토 유키는 눈을 두 번 깜박일 정도의 짧은 시간 동안 나를 주시하고선 그대로 흥미를 잃은 듯 다시 독서로 돌아갔다.

"나가토라고 했지?"

나는 말했다.

"얘는 이 방을 뭔지 알 수 없는 동아리 방으로 쓰려는 거야. 그래도 좋아?"

"좋아."

나가토 유키는 책에서 시선을 떼지 않은 채 대답했다.

"아니, 하지만 아마 굉장히 민폐가 될 텐데."

"별로."

"그러다 쫓겨날 수도 있어."

"얼마든지."

주저 않고 대답하는 것은 좋지만 아무런 감정도 없는 대답이로군. 진심으로 아무래도 상관없다고 생각하고 있는 것 같다.

"아무튼 그렇게 됐다."

하루히가 끼어들었다. 이쪽의 목소리는 상당히 들떠 있었다. 어째 영 좋은 예감이 들지 않았다.

"앞으로 방과 후에 이 방에 모이는 거야. 꼭 와야 돼. 안 오면 사형이다."

벚꽃이 만개한 듯한 미소를 지으며 그렇게 말하자 나는 떨떠름한 심정으로 고개를 끄덕였다.

사형당하기는 싫었으니까.

이렇게 동아리방에 셋방살이를 하게 된 것까진 좋은데 서류는 아직 손도 못 대고 있는 상태다. 무엇보다 명칭도 활동 내용도 정해진 게 없지 않은가.

먼저 그것부터 정한 다음에 뭘 해도 하라고 말했지만, 하루히에 겐 또 다른 생각이 있나보다.

"그런 건 나중에 다 따라오게 되어 있어!"

하루히는 당차게 밀쓤히 셨다.

"일단은 부원이지. 앞으로 최소한 두 명은 필요하겠다."

그렇다는 건 뭐야, 저 문예부원도 머릿수에 들어간 거야? 나가토 유키를 동아리방에 딸려 있는 부품이나 뭐 그런 걸로 착각하고 있 는 거 아냐?

"걱정 마. 곧 모일 거니까. 적당한 인물에 대해서는 짚이는 데가 있어."

뭘 어떻게 안심하라는 걸까. 의문은 깊어가기만 할 뿐이다.

이튿날, 같이 돌아가자는 타니구치와 쿠니키다의 권유를 거절한 나는 어쩔 수 없이 동아리방으로 발걸음을 옮겼다.

하루히는 "먼저 가 있어!" 라고 소리치자마자 육상부가 꼭 자기 부에 들어오라고 매달린 것이 이해가 갈 법한 엄청난 속도로 교실 을 뛰쳐나갔다. 발목에 추진 부스터라도 달린 게 아닐까 생각이 들 법한 기세다.

아마 새로운 부원을 확보하러 간 것이겠지. 마침내 우주인 친구 라도 생긴 걸까.

가방을 어깨에 걸치고 나는 내키지 않는 걸음으로 문예부로 향했 다.

방에는 이미 나가토 유키가 와 있었는데, 어제와 완벽하게 똑같은 자세로 독서를 하고 있어 기시감을 떠올리게 했다. 내가 들어왔는데 꿈쩍도 안 하는 것도 어제와 똑같았다. 잘은 모르지만 문예부는 책을 읽는 동아리인가?

침묵.

"…뭐 읽나?"

둘이 침묵을 지키고 있는 것도 견디기 힘들어서 나는 그렇게 물어보았다. 나가토 유키는 대답 대신 양장본을 번쩍 들어 표지를 내게 보여주었다. 수면제 이름 같은 제목 단어가 고딕체로 춤을 추고 있었다. SF인지 뭐 그런 계열의 소설로 보였다.

"재미있어?"

나가토 유키는 무기력한 동작으로 안경테에 손가락을 대고선 무기력한 목소리를 냈다.

"유니크."

일단 물으니까 대답한다는 분위기다.

"어떤 부분이?"

"전부."

"책을 좋아하는구나."

"그럭저럭."

"그래…."

"……."

침묵.

나 그만 가봐도 될까.

테이블에 가방을 놓고 남은 의자에 걸터앉으려는 순간, 발로 걸

어찬 듯한 기세로 문이 열렸다.

"미안, 미안! 좀 늦었네! 잡는 데 좀 시간이 걸려서 말야!"

한 손을 머리 위로 쳐든 하루히가 등장했다. 뒤로 돌린 다른 한 손이 누군가의 팔을 잡고 있는데, 아무리 봐도 억지로 끌려왔다고 생각되는 사람과 함께 하루히는 힘차게 빙으로 들어오더니 무슨 여유에선지 문을 잠갔다. 찰칵 하는 소리에 불안스럽게 떨고 있는 작은 몸집의 소유자는 또 다른 소녀였다.

게다가 이 또한 끝내주는 미소녀였다.

이게 어디가 '적당한 인물'이란 걸까.

그 미소녀도 입을 열었다. 가엾게도 당장에라도 울음을 터뜨릴 기세다.

"여기가 어딘가요? 왜 내가 끌려온 거죠? 왜 여, 여, 열쇠를 잠근 건가요? 대체 무슨."

"조용히 해."

하루히의 낮게 깔린 목소리에 소녀는 움찔 떨더니 그대로 굳어버렸다.

"소개할게. 아사히나 미쿠루야."

그 말만을 마친 채 하루히는 입을 다물었다. 그걸로 소개 끝이냐?

뭐라 형용하기 힘든 침묵이 방을 지배했다.

하루히는 이미 자신의 역할을 다했다는 얼굴로 서 있었고, 나가토 유키는 아무런 반응도 없이 독서를 계속하고 있고, 아사히나 미쿠루인지 하는 수수께끼의 미소녀는 당장에라도 울 듯한 얼굴로 부들부들 떨고 있고, 누가 뭐라고 말 좀 해보라고 생각하며 나는 어

쩔 수 없이 입을 열었다.

"어디서 납치해왔냐?"

"납치가 아니라 내 맘대로 데려온 거야."

그게 그거지.

"2학년 교실에 멍하니 있는 걸 잡아왔어. 나 쉬는 시간엔 학교 건물을 구석구석 돌아다니는데 그때 몇 번 본 적이 있어서 기억하고 있었지."

쉬는 시간이면 꼭 교실에 없다 싶었더니 그런 짓을 하고 있었던 거냐. 아니, 그보다 말이지.

"그럼 이 사람은 상급생이잖아!"

"그게 왜?"

의아하단 표정을 지을 때냐. 정말 아무렇지도 않은가보다.

"그래, 알았다…. 그건 그렇다 치고 저기, 아사히나라고 했나. 왜 이 사람인 건데?"

"자아, 잘 보고 있어."

하루히는 손가락을 아사히나 미쿠루의 코 끝에 갖다대어 그녀의 작은 어깨를 움츠리게 만들고선,

"무지무지하게 귀엽지."

위험한 유괴범 같은 소리를 내뱉었다. 그런가 싶더니,

"난 말야, 모에(주4)란 제법 중요하다고 생각하고 있거든."

"…미안, 뭐라고?"

"모에 말야, 모에. 일종의 모에 요소지. 기본적으로 이상한 사건이 일어나는 이야기에는 이런 모에에다 롤리타스런 캐릭터가 한 명 필요한 법이라 이거야!"

주4) 모에 : 어떠한 대상에 대해 비정상적으로 열광하는 것

난 반사적으로 아사히나 미쿠루를 쳐다보았다.

작은 몸집이다. 참고로 동안이다. 아하, 잘못하면 초등학생이라 오해를 살 수도 있을 법했다. 미묘하게 곱슬거리는 밤색 머리카락이 부드럽게 목 언저리를 가리고 있었고, 강아지처럼 이쪽을 올려다보는 촉촉한 눈동자가 지켜주세요 광선을 발산하며 반쯤 벌어진 입술 사이로 엿보이는 백자처럼 하얀 이가 자그마한 얼굴과 절묘한 조화를 이루어, 빛나는 구슬이 달린 스틱이라도 든다면 바로 마녀로도 변신할 수 있을 법한, 아니 내가 지금 무슨 소릴 하는거지?

"그게 다가 아냐!"

하루히는 자랑스럽다는 듯 미소를 지으며 아사히나 미쿠루라는 상급생의 등 뒤로 돌아가 뒤에서 갑자기 껴안았다.

"우와아아악!"

소리치는 아사히나. 그 반응에도 상관하지 않고 하루히는 세일러복 위로 먹잇감의 가슴을 덥석 움켜쥐었다.

"끼야아아악!"

"작은 주제에 봐, 나보다 가슴이 크다고. 롤리타 얼굴에 왕가슴, 이것도 모에의 중요 요소 중 하나야!"

난 모르겠는데.

"아, 정말 크네."

마침내 하루히는 세일러복 아래로 손을 넣고선 직접 주물러대기 시작했다. 어이.

"왠지 화나는데. 이렇게 귀여운 얼굴을 해선 나보다 크다니!"

"사, 사, 사, 살려줘요!"

아사히나 선배는 얼굴을 새빨갛게 물들이고선 손발을 버둥거렸지만 아무래도 체격의 차이는 무시하기 힘들었고, 신이 난 하루히가 그녀의 치마를 들추려는 순간에야 나는 아사히나 선배의 등 뒤에 달라붙어 있는 치한 여자를 뜯어말렸다.

"너 바보냐?"

"하지만 무지 크단 말야. 정말로. 너도 만져볼래?"

아사히나 선배는 자그맣게 히익 하고 비명을 질렀다.

"사양하마."

그렇게 말하는 수밖에 없지.

놀랍게도 이런 대소동 중에도 나가토 유키는 한 번도 고개를 들지 않은 채 독서에 열중하고 있었다. 이 녀석도 좀 이상해.

그리고 문득 깨달았다.

"그러면 뭐냐, 너는 이… 아사히나 선배가 귀엽고 몸집이 작고 가슴이 크다는 이유만으로 여기에 데리고 온 거야?"

"응."

진짜 바보다, 이 녀석.

"이런 마스코트 같은 캐릭터도 필요하다 싶어서."

그런 생각은 하지 마.

아사히나 선배는 흐트러진 교복을 툭툭 매만져 바로잡고선 나를 살짝 치켜뜬 눈으로 가만히 바라보았다. 그런 눈으로 쳐다보셔도 곤란한데 말이죠.

"미쿠루, 너 다른 동아리 활동하는 거 있어?"

"어…, 서예부에….."

"그럼 거기 그만둬. 우리 동아리 활동에 방해되니까."

정말 한없이 제멋대로인 하루히였다.

아사히나 선배는 먹고 죽을 독을 선택해야 하는데 청산가리가 좋으냐, 아니면 스트리키니네가 좋으냐는 질문을 받은 살인 사건의 피해자와 같은 얼굴로 고개를 끄덕이더니 구원을 청하듯 다시 한번 날 올려다보았다. 그러고 난 다음 겨우 나가토 유키의 존재를 깨닫고선 경악에 찬 눈을 커다랗게 뜨더니 잠시 시선을 어디에 두어야 좋을지 몰라 방황하고 나서 잠자리가 한숨을 쉬는 것 같은 목소리로 "그렇구나…"라고 속삭이고선,

"알았습니다"고 말했다.

대체 뭘 알았다는 걸까.

"서예부는 그만두고 여기에 들어올게요…."

가엾을 정도로 비장한 목소리였다.

"하지만 문예부란 게 무엇을 하는 곳인지 잘 몰라서요."

"우리 동아리는 문예부가 아니야."

당연하다는 듯이 말하는 하루히.

눈을 동그랗게 뜨는 아사히나 선배에게, 나는 하루히를 대신해 말해주었다.

"이 동아리방은 일시적으로 빌린 것뿐이에요. 선배가 들어와야 하는 곳은 저기 있는 스즈미야가 이제부터 만들 동아리 내용 미정에 명칭 불명인 동아리입니다."

"…뭐…."

"참고로 저기 앉아서 책을 읽고 있는 게 진짜 문예부원입니다."

"예에…."

사랑스러운 입술을 떡하니 벌리고 있는 아사히나 선배는 그 뒤로 말을 잃었다. 하긴 무리도 아니지.

"걱정 마!"

무책임할 정도로 밝은 미소를 지으며 하루히는 아사히나 선배의 작은 어깨를 툭 쳤다.

"이름이라면 방금 생각해냈으니까."

"…말해봐."

기대치 제로의 내 목소리가 방 안에 울려 퍼진다. 가능하다면 그다지 듣고 싶지 않다. 그런 내 마음이야 신경도 쓰지 않을 스즈미야 하루히는 낭랑한 목소리로 동아리의 이름을 선포했다

모두에게 알리도록 하겠다. 아무런 우여곡절도 없이 단순히 하루히의 번쩍이는 아이디어에 의해 새로이 발족하게 된 동아리 이름이 지금 바로 여기서 결정되었다.

SOS단.

세계를 오지게 들썩이게 만들기 위한 스즈미야 하루히의 단체.

약칭 SOS단이다.

거기, 마음껏 웃어도 좋다.

난 웃음이 나오기 전에 기가 막혔지만 말이다.

왜 단이냐 하면, 원래는 '세계를 오지게 들썩이게 만들기 위한 스즈미야 하루히의 동아리'라고 해야겠지만 아직 동아리의 체계조차 이루어지지 않은데다 무얼 하는 단체인지도 이해가 안 되고 있는 상태였다. "그러면 단으로 하면 되겠네"라는 하루히의 의미불명의 한 마디에 의해 멋지게 결론이 내려진 것이다.

아사히나 선배는 다 포기한 듯 입을 다물었고, 나가토 유키는 외부인이고, 나는 뭐라고 말하고 싶지도 않았기 때문에 찬성1, 기권

3에 의해 'SOS단'은 이렇게 발족을 하게 되었다.

정말 네 마~음대로 하세요.

매일 방과 후에 여기서 모이는 거라고 하루히가 모두에게 말했고 그것으로 그날은 해산하게 되었다.

어깨를 떨구고 터덜터덜 복도를 걸어가는 아사히나 선배의 뒷모습이 너무나도 가엾게 느껴졌기에,

"아사히나 선배."

"뭔가요?"

도저히 연상으로는 보이지 않는 아사히나 선배는 순진무구 그 자체인 얼굴을 살짝 기울였다

"그런 괴상한 단체엔 안 들어와도 상관없어요. 그 녀석이라면 신경 안 쓰셔도 됩니다. 제가 나중에 말할게요."

"아니에요."

그녀는 자리에 멈춰 서서 눈을 살짝 가늘게 떴다. 미소를 짓는 듯한 모양을 한 입술에서 부드러운 목소리가 흘러나왔다.

"괜찮습니다. 전 들어가겠어요."

"하지만 아마 변변한 일이 없을 텐데요."

"괜찮아요. 당신도 있잖아요?"

그러고 보니 나는 왜 있는 거지?

"아마 이게 이 시간 평면상의 필연인 거겠죠…."

동글동글하다고밖에 표현할 길이 없는 그녀의 눈동자가 먼 곳을 바라보았다.

"네?"

"그리고 나가토 씨가 있는 것도 신경이 쓰이고요…."

"신경이 쓰여요?"

"어, 아, 아무것도 아니에요."

아사히나 선배는 당황한 듯 고개를 도리도리 저었다. 폭신폭신한 머리카락이 살랑살랑 흔들린다.

그리고 아사히나 선배는 쑥스럽다는 듯 웃음을 지으며 깊이 고개를 숙였다.

"많이 모자라지만 잘 부탁드릴게요."

"뭐, 그렇게 말씀하신다면…."

"그리고 그냥 편하게 미쿠루라고 불러주세요."

방긋 웃음.

으음, 현기증이 날 정도로 귀엽다.

어느 날 하루히와 내가 나눈 대화.

"이제 필요한 건 뭘까?"

"글쎄다."

"역시 수수께끼의 전학생이 필요 요소인 것 같아."

"수수께끼의 정의를 좀 가르쳐다오."

"너도 새학기가 시작된 지 두 달도 안 지났는데 그런 시기에 전학 오는 녀석은 충분히 수수께끼의 자격이 있다고 생각하잖아?"

"아버지가 갑자기 전근을 가게 되신 게 아니고?"

"아니, 부자연스러워."

"너한테 자연스러운 게 뭔지 난 그것이 알고 싶다."

"수수께끼의 전학생 좀 안 오려나."

"그러니까 내 의견 따윈 아무래도 좋다 이거로군. 너는."

아무래도 하루히와 내게 뭔가 꿍꿍이가 있다는 소문이 돌고 있나 보다.

"너 스즈미야랑 대체 뭘 하는 거야?"

이런 질문을 던진 건 당연히 타니구치다.

"설마 둘이 사귀는 건 아니겠지?"

절대로 아니다. 내가 대체 뭘 하고 있는지 그건 내 자신이 제일 알고 싶을 정도다.

"적당히 해둬. 여긴 중학교가 아니야. 운동장을 못 쓰게 만들 정도의 장난을 치면 최소한 정학일 거라고."

하루히가 혼자서 하겠다면 난 거기까지 한 배를 타지는 못할 텐데. 적어도 나가토 유키나 아사히나 미쿠루 선배에게 피해가 가지 않도록 주의를 하자. 이런 배려를 할 줄 아는 내가 조금은 자랑스럽구나.

폭주 특급으로 변한 하루히를 막을 자신은 별로 없지만.

"컴퓨터도 필요해."

SOS단의 설립을 선언한 이후 긴 테이블과 철제 의자, 거기에 책장 정도밖에 없었던 문예부 동아리방에는 물건들이 엄청난 속도로 늘어나기 시작했다.

어디서 가져온 건지 이동식 옷장이 방구석에 놓였고, 커피포트에 주전자, 사람 수에 맞는 컵까지 가져온데다 요즘엔 보기 힘든, MD도 안 달린 휴대용 CD 카세트에 1단밖에 없는 냉장고, 미니 난로,

질그릇, 주전자, 다양한 식기는 대체 뭐지. 여기서 살 작정인가?

지금 하루히는 어느 교실에선가 슬쩍해온 책상 위에 양반다리를 하고 앉아 팔짱을 끼고 있었다. 그 책상에는 놀랍게도 '단장'이라고 매직으로 써놓은 삼각뿔까지 세워져 있었다.

"이 정보화 시대에 컴퓨터 한 대도 없는 동아리라니 용서할 수가 없어."

도대체 누구를 용서하지 않을 작정인데.

일단 멤버는 다 갖춰졌다.

여전히 나가토 유키는 자기 위치에서 토성의 마이너 위성이 떨어졌네 어쩌네 하는 제목의 양장본에 심취해 있었고, 안 와도 되는데도 매번 성실하게 찾아오는 아사히나 미쿠루 선배는 어색하게 철제 의자에 걸터앉아 있었다.

하루히는 책상에서 뛰어내리더니 날 향해 정말 끝내주게 기분 나쁜 웃음을 던졌다.

"그러니까 조달하러 가자."

사냥 허가 지역으로 사슴 사냥을 하러 가는 사냥꾼의 눈을 하고는 하루히가 말했다.

"조달이라니, 컴퓨터를? 대체 어디서? 전자제품점이라도 털게?"

"설마. 그보다는 더 가까운 곳이지."

따라오라는 명령을 받은 나와 아사히나 선배를 끌고 하루히가 향한 곳은 방 두 개 옆에 있는 컴퓨터 연구부였다.

"이거 갖고 있어."

그렇게 말하고선 내게 1회용 카메라를 건넸다.

"알겠지? 작전을 말해줄 테니까 그대로 해야 된다. 타이밍을 놓치지 말 것."

몸을 숙이라고 하고선 하루히는 내 귓가에 그 '작전'인지 뭔지를 쑥덕거렸다.

"뭐어? 그게 말이 되냐?"

"그럼."

너한테는 될지 모르지.

난 신기하다는 표정으로 우리를 보고 있는 아사히나 선배를 쳐다보곤 눈으로 신호를 보냈다.

어서 가보는 게 좋을 겁니다.

눈을 깜빡거리고 있는 날 아사히나 선배는 의아하다는 표정으로 올려다보더니 대체 무슨 연유에서인지 얼굴을 붉혔다. 안 되겠군, 안 먹혀.

그런 짓을 하고 있는 사이 하루히는 태연한 얼굴로 컴퓨터 연구부의 문을 노크도 없이 열어젖혔다.

"안녕하세요! 컴퓨터 한 세트 가지러 왔습니다!"

구조는 같았지만 이 방은 상당히 좁았다. 동일한 간격으로 나란히 줄지어 있는 테이블에는 여러 대의 모니터와 타워형 본체가 놓여 있었고, 냉각팬이 돌아가는 낮은 소음이 실내의 공기를 진동시키고 있었다.

자리에 앉아 키보드를 두드리고 있던 남학생 네 명이 무슨 일이 나는 표정으로 몸을 내밀어 입구를 막고 서 있는 하루히를 응시하고 있었다.

"부장은 누구지?"

미소를 짓고는 있지만 건방지게 하루히가 말을 던지자 한 명이 자리에서 일어나 대답했다.

"난데 무슨 일이지?"

"무슨 일인지는 방금 밝혔는데. 한 대면 되니까 컴퓨터를 줘."

컴퓨터 연구부 부장인 이름도 모르는 상급생은 '이 녀석이 대체 무슨 소릴 하는 거야?' 라는 표정으로 고개를 저었다.

"안 돼. 이 컴퓨터는 예산만으로는 부족해서 부원들이 사비를 털어 애써 마련한 거라고. 달라고 해서 줄 수 있을 만큼 우리는 기재들을 많이 구비하고 있지 못하다."

"하나 정도 가지고 뭘 그래. 이렇게 많은데."

"이봐…. 그런데 너흰 누구냐?"

"SOS단 단장 스즈미야 하루히. 이 두 사람은 내 부하 1과 부하 2."

다른 표현도 있을 텐데 부하라니 너무하잖아.

"SOS단의 이름을 걸고 명령하겠다. 군말 말고 한 대 내놔."

"너희가 누군지는 모르겠지만 아무튼 안 돼. 너희들이 직접 사면 되잖아."

"그렇게까지 나온다면 우리도 생각이 있지."

하루히의 눈동자가 무시무시하게 빛을 발했다. 이건 불길한 징조다.

멍하니 서 있던 아사히나 선배의 등을 떠밀어 부장 앞으로 걸어간 하루히는 갑자기 그 녀석의 손목을 잡는가 싶더니 전광석화 같이 부장의 손바닥을 아사히나 선배의 가슴에다 밀어붙였다.

"꺄아악!"

"우왓!"

찰각. 두 종류의 비명을 BGM으로 들으며 난 일회용 카메라의 셔터를 눌렀다.

도망치려는 아사히나 선배를 붙잡은 하루히는 오른손으로 움켜쥐고 있는 컴퓨터 연구부 부장의 손으로 몸집이 작은 그녀의 가슴을 마구마구 비벼댔다.

"쿈, 한 장 더 찍어."

원하는 바는 아니었지만 나는 셔터를 눌렀다.

미안합니다, 아사히나 선배. 그리고 이름도 모르는 부장.

자신의 손이 아사히나 선배의 치마 속에 파고들어가기 직전에야 부장은 겨우 하루히의 손을 뿌리치고 펄쩍 뒤로 물러났다.

"무슨 짓을 하는 거야!"

붉게 물든 그 얼굴 앞에서 하루히는 우아하게 손가락을 흔들었다.

"쯧쯧쯧. 너의 성희롱 현장은 완벽하게 촬영을 끝냈다. 이 사진이 전교에 퍼지는 걸 원치 않는다면 어서 컴퓨터를 내놔."

"말도 안 돼!"

입에 게거품을 물고 항의하는 부장. 그 심정은 십분 이해하오.

"네가 억지로 시킨 거잖아! 난 무죄야!"

"대체 몇 명이나 네 말에 귀를 기울여줄까?"

보아하니 아사히나 선배는 바닥에 털썩 주저앉아 있었다. 너무 놀라 이젠 허탈의 경지에 도달한 것이다.

부장은 여전히 항변했다.

"여기 있는 부원들이 증인이 되어줄 거다! 그건 내 의사가 아니었어!"

아연히 입을 쩍 벌린 채 굳어 있는 세 명의 컴퓨터 연구부원들이 그제야 제정신을 차렸는지 고개를 끄덕였다.

"그래."

"부장은 잘못 없어."

하지만 그런 맥빠진 합창이 먹힐 하루히가 아니었다.

"부원 전원이 한패가 되어 이 애를 윤간했다고 소문내겠어!"

나와 아사히나 선배를 포함한 전원의 얼굴이 파랗게 질렸다.

아무리 그래도 그건 너무하잖아.

"스, 스, 스, 스즈미야…!"

다리에 매달려 애원하는 아사히나 선배의 손을 가볍게 뿌리치고 하루히는 거만하게 가슴을 쫙 폈다.

"어때, 넘길 거야, 안 넘길 거야?"

붉으락푸르락 정신 없이 변하던 부장의 얼굴은 마침내 흙빛으로 까맣게 변했다.

결국 그는 함락되었다.

"마음에 드는 걸 가져가라…."

쓰러지듯 의자에 주저앉은 부장에게 다른 부원들이 달려들었다.

"부장!"

"정신차려요!"

"정신 차리십쇼!"

실이 끊어진 꼭두각시 인형처럼 부장은 고개를 떨구었다. 하루히 의 한쪽 팔을 맡고 있는 나이긴 하지만 동정을 금할 수 없었다.

"최신 기종은 어느 거지?"

정말 냉철한 여자다.

"왜 그런 걸 가르쳐줘야 하냐?"

화가 나서 소리지르는 부원의 말을 귓등으로 흘려버리고 하루히는 말없이 내가 가진 카메라를 가리켰다.

"젠장! 저거다!"

그 녀석이 가리킨 타워형 본체의 메이커 제조사와 모델 번호를 확인하며 하루히는 치마 주머니에서 종잇조각을 꺼냈다.

"어제 컴퓨터 가게에 들러서 점원한테 요즘 가장 최근에 나온 기종을 보여달라고 했지. 이건 없었던 것 같은데?"

이 용의주도함에는 전율이 들 정도다.

하루히는 테이블을 쭉 둘러보며 확인한 뒤 그중 한 대를 지명했다.

"이거 줘."

"잠깐만! 그건 겨우 저번 달에 구입한…!"

"카메라, 카메라."

"…가져가! 이 도둑놈아!"

정말 도둑이다. 반박할 말이 없다.

하루히의 요구는 멈출 줄을 몰랐다.

케이블을 다 잡아뺀 하루히는 모니터에서부터 시작해 하나도 빠짐 없이 문예부실로 옮기라고 한 다음, 설치를 명령했고, 나아가 인터넷을 사용할 수 있도록 LAN선을 두 방 사이에 연결하도록 한 다음 마침내 학교 도메인을 통해 인터넷에 접속할 수 있게 하라고 명령을 했는데 그 모든 것을 컴퓨터 연구부원이 해야 했다. 적반하장이란 바로 이런 광경을 보고 하는 소리일 것이다.

"아사히나 선배."

완전히 꿔다놓은 보릿자루가 되어버린 나는 두 손으로 얼굴을 가리고 웅크리고 있는 작은 몸에 대고 말했다.

"그만 가보죠."

"흐으으윽…."

훌쩍이고 있던 아사히나 선배를 감싸며 일으켜 세웠다. 사기 가슴을 만지게 했으면 됐을 것 아냐, 하루히 녀석. 남자 앞에서 태연하게 옷을 갈아입는 그 녀석이라면 그깐 걸로는 눈 하나 깜짝 안 했을 텐데. 울음을 그치지 않는 아사히나 선배를 달래며, 컴퓨터를 써서 대체 뭘 작정일까 생각에 잠겼다.

뭐 그것도 금방 밝혀지긴 했지만.

SOS단의 웹사이트 개설.

하루히는 그걸 하고 싶었나보다.

누가 만드는데? 그 웹사이트인지 뭔지 하는 녀석을.

"네가."

라고 하루히는 말했다.

"어차피 한가하잖아. 해. 난 남은 부원들을 찾아야 하니까."

컴퓨터는 '단장'이라고 적힌 삼각뿔이 달린 책상에 놓여 있었다. 하루히는 마우스를 조작해 인터넷 서핑을 하며,

"이틀 안에 부탁해. 사이트가 없으면 활동할 길이 없잖아."

자기 일이 아니라는 듯 책을 읽는 나가토 유키의 옆에서 아사히나 선배는 테이블에 엎드려 어깨를 들썩이고 있었다.

현재 하루히의 말을 듣고 있는 건 아무래도 나뿐인 듯했고 하루히의 신탁을 들은 이상, 내가 해야만 하는 상황인 것 같다. 적어도

하루히가 그렇게 생각하고 있다는 것만은 확실했다.

"말만 한다고 답이 나오냐."

라고 말은 하면서도 나도 조금은 의욕이 나고 있었다. 하루히의 명령하는 말투에 익숙해져서 그런 건 아니라고. 사이트 제작이 말이야. 해본 적은 없지만 재미있을 것 같잖아.

그러니까 결국 그런 연유로 해서 다음날부터 나의 인터넷 사이트 작성 분투기가 시작되었다.

이렇게 말은 해도 분투고 뭐고 없었다. 과연 이름만 컴퓨터 연구부가 아닌지라 웬만한 어플리케이션은 모두 하드디스크 안에 깔려있었고 사이트 작성도 템플릿에 맞춰 조금 자르거나 붙여주거나 하면 그만이었기 때문이다.

문제는 거기에 무엇을 쓰느냐이다.

난 SOS단이 무엇을 활동 이념으로 삼고 있는 단체인지 아직까지 모르고 있는 상황이다. 모르는 활동 이념에 대해 쓸 수 있을 리가 없는지라 톱 페이지에 'SOS단의 사이트에 오신 걸 환영합니다!'라고 쓴 화상 데이터를 붙인 단계에서 내 손가락은 그대로 멈추고 말았다. 됐으니까 만들어, 빨리 만들어, 하루히가 주문처럼 귓가에서 지껄여대는 것이 짜증나서 이렇게 점심시간에 도시락을 먹어가며 마우스를 움켜쥐고 있는 나였다.

"나가토, 뭔가 써본 적 있냐?"

점심 시간에까지 동아리방에 와서 책을 읽고 있는 나가토 유키에게 물어보았다.

"아니."

고개도 들지 않는다. 뭐, 나하곤 상관없는 일이다만 이 녀석은 수업은 제대로 들어가긴 하고 있는 걸까.

나가토 유키의 안경 낀 얼굴에서 17인치 모니터로 시선을 돌리고 나서 나는 다시 생각에 잠겼다.

하나 더 문제가 있다. 정식으로 인가를 받지 않은, 동아리 이하의 수상한 단체에 관한 사이트를 학교 어드레스로 만들어도 되는 걸까.

들키지 않으면 되는 거지. 이것은 하루히의 주장. 들켜봤자 그냥 내버려두면 돼, 이런 건 저지른 사람이 이기는 거라고!

낙관적이면서 어떤 의미에서 긍정적인 이 성격은 아주 조금이긴 하지만 부러울 정도다.

대충 주워온 프리 CGI의 접속 카운터를 붙이고 메일 주소를 기재하고—게시판은 시기상조겠지—타이틀 페이지가 전부인, 콘텐츠라고는 하나도 없는 헐렁하기 그지없는 홈페이지를 올렸다.

이 정도면 되겠지.

인터넷상에 제대로 표시되고 있는지를 확인한 뒤 나는 프로그램을 차례로 끄고서 컴퓨터를 종료한 다음 커다랗게 하품을 하려다가 나가토 유키가 등 뒤에 있다는 것을 깨닫고 펄쩍 뛰어올랐다.

기척이란 것도 없냐, 너는.

어느 사이엔가 내 뒤에 자리잡은 나가토의 가면과도 같은 하얀 얼굴. 의도적으로 만들려고 해도 불가능할 것 같은 완벽한 무표정으로 나가토는 나를 시력 검사표라도 보는 듯한 눈으로 바라보고 있었다.

"이거."

두툼한 책을 내밀었다. 반사적으로 받아든다. 묵직하니 무게가 느껴졌다. 표지는 며칠인가 전에 나가토가 읽고 있던 해외 SF물이었다.

"빌려줄게."

나가토는 짧게 말한 뒤 반박할 여유도 주지 않은 채 방을 나가버렸다.

이렇게 두꺼운 책을 빌려준다고 해도 말이지, 어이. 혼자 남겨진 내 귀에 점심시간이 이제 곧 끝난다는 것을 알리는 예비 종소리가 들렸다. 아무래도 내 주위에는 내 의견을 들으려는 녀석이 없는가 보다.

양장본을 손에 들고 교실로 돌아온 내 등을 샤프 끝이 찔렀다.

"어때, 사이트 다 됐어?"

하루히가 심각한 얼굴로 책상에 달라붙어 있었다. 찢어진 노트에 뭔가를 열심히 적고 있었다.

나는 가능한 한 반 아이들의 주목을 받지 않기 위해 자연스럽게 행동하려 애쓰며,

"되기는 됐는데, 보러 온 녀석이 화낼 정도로 아무것도 없는 사이트야."

"지금은 그 정도로 충분해. 메일 주소만 있으면 충분하다고."

그럼 휴대전화 메일 주소로 충분하잖아.

"그건 안 돼. 메일이 쇄도하면 곤란하잖니."

뭘 어떻게 하면 갓 등록한 메일 주소에 메일이 쇄도하는데?

"비밀."

그리고 다시 불길한 느낌의 미소. 기분 나쁘다.

"방과 후가 되면 알게 될 거야. 그때까지는 극비 사항이야."

영원히 극비로 남겨됐으면 하는 바람이다.

다음 시간인 6교시에 하루히의 모습은 교실에서 찾아볼 수 없었다. 얌전히 집에 돌아가줬으면 좋겠지만 만에 하나라도 그럴 리는 없을 것이다. 뭔가 악업을 저지르기 위한 전 단계라는 느낌이 이런 걸까.

그 방과 후가 되었다.

자신이 하는 행동에 의혹을 느끼면서도 몸이 자연스레 동아리방으로 향하고 마는 이유는 무엇일까 하는 형이상학적인 고찰을 하며 나는 문예부실에 도착했다.

"안녕."

역시 존재하고 있는 나가토 유키와 두 손을 모으고 의자에 앉아 있는 아사히나 미쿠루 선배.

남의 말을 할 처지는 아니지만 무척이나 한가한가보다, 이 두 사람은.

내가 들어오자 아사히나 선배는 확연하게 안심했다는 표정을 지으며 인사를 했다. 나가토와 단둘이 밀실에 있으면 피곤하기도 하겠지.

그보다 당신, 그런 꼴을 당했으면서도 용케 오늘도 여기에 찾아오셨네요.

"스즈미야 씨는요?"

"글쎄요, 6교시부터 안 보이던데요. 또 어디서 기재를 강탈하고 있는 거 아닐까요?"

"전 또 어저께와 같은 일을 해야만 하는 걸까요…."

이마에 주름을 새기며 고개를 숙이는 아사히나 선배에게, 나는 최대한 열심히 편안한 미소를 지으려고 노력하며,

"걱정 마세요. 다음에 억지로 아사히나 선배한테 그런 짓을 하려고 하면 내가 전심전력으로 막겠습니다. 자기 몸을 가지고 하면 될 거 아닙니까. 스즈미야라면 간단한 일일걸요."

"고마워요."

꾸벅 인사를 하며 조심스런 미소를 짓는 아사히나 선배의 모습이 너무나도 귀여워서 나도 모르게 확 안고 싶어졌다. 물론 안지는 않았지만.

"부탁드리겠습니다."

"부탁해주십시오."

호언장담을 한 것까진 좋은데 나의 그런 약속이 탁상공론, 사상누각, 태양 내부의 수소 원자와 같이 붕괴되기까지는 5분도 걸리지 않았다. 난 못난이야.

"야호."

라는 인사를 하며 하루히 등장. 양손에 들려 있는 커다란 종이 봉투가 내 시선을 사로잡았다.

"조금 시간이 많이 걸렸네. 미안, 미안."

기분 좋을 때의 하루히는 반드시 남에게 민폐가 될 법한 생각을 하고 있다고 봐도 확실했다.

하루히는 종이 봉투를 바닥에 놓고선 문을 잠갔다. 그 소리에 반사적으로 움찔 떠는 아사히나 선배.

"이번엔 무슨 짓을 하려는 거냐, 스즈미야? 말해두겠는데 강도 같은 짓은 제발 그만해라. 그리고 협박도."

"무슨 소릴 하는 거야? 내가 그런 짓을 할 리가 없잖아."

그럼 책상에 놓여 있는 컴퓨터는 뭔데?

"평화적으로 기부를 받은 거지. 그보다 자, 이걸 좀 봐."

종이 봉투 안에서 하루히가 꺼낸 물건은 뭔가 손으로 쓴 글자가 인쇄된 A4 크기의 갱지였다.

"우리 SOS단의 이름을 알리기 위해 만든 전단지야. 인쇄소에 몰래 들어가 2백 장쯤 찍어왔지."

하루히는 우리들에게 전단지를 나눠줬다. 수업을 땡땡이치고 그런 짓을 하고 있었던 거냐. 용케도 안 들켰네. 보고 싶지는 않지만 일단은 받은 것을 읽어보았다.

'SOS단 결단에 따른 소신 표명.

우리 SOS단은 이 세계의 신비한 현상을 대대적으로 모집하고 있습니다. 과거에 신비한 경험을 한 적이 있는 사람, 지금 현재 매우 신비한 현상이나 수수께끼에 직면한 사람, 머지않아 신비한 경험을 할 예정인 사람, 그런 사람이 있다면 우리에게 상담을 하십시오. 즉시 해결해드리겠습니다. 확실합니다. 단 평범하게 신비한 일은 안 됩니다. 우리가 놀랄 정도로 신비한 일이 아니면 안 됩니다. 주의하십시오. 메일 주소는….'

이 단체의 존재 의의가 점점 이해가 된다. 아무래도 하루히는 SF인지 판타지인지 호러인지 하는 이야기의 세계에 푹 빠져보고 싶은가 보다.

"그럼 나눠주러 가자."

"어디로?"

"교문에. 이 시간이면 아직 하교 안 한 학생들도 많을 거야."

예, 예, 그러십니까요 라며 종이 봉투를 들려던 나를 하루히가 막아섰다.

"넌 안 와도 돼. 미쿠루만 오는 거야."

"네?"

두 손으로 갱지를 움켜쥐고 시시껄렁한 문장을 읽고 있던 아사히나 선배가 고개를 갸웃거렸다. 하루히는 다른 종이 봉투 하나를 더 뒤적이더니 거기서 기세 좋게 물건을 꺼냈다.

"짜자잔!"

고양이형 로봇처럼 득의양양하게 하루히가 꺼내든 것은 처음엔 검은 천조각으로 보였다.

하지만, 오, 노!

하루히가 마치 4차원 포켓에서 꺼내기라도 하는 듯 차례로 아이템을 선보이자 나는 왜 하루히가 아사히나 선배를 지명했는지 이해했고, 아사히나 선배를 위해 기도했다. 당신의 영혼에 평화가 있기를.

딱 달라붙는 검정색 소재로 된 옷, 망사 타이츠, 귀 머리띠, 나비 넥타이에 하얀색 깃, 커프스 및 꼬리.

그것은 어느 구석을 봐도 바니걸의 의상이었다.

"저어, 저기, 저어, 그건 대체…."

두려움에 떠는 아사히나 선배.

"알면서 왜 그래? 바니걸이야."

별일도 아니라는 듯 말하는 하루히.

"서, 서, 서, 설마 내가 그걸 입는….”

"물론 미쿠루 것도 있어.”

"그, 그런 건 못 입어요!”

"걱정 마. 치수는 다 맞을 거야.”

"그게 문제가 아니라, 저어, 설마 그걸 입고 교문에서 전단지를 ….”

"당연하지.”

"시, 싫어요!”

"시끄러워.”

큰일났다. 눈빛이 매서워졌어.

무리에서 벗어난 가젤을 습격하려는 암사자와 같은 민첩한 동작으로 아사히나 선배에게 달려든 하루히는 버둥거리는 그녀의 세일러복을 재빨리 벗기더니 이어 치마의 후크에 손을 댔고, 이건 말리는 게 좋겠다는 생각에 한 발 나서던 나는 아사히나 선배와 눈이 마주치는 바람에,

"보지 말아요!”

라는 그녀의 울먹이는 소리로 인해 황급히 우향우를 해서 문으로 달려가—젠장, 잠겨있잖아—마구잡이로 손잡이를 덜그럭거리다가 가까스로 열고선 굴러나가듯 복도로 탈출했다.

그때 언뜻 본 바에 따르면 나가토 유키는 마치 아무 일도 없다는 듯 책을 읽고 있었다.

뭐 할 말 없냐?

닫힌 문에 기대어 선 내게,

"아앗!", "안 돼!", "저기…, 내, 내가 벗을 테니까…, 꺄악!"

등등의 가엾기 그지없는 아사히나 선배의 비통 그 자체의 비명과,

"아자!", "자, 다 벗었다!", "처음부터 순순히 그렇게 나왔어야지!"

라는 하루히의 우쭐한 외침이 순서대로 들려왔다. 으으음, 신경이 쓰이지 않는다고 하면 거짓말일 것이다, 이건.

그렇게 한참이 지나 신호가 들려왔다.

"들어와도 돼."

조금 주저하며 방으로 돌아간 내 눈에 들어온 것, 그것은 뭐라 달리 표현할 길이 없을 정도로 완벽한 두 사람의 바니걸이었다.

하루히도, 아사히나 선배도 기가 막힐 정도로 잘 어울렸다.

크게 파인 가슴과 등, 하이레그 커트 아래로 뻗어나온 망사 타이츠에 감긴 다리, 꿈틀꿈틀 움직이는 토끼 귀와 하얀색 깃과 커프스가 포인트! 무슨 포인트인지는 나도 모르겠지만.

늘씬한 주제에 나올 데는 다 나와 있는 하루히와 작은 주제에 나와야 할 곳은 다 나와 있는 아사히나 선배의 모습은 확실히 너무나 어울리다 못해 지나칠 정도였다.

흑흑흑 하며 울먹이는 아사히나 선배에게 "잘 어울리는데요" 라고 말을 걸어야 좋을지 고민하고 있는데 하루히가,

"어때?"

라고 물었지만, 난 네 녀석의 머리를 의심하는 것밖에 못 하겠다. 현재 상황에선.

"이걸로 완벽하게 주목을 끌겠지! 이 모습이라면 웬만한 사람이

라면 다 전단지를 받아들 거야. 그치!"

"그야 그런 코스튬을 걸친 녀석이 학교에 두 명이나 어슬렁거린 다면 원치 않아도 눈에 띄겠지…. 나가토는 안 해도 돼?"

"두 벌밖에 못 샀어. 풀 세트라서 비쌌거든."

"그런 걸 대체 어디서 파는데?"

"인터넷."

"…그렇군."

평소보다 키가 커 보인다 했더니, 완벽을 추구하기 위해 하이힐 까지 갖추고 계셨던 거군요.

하루히는 전단지가 가득 담긴 종이 봉투를 들고선 외쳤다.

"가자, 미쿠루."

몸을 가리기 위해 팔짱을 끼고 있던 아사히나 선배는 도움을 요 청하듯 나를 바라보았다. 나는 아사히나 선배의 바니 스타일에 넋 이 나가 있을 뿐이었다.

죄송합니다. 솔직히 못 참겠습니다.

아사히나 선배는 어린아이처럼 훌쩍이며 테이블에 매달려보았지 만 하루히의 괴력에 당할 길이 없는지라 이내 작은 비명과 함께 끌 려가듯 사라졌고, 두 사람의 바니걸은 방에서 모습을 감추었다. 죄 책감에 사로잡히며 힘없이 자리에 앉으려는데,

"그거."

나가토 유키가 바닥을 가리켰다. 시선을 돌리자 그곳에는 난잡하 게 흩어져 있는 두 벌의 세일러복과…, 저건 브래지어냐?

짧은 머리의 안경 소녀는 입을 다문 채 손가락 끝을 이동식 옷장 으로 돌리더니 자기 할 일은 다 마쳤다는 듯 독서에 다시 몰두했다.

네가 좀 해줘라.

한숨을 내쉬며 난 그녀들의 교복을 주워서 옷걸이에 걸었다. 윽, 아직 체온이 남아 있잖아. 너무 생생하네.

30분 후, 완전 녹초가 된 아사히나 선배가 돌아왔다. 우와, 진짜 토끼처럼 두 눈이 빨갛네, 이런 소리를 하고 있을 때가 아니지.

나는 황급히 의자를 내밀었고 아사히나 선배는 며칠 전처럼 테이블에 엎드려 보기 좋은 견갑골을 흔들기 시작했다. 옷을 갈아입을 기력도 없어 보였다. 등이 반이 넘게 파여 있기 때문에 어디다 시선을 둬야 좋을지 난감했다. 나는 재킷을 벗어 떨고 있는 하얀 등에 걸쳐주었다.

훌쩍거리며 우는 소녀와 아무 반응도 보이지 않는 독서광, 당황에 넋이 나간 녀석(바로 나다)이 분위기 끝장인 방 안에서 묵묵히 보내는 시간…. 멀리서 울고 있는 브라스 밴드의 서툰 나팔 소리와 야구부의 명확하지 못한 고함소리가 묘하게 선명하게 들려온다.

내가 오늘 저녁은 뭘까와 같은 시시한 생각을 떠올리기 시작했을 때가 돼서야 마침내 하루히가 용감하게 귀환했다. 오자마자 첫 마디가,

"열 받아! 뭐니, 그 바보 선생들, 방해만 하고 있어!"

바니걸 모습으로 화를 내고 있었다. 대충 무슨 일이 벌어졌는지 짐작이 안 가는 건 아니었지만, 그래도 물어나보자.

"무슨 문제라도 있었어?"

"문제고 뭐고! 아직 반밖에 못 뿌렸는데 선생들이 달려와서 그만두라는 거 있지! 자기들이 뭔데!"

너야말로 뭐냐. 바니걸 둘이서 학교 문 앞에서 전단지를 나눠주고 있다면 선생이 아니라도 달려올 거다.

"미쿠루는 펑펑 울어대지, 나는 학생 지도실로 끌려갔지, 핸드볼광 오카베가 오질 않나."

학생 시도 담당인 선생도 오카베 담임도 시선 둘 곳을 몰라 참 난처했겠다.

"아무튼 너무 화나! 오늘은 이걸로 끝이다, 끝!"

하루히는 거칠게 토끼 귀를 잡아빼더니 바닥에 내팽개치고는 바니 제복을 벗으려 했고, 나는 밖으로 달려나갔다.

"언제까지 질질 짜고 있을 거야! 자, 어서 일어나서 옷 갈아입어!"

복도 벽에 기대어 두 사람이 다 갈아입을 때까지 기다렸다. 노출광이라서가 아니라, 하루히는 자신들의 반라 차림이 남자들에게 어떤 영향을 미치는지 도통 이해를 못 하고 있는 것 같다. 바니걸 코스튬도 선정적인 부분에 주목해서가 아니라, 단순히 눈에 띄고 싶어서 고른 게 분명할 것이다.

제대로 된 연애를 못 하는 것도 어찌보면 당연하다.

조금은 남자의, 적어도 나의 눈쯤은 신경을 써줬으면 하는 바람이다. 이보다 더 피곤할 수가 없을 것 같다. 아사히나 선배를 위해서도 그렇게 기원하지 않을 수 없었다. 그런데… 나가토도 뭐라고 한 마디쯤은 해주면 좋잖아.

마침내 방에서 나온 아사히나 선배는 안전빵으로 선택한 곳조차 낙방하는 바람에 입시에 완전히 실패한 직후의 삼수생 같은 얼굴이었다. 뭐라 말을 해야 좋을지 몰라 입을 다물고 있는데,

"쿈…."

심해에 가라앉은 호화 여객선에서 들려오는 유령과도 같은 목소리가.

"…내가 시집을 못 가게 되면 날 받아주겠어요…?"

뭐라고 말을 해야 좋을까. 아니, 그보다 당신도 절 그 이름으로 부르시는 겁니까요.

아사히나 선배는 기름이 떨어진 로봇과 같은 움직임으로 내 재킷을 돌려주었다. 가슴에 뛰어들어 울지 않을까 하는 못된 생각을 잠시 했지만, 그녀는 시든 배추입처럼 축 처진 얼굴을 한 채 걸음을 옮겨 사라졌다.

조금 아쉽네.

이튿날 아사히나 선배는 학교를 쉬었다.

이미 교내에 널리 퍼져 있던 스즈미야 하루히의 이름은 바니걸 소동 덕분에 유명한 수준을 초월해 전교생의 상식 차원에 이르렀다.

그건 상관없다. 하루히의 기행이 전교에 알려지든 말든 내 알 바 아니니까.

문제는 스즈미야 하루히의 옵션으로 아사히나 미쿠루라는 이름이 따라붙게 되었다는 것과 주위의 시선이 나한테까지 쏠리는 듯한 기분이 든다는 것이다.

"쿈…, 드디어 넌 스즈미야와 유쾌한 동료들의 일원이 되어버린 거로구나…."

쉬는 시간에 타니구치가 동정의 기색이 엿보이는 말투로 말했다.

"설마 스즈미야에게 동료가 생길 줄이야…. 역시 세상은 넓어."

시끄러워.

"정말 어제는 깜짝 놀랐다. 집에 가는 길에 바니걸을 만나게 되다니, 꿈이라도 꾸는 건가 하는 생각이 들기도 전에 내가 제정신인지 의심부터 했다니까."

이건 쿠니키다. 눈에 익은 갱지를 팔랑거리며,

"이 SOS단이란 게 대체 뭐냐? 그게 뭐 하는 곳인데?"

하루히한테 물어봐라. 나는 몰라. 알고 싶지도 않다. 만약 알고 있다 하더라도 말하고 싶지 않아.

"신비한 일을 제보해달라고 쓰여 있는데, 구체적으로 뭘 말하는 거야? 그리고 평범한 건 안 된다니 이해가 안 가는데 말이지."

아사쿠라 료코까지 다가왔다.

"재미있는 일을 하는 것 같구나. 하지만 공중 도덕에 위배되는 짓은 그만 두는 게 좋아. 그건 좀 지나쳤던 것 같아."

나도 그냥 학교 쉴걸.

하루히는 아직도 화가 나 있었다. 전단지 배부를 중간에 방해받은 것에 대한 분노도 분노였지만, 오늘 방과 후가 되어서도 SOS단 앞으로 메일이 단 한 통도 오지 않았기 때문이다. 한두 번쯤은 장난 메일이라도 오지 않을까 생각했지만 세상은 생각했던 것보다 훨씬 상식적이었다. 아마 다들 하루히와 얽히면 귀찮아질 거라 생각했을 게 분명하다.

텅 빈 메일 박스를 한껏 찡그린 눈으로 노려보며 하루히는 광마우스를 휘둘렀다.

"왜 하나도 안 온 거야!"

"바로 어제 일이었잖아. 다른 사람한테 말하기를 주저할 정도로 엄청난 수수께끼 물체일지도 모르고, 이렇게 수상쩍은 단체를 믿을 마음이 안 내키는지도 모르지."

나는 나름대로 위로의 말을 건넸다. 정말이다.

무슨 신비한 비밀 같은 거 없습니까? 네, 있습니다. 오오, 멋지군요, 제게 가르쳐주세요, 알겠습니다, 사실은….

이렇게 풀릴 리가 없지 않은가.

알겠냐, 하루히. 그런 건 만화나 소설 속에만 존재하는 거야. 현실은 훨씬 더 혹독하고 냉철한 곳이라고. 평범한 고등학교 한 구석에서 세계가 끝날 것 같은 음모가 진행 중이라든가, 인간 외의 생명체가 한적한 주택가를 배회한다거나, 뒷산에 우주선이 묻혀 있다거나 그런 일은 없어. 절대로, 절대로 없다. 알겠지? 너도 사실은 이해하고 있지? 그저 이글거리는, 주체할 수 없는 젊은 혈기로 인한 짜증이 너에게 엉뚱한 행동을 하도록 몰고 가는 것뿐이지? 이제 그만 정신 차리고 어디 멋진 남자라도 하나 잡아서 같이 하교도 하고 일요일에 영화도 보러 가고 그래라. 아니면 운동부에라도 들어가서 마음껏 활개쳐봐. 너라면 바로 정규 선수로 활약할 수 있을 거다.

…라고 좀더 상식적인 말로 설교를 하고 싶었지만, 아마 다섯 줄쯤 이야기한 상태에서 철권이 날아올 것 같단 예감이 들어 그만두었다.

"미쿠루는 오늘 안 왔어?"

"이제 두 번 다시 안 오지 않을까? 가엾게도 마음에 상처를 받지 않았으면 좋겠는데."

"기껏 새 의상을 준비했는데."

"너나 입어라."

"물론 나도 입을거야. 하지만 미쿠루가 없으면 재미없잖아."

나가토 유키는 여전히 희박한 존재감과 함께 테이블과 한 몸이
되어 있었다. 아사히나 선배한테 집착하지 말고 나가토를 인형으로
삼으면 될 거 아냐.

아니, 그것도 별로 좋은 건 아니다만, 그래도 울보인 아사히나 선
배와 달리 나가토는 시키는 대로 담담하게 바니걸 의상을 걸칠 것
같다는 예감이 들었고, 그건 또 그 나름대로 보고 싶은 마음이 들기
도 했다.

대망의 전학생이 나타났다.

아침 조회 전의 짧은 시간에 나는 그 이야기를 하루히에게서 들
었다.

"굉장하지 않니? 정말로 왔어!"

원하던 장난감을 마침내 손에 넣은 유치원생 같은 환한 미소를
지으며 하루히는 책상 위로 몸을 쭉 내밀었다.

대체 어디서 듣고 왔는지는 모르겠지만, 그 전학생은 오늘부터 1
학년 9반에 들어가게 된다고 한다.

"다시 없는 기회야. 같은 반이 아닌 게 조금 아쉽긴 하지만 수수
께끼의 전학생이라고. 틀림없어."

만나보지도 않았으면서 어떻게 수수께끼인지 알 수 있는 건데.

"전에도 내가 이야기했었잖아. 이런 어중간한 시기에 전학을 오

는 학생은 높은 확률로 수수께끼의 전학생일 가능성이 크다고!"

그 통계는 언제 누가 어떻게 구한 건데? 그게 더 수수께끼다.

5월 중순에 전학을 오게 된 학생이 당연히 수수께끼의 존재라면 일본 전국에는 수수께끼의 전학생이 우글거리지 않을까 싶은데.

하지만 독자적인 스즈미야 하루히의 이론은 그런 보편적인 상식론의 추종을 허락하지 않았다. 1교시가 끝나자마자 하루히는 날 듯이 뛰쳐나갔다. 전학생을 보러 9반으로 향한 거겠지.

종이 울리기 직전이 되어서야 하루히는 복잡한 표정을 지으며 돌아왔다.

"수수께끼가 있는 애 같아 보이디?"

"으음…, 별로 그런 느낌은 없었어."

당연하지.

"잠깐 이야기해봤는데, 아직 정보가 부족해. 평범한 사람의 가면을 쓰고 있는지도 모르고, 솔직히 그럴 가능성이 더 높지. 전학 온 첫날부터 정체를 드러내는 전학생은 없을 테니까. 다음 쉬는 시간에 다시 심문해봐야겠다."

심문이라. 9반 녀석들도 놀랐을 것이다.

상상이 간다. 자진해서 누군가에게 말을 거는 적이라곤 전혀 없다고 해도 될 하루히가 갑자기 자기네 반으로 뛰어들어와 근처에 있는 녀석을 붙잡고 "전학생이 누구지?" 라고 묻고선 답을 듣자마자 그리로 돌진해 아마 친목을 돈독히 하기 위해 단란한 대화를 나누던 무리 속으로 쳐들어가선 그 분위기를 다 깨놓고 중심부로 침입, 놀라는 전학생에게 따지듯이 "어디서 왔어, 넌 뭐야?" 등등의 질문을 던지는 모습이.

문득 생각이 났다.

"남자냐, 여자냐?"

"변장을 했을 가능성도 있긴 하지만 일단 남자처럼 보였어."

그럼 남자겠지.

그렇다는 건 SOS단에 드디어 나 이외의 남학생이 늘어나게 된다는 소리도 된다. 그 남자애는 그저 전학을 왔다는 이유 하나만으로 입도 뻥긋 못 하고 입단을 강요당하게 될 것이다. 하지만 그 녀석이 나나 아사히나 선배같이 마음 착한 사람일 거라 단정할 수는 없다. 일이 그렇게 잘 풀릴까? 아무리 하루히가 억지 대마왕이라고 해도 더 고집이 센 사람이라면 거부할 수도 있지 않을까.

인원수가 갖춰지면 정말로 '세계를 오지게 들썩이게 만들기 위한 스즈미야 하루히의 단체'라는 바보 같은 동아리를 만들지 않을 수 없게 되는 게 아닐까. 학교 측이 허락을 해줄지 어떨지는 나중에 생각하더라도, 그 준비를 위해 사방으로 뛰어다녀야 할 사람은 십중팔구 아마 나일 것이다. 그리고 나는 '스즈미야 하루히의 부하'라는 칭호를 달고 3년 동안을 손가락질을 당하며 보내게 될 것이다.

졸업 후의 일을 구체적으로 생각하고 있는 건 아니지만 막연하게 대학에 가고 싶다는 생각을 하고 있기 때문에 내신에 지장이 갈 만한 행동은 삼가고 싶지만, 하루히와 있는 한, 그 바람은 이루어질 것 같지가 않다.

어떻게 해야 좋을까.

어떻게 하긴 뭘 어떻게 하겠는가.

난 동아줄로 칭칭 옭아매서라도 하루히를 막고 SOS단을 해산시

켜야 했다.

그리고 하루히를 설득해 제대로 된 학교 생활을 보내게 만들어야
했다.

우주인이니 미래에서 온 자이니 초능력자들은 완벽 무시하고 적
당한 남자를 찾아 연애에 매진한다거나 운동부에서 몸을 움직인다
거나, 그런 식으로 평범한 학생으로서 3년을 보내도록 만들어야 했
다.

그렇게 할 수만 있었다면 얼마나 좋을까.

내게 좀더 절대적인 의지력과 행동이 있었다면 스즈미야 하루히
라는 급류가 흘러가는 대로 기묘한 바다로 떨어지지도 않았을 것이
다. 세상은 무사히 흘러가고, 우리들은 평범하게 3년을 보내고 평
범하게 졸업했을 것이다.

…아마도.

지금 내가 이런 소리를 하는 것도, 결국 전혀 평범하지 않은 일
이 실제로 내게 일어났기 때문이라는 것은, 지금까지 이 이야기의
흐름을 봐왔으니 눈치를 챘겠지.

어디서부터 이야기를 할까.

일단 그 전학생이 동아리방에 온 데서부터 해볼까.

제3장

　수수께끼의 바니걸스로 완전히 인지도를 얻게 된 콤비 중 한 명인 아사히나 미쿠루 선배는 기특하게도 하루만 쉬고 다시 부활했고, 동아리에도 다시 모습을 드러냈다.

　동아리라고 해봤자 딱히 할 일이 있는 것도 아니었기 때문에 난 집 창고에 파묻혀 있던 오셀로를 가져와 이야기를 나누며 아사히나 선배와 대전을 벌이고 있었다.

　홈페이지를 만든 것까지는 좋았지만, 그곳은 카운터도 올라가지 않고 메일도 오지 않는 완벽한 무용지물이 된 상태이다. 컴퓨터는 오로지 인터넷 서핑 전용기가 된 상태였고 이 상태라면 컴퓨터 연구부 녀석들은 눈물을 쏟을 것이다.

　나가토 유키가 묵묵히 독서를 하는 옆에서 나와 아사히나 선배는 세 판째 오셀로 시합에 돌입했다.

　"스즈미야 씨가 늦네요."

　오셀로판을 가만히 바라보며 아사히나 선배가 갑자기 이야기를 꺼냈다.

　표정은 밝지 않았지만 깊은 수심에 차 보이지도 않았다. 나는 안심했다. 한 학년 위라고는 하지만 귀여운 여자애와 한 공간에 있다는 것은 여하튼 기분 좋은 일이다.

"오늘 전학생이 왔거든요. 아마 그 녀석한테 동아리에 들어오라고 권유하러 갔겠죠."

"전학생…?"

작은 새처럼 고개를 갸웃거리는 아사히나 선배.

"9반에 전학온 녀석이 있거든요. 하루히는 아주 신이 났던데요. 전학생이 그렇게 좋은가봐요."

검은 말을 놓고 흰 말을 하나 뒤집었다.

"흐음…?"

"그보다 아사히나 선배, 용케 동아리방에 다시 올 마음이 드셨네요."

"네…. 조금 고민을 하긴 했지만 역시 신경이 쓰여서요."

전에도 이거랑 비슷한 소리를 하지 않았나?

"뭐가 신경이 쓰이는데요?"

탁, 톡톡. 우아한 손가락이 말을 뒤집는다.

"음…, 아무것도 아니에요."

시선이 느껴져 고개를 돌리자 나가토가 오셀로판을 들여다보고 있었다. 도자기 인형 같은 얼굴은 평소와 같았지만 안경 너머의 눈에는 처음 보는 광채가 서려 있었다.

"……."

태어나서 처음으로 개를 본 새끼고양이 같은 눈이었다. 말을 놓고선 다른 말을 돌리는 내 손가락 끝을 송곳 같은 시선으로 좇고 있다.

"…해보고 싶어, 나가토?"

말을 걸자, 나가토 유키는 기계적으로 눈을 깜박이고선 주의해서 보지 않으면 모를 만큼 미묘한 각도로 고개를 끄덕였다. 난 나가토와 자리를 바꾸고선 아사히나 선배의 옆에 앉았다.

오셀로 말을 하나 집어들고선 뚫어져라 바라보는 나가토, 전혀 엉뚱한 칸으로 가져가더니 자석의 힘으로 인해 딱 하는 소리를 울리며 판에 달라붙는 말을 보고는 놀란 듯 손가락을 움찔 당겼다.

"…나가토, 오셀로 해본 적 있어?"

천천히 좌우로 고개가 돌아간다.

"규칙은 알아?"

부정.

"으음, 너는 검은 말이니까 흰 말을 사이에 끼듯이 검은 말을 놓는 거야. 사이에 낀 흰 말은 검은 말로 바꿀 수 있어. 그렇게 하다가 마지막에 자기 색이 더 많으면 이기는 거야."

긍정. 우아한 동작으로 나가토는 말을 놓았고 어색하게 상대방의 색을 자신의 색으로 바꾸었다.

대전 상대가 바뀌자 아사히나 선배의 모습도 좀 어색해졌다. 손가락이 떨리는 것 같았고 절대로 고개를 들려고 하지 않았다. 그러면서도 슬쩍 시선을 치켜올려 나가토를 보다가 황급히 시선을 돌리는 동작을 몇 번이고 반복하며 좀처럼 게임에 집중하지 못하고 있었다. 판 위는 순식간에 검정이 우세한 쪽으로 바뀌었다.

뭐지? 아사히나 선배는 나가토가 신경이 쓰이나보네. 이유는 모르겠지만.

이번에는 너무나도 쉽게 검은 말이 대승을 거두었고, 다시 시합을 해볼까 하던 차에 모든 일의 원흉이 새로운 제물을 데리고 나타났다.

"헤이, 오래 기다렸지!"

한 남학생의 옷자락을 단단히 움켜쥔 스즈미야 하루히가 엉뚱한 인사를 건넸다.

"1학년 9반에 오늘 등장한 우리의 전력이 될 전학생, 그 이름도."

말을 끊고 표정으로 여기서부턴 직접 하라는 듯 신호를 보냈다. 포로로 잡혀 있던 그 소년은 희미한 미소를 지으며 우리 세 명을 향해,

"코이즈미 이츠키입니다. …잘 부탁드려요."

상큼한 운동 소년 같은 분위기를 가진 마른 남자애였다. 붙임성 있는 미소, 온화한 눈, 적당한 자세를 포착해서 슈퍼마켓 전단 모델로라도 쓴다면 마니아가 생길 것 같은 외모였다. 여기에 성격까지 좋다면 제법 인기가 있겠지.

"여긴 SOS단이야. 내가 단장인 스즈미야 하루히, 저기 세 명은 단원 1과 2와 3. 참고로 넌 4야. 다들 친하게 지내보자!"

그런 소개라면 안 하는 게 훨씬 낫다. 이 소개를 통해 안 거라곤 너와 전학생의 이름이 전부잖아.

"들어가는 건 상관없습니다만."

전학생 코이즈미 이츠키가 차분한 미소를 유지한 채 말했다.

"뭘 하는 동아리인가요?"

백 명이 있다면 그 백 명의 머릿속에 다 떠오를 의문이다. 내가 수도 없이 질문을 받고 또 그 대답을 하지 못했던 질문.

페르마의 최종 정리는 설명할 수 있다 하더라도 이것만큼은 무리다. 알지도 못하는 걸 설명할 수 있는 녀석이 있다면 그 녀석은 사

기꾼의 재능을 타고난 녀석일 것이다.

하지만 하루히는 조금도 동요하지 않은 채, 아니 동요는커녕 자신만만한 미소를 지으며 우리를 차례로 돌아보며 말했다.

"가르쳐줄게. SOS단의 활동 내용, 그것은."

크게 숨을 들이마시고는 연출 효과를 노리는지 말을 한동안 끊었다가 마침내 놀라운 진상을 토해냈다.

"우주인과 미래에서 온 자와 초능력자를 찾아내 같이 노는 거야!"

전 세계가 정지한 줄 알았다.

라는 건 거짓말이고, 난 그저 '역시 그랬냐'라고 생각한 게 다였다. 하지만 나머지 세 사람은 그렇지도 않았나보다.

아사히나 선배는 완전히 조각이 되어 있었다. 눈과 입으로 세 개의 원을 그리며 하루히의 하이비스커스와 같은 미소를 바라본 채 움직이지 않았다. 움직이지 않는 건 나가토 유키도 마찬가지로 고개를 하루히에게 돌린 상태에서 전원이 끊기기라도 한 듯 멈춰 있었다. 아주 잠깐이지만 눈을 크게 뜬 것을 보고 나는 의외라고 생각했다. 아무리 감정이 없는 여자라 해도 이 말에는 당황한 건가.

마지막으로 코이즈미 이츠키는 미소인지 쓴웃음인지 놀란 건지 구별하기 힘든 표정으로 서 있었다. 코이즈미는 누구보다 먼저 정신을 차리고선,

"하아, 그렇군요."

라고 뭔가를 깨달았다는 듯 중얼거리고선 아사히나 선배와 나가토 유키를 번갈아 바라보고선 의미심장한 얼굴로 이렇게 말했다.

"과연 스즈미야 씨네요."

의미를 알 수 없는 감상을 말한 뒤,

"좋습니다. 가입하죠. 앞으로 잘 부탁드리겠습니다."

하얀 이를 보이며 미소를 지었다.

어이, 그런 설명으로 충분한 거냐? 정말 듣고는 있었던 거야?

고개를 갸우뚱거리는 내 눈 앞에 불쑥 손이 내밀어졌다.

"코이즈미입니다. 오늘 전학 와서 배울 게 많을 겁니다. 많이 가르쳐주세요."

우스울 정도로 정중한 인사를 입에 담는 코이즈미의 손을 잡았다.

"아아, 난…."

"걔는 쿈이야."

하루히는 멋대로 날 소개했고 그 뒤를 이어 "저기 귀여운 애가 미쿠루고 저쪽의 안경 쓴 애가 유키"라며 두 사람을 가리키고선 모든 것을 다 끝냈다는 표정을 지었다.

쿵.

둔탁한 소리가 났다. 당황해서 자리에서 일어나려던 아사히나 선배가 철제 의자에 다리가 걸리는 바람에 앞으로 휘청거리다가, 오셀로판에 이마를 찧은 소리였다.

"괜찮으세요?"

말을 건 코이즈미에게 아사히나 선배는 목이 달랑거리는 인형과 같은 반응을 보이고선 그 전학생을 눈부시다는 듯 올려다보았다. 으음, 어째 맘에 안 드는 눈빛인데, 그거.

"…예."

모기가 말하는 것같이 작은 목소리로 대답하고 아사히나 선배는 코이즈미를 부끄러워하며 바라보았다.

"그럼 이제 다섯 명이 다 모였으니까 이제 학교도 군말은 못 하겠지."

하루히가 뭐라고 말을 하고 있다.

"예에, SOS단이 드디어 베일을 벗을 때가 왔다. 다들 하나가 되어 열심히 해보자고!"

뭐가 베일인데.

언뜻 보니 나가토는 다시 자기 위치로 돌아가 양장본 읽기에 도전하고 있었다. 멋대로 멤버에 추가될 판인데 너 그래도 괜찮은 거냐?

학교를 안내해주겠다며 하루히가 코이즈미를 데리고 나갔고 아사히나 선배는 볼일이 있다면 가버렸기 때문에 방에는 나와 나가토 유키만이 남게 되었다.

다시 오셀로를 할 마음도 들지 않았고, 나가토가 독서하는 모습을 관찰하고 있어도 뭐 하나 재미있을 것 같지 않아 나도 그만 가보기로 했다. 가방을 들었다. 나가토에게 한 마디 인사.

"잘 있어라."

"책 읽었어?"

걸음이 멋었다. 나가토 유키의 어두운 색 눈동자가 나를 붙잡고 있었다.

책이라면 얼마 전에 나한테 빌려준 괴이할 정도로 두꺼운 양장본을 말하는 건가?

"응."

"아니, 아직 안 봤는데… 돌려줄까?"

"안 돌려줘도 돼."

나가토의 말은 항상 단적이다. 한 마디 안에 모든 게 끝난다.

"오늘 읽어봐."

나가토는 별것 아니라는 듯 말했다.

"집에 가면 바로."

요샌 국어 교과서에 실려 있는 것 외에는 소설이라곤 읽어본 적
이 없는데 그렇게까지 말한다면 남한테 추천하고 싶을 만큼 재미있
는 건가보지.

"…알았어."

내가 대답을 하자 나가토는 다시 독서로 돌아갔다.

그리고 나는 지금 어둠 속에서 필사적으로 자전거를 몰고 있었
다.

나가토와 헤어져 집으로 돌아온 나는 저녁을 먹고 방에서 빈둥거
리다가 빌렸다기보다는 거의 떠넘김을 당하다시피 해서 얻어온 서
양 SF 소설을 펼쳐보기로 했다. 위아래 2단 구성에 빼곡하게 들어
찬 글자의 바다에 현기증을 느끼며 이런 걸 어떻게 읽나 싶어 페이
지를 뒤적이고 있는데 중간 정도 되는 위치에 끼어 있던 책갈피가
융단 위로 떨어졌다.

꽃 그림이 프린트되어 있는 귀여운 책갈피다. 아무 생각 없이 뒤
집어보다 나는 거기에 손으로 써놓은 글자를 발견했다.

'오후 7시. 코요엔 역 앞 공원에서 기다리겠다.'

마치 워드로 인쇄한 것 같이 깔끔한 손 글씨였다. 이 무뚝뚝함은 너무나도 나가토가 썼다는 느낌이다. 느낌이 전해지긴 했지만 여기서 의심이 가기 시작했다.

내가 이 책을 받아든 건 며칠 전의 이야기다. 오후 7시라는 건 그날 오후 7시를 말하는 걸까. 아니면 오후 7시면 다 된다는 걸까. 설마 내가 이 메시지를 언제 봐도 문제가 없도록 매일 공원에서 기다리고 있는 건 아니겠지. 오늘 꼭 읽으라고 한 나가토의 말은 오늘은 꼭 이 책갈피를 찾아내어 내용을 읽어보라는 소리였을까? 하지만 그렇다면 동아리방에서 직접 말하면 그만이고, 뭣보다 왜 나를 밤에 공원으로 불러낼 필요가 있는지 알 수 없었다.

시계를 보니 오후 6시 45분을 막 지나고 있었다. 코요엔 역은 학교에서 제일 가까운 전철역인데 우리 집에서는 아무리 자전거를 타고 날아가도 20분은 걸린다.

생각을 하고 있던 건 불과 10초 정도였을 것이다.

나는 책갈피를 청바지 주머니에 넣고선 3월 토끼같이 방을 뛰쳐나가 계단을 달려 내려갔다. 마침 부엌에서 아이스크림을 입에 물고 나타난 여동생의 "쿈, 어디 가!" 라는 목소리에 "역에" 라고 대답을 하고선 현관 앞에 세워둔 바구니 달린 자전거에 올라타 달리며 라이트에 불을 켜고, 집에 오면 꼭 바퀴에 공기를 넣어야겠다고 결심하면서 가능한 한 빠른 속도로 페달을 밟았다.

이렇게 갔는데 나가토가 없으면 웃어주리라.

웃지 않아도 될 것 같다.

교통 법칙을 진지하게 준수한 덕분에 내가 역 앞에 도착한 것은 7시 10분쯤이었다. 큰길에서 비껴난 곳에 있기 때문에 이 시간이 되면 지나가는 사람도 거의 없다.

전철과 차가 일으키는 소음을 등 뒤로 늘으며 나는 사전거를 밀고 공원으로 들어섰다. 같은 간격으로 서 있는 가로등. 그 아래 몇 개인가 설치되어 있는 나무 벤치 가운데 하나에 나가토 유키의 가느다란 실루엣이 흐릿하게 존재하고 있었다.

아무리 봐도 존재감이 희박한 여자였다. 그냥 지나갔다면 유령인 줄 알았을 것이다.

나가토는 날 알아보고 실에 이끌린 꼭두각시 인형처럼 스윽 일어섰다.

교복 차림이었다.

"오늘 오면 되는 거였냐?"

고개를 끄덕.

"혹시 매일 기다리고 있었어?"

끄덕.

"…학교에서 말 못 할 일이냐?"

고개를 끄덕이고 나가토는 내 앞에 섰다.

"이리로."

걸음을 옮긴다. 발소리가 나지 않는 것이 마치 닌자 같은 걸음걸이다. 어둠에 녹아들 듯 멀어지는 나가토의 뒷모습을 난 별수 없이 따라갔다.

미풍에 흔들리는 쇼트 커트 머리를 아무 생각 없이 바라보며 걷기를 몇 분, 우리는 역에서 얼마 안 떨어진 분양 아파트에 도착했다.

"여기."

현관 입구의 잠금 장치를 암호로 해제하고선 유리문을 열었다. 나는 자전거를 그 근처에 세워두고 엘리베이터로 향하는 나가토의 뒤를 따랐다.

엘리베이터 안에서 나가토는 무슨 생각을 하고 있는지 알 수 없는 표정으로 한 마디도 하지 않고 그저 숫자판을 응시하고 있었다. 7층에 도착.

"저기, 어디 가려는 건데?"

정말 뒤늦은 소리이긴 하지만 나는 이렇게 물었다. 아파트의 문이 늘어선 통로를 저벅저벅 걸어가며 나가토는 말했다.

"우리 집."

내 다리가 멈추었다. 잠깐만, 왜 내가 나가토의 집에 초대를 받아야 하는 거지.

"아무도 없으니까."

잠깐만, 이보세요. 그건 대체 무슨 의미십니까요.

708호 문을 열고 나가토는 나를 가만히 바라보았다.

"들어가."

정말이냐?

주저하면서도 당황한 기색을 내보이지 않으려 애쓰며 조심스럽게 안으로 들어갔다. 신발을 벗고 한 발 앞으로 나서자 뒤에서 문이 닫혔다.

돌이킬 수 없는 어딘가에 와버린 것만 같은 기분이 들었다. 그 소

리에 불길한 예감을 느끼며 돌아보는 내게 나가토는,

"안으로."

라고만 말하고 다리를 한 번 휘둘러 자기 신발을 벗었다. 이 상황에서 실내가 캄캄하기라도 했다면 무슨 일이 있어도 도망칠 생각이었지만, 환하게 밝은 불빛이 넓디넓은 방을 서늘하게 밝히고 있었다.

3LDK(주5) 정도 되려나? 역 앞이라는 입지 조건을 생각하면 상당한 가격 아닐까.

하지만 거참, 사람 사는 냄새가 안 나는 방이로세.

거실에는 낮은 테이블이 하나 놓여 있을 뿐 그 외에는 아무것도 없었다. 놀랍게도 커튼조차 쳐져 있지 않았다. 5평은 되어 보이는 마룻바닥에는 카펫도 깔려 있지 않아 갈색 나뭇결이 훤히 드러나 있었다.

"앉아."

나가토가 부엌으로 들어가며 그렇게 말하자 나는 엉거주춤 테이블 옆에 양반다리를 하고 앉았다.

십대 소녀가 십대 소년을 식구들이 없는 집으로 데려오는 이유에 대해 머릿속으로 생각하고 있었는데 나가토가 찻잔과 주전자가 얹힌 쟁반을 꼭두각시 인형과 같은 움직임으로 테이블 위에 내려 놓고선 교복을 입은 채로 내 맞은편에 자리를 잡았다.

침묵.

차를 따르려고 하지도 않는다. 안경 렌즈를 통해 날 찌르듯 보고 있는 무표정한 시선이 내 어색한 심정을 더욱 부채질했다.

뭐라도 말해보자.

주5) LDK : 주택구조를 설명하는 단어. 각각 Living room, Dining Room, Kitchen을 가르키는 말이다.

"아…, 식구들은?"

"없어."

"아니, 없는 건 나도 보면 아는데…. 외출하셨냐?"

"처음부터 나밖에 없어."

지금까지 들은 나가토의 말 중에 제일 긴 발언이었다.

"혹시 혼자 사냐?"

"응."

호오, 이런 비싼 아파트에 이제 막 고등학생이 된 여자애가 혼자
살고 있다니. 뭔가 사정이 있나보지. 하지만 갑자기 나가토의 가족
과 마주치지 않아도 된다고 하니 안심이다. 아니, 이거 안심하고 있
을 때가 아니잖아.

"그래, 무슨 일이냐?"

그제야 생각이 난 듯 나가토는 주전자에 든 것을 잔에 따르고 내
앞에 놓았다.

"마셔."

마시긴 하겠는데 말야. 엽차를 마시는 나를 동물원에서 기린이라
도 보는 듯한 눈으로 관찰하는 나가토. 자기는 찻잔에는 손을 대려
고도 하지 않았다.

아차, 독이! …그럴 리가 있냐.

"맛있어?"

처음으로 의문형으로 묻는 것 같다는 기분이 드는데.

"응…."

다 마신 찻잔을 자리에 놓자 동시에 나가토는 다시 다갈색 액체
를 찻잔에 채웠다. 별수 없이 마시고 잔을 다 비우자 재빨리 세 번

째 잔이. 마침내 주전자가 다 비워져 나가토가 다시 채우려고 몸을 일으키려는 것을 가까스로 막았다.

"차는 됐으니까 날 여기까지 데리고 온 이유를 좀 가르쳐주겠어?"

몸을 일으킨 자세 그대로 정지한 나가토는 비디오의 뇌감기 기능이라도 작동한 듯 원래 있던 위치로 돌아와 앉았다. 좀처럼 입을 열지 않는다.

"학교에서 못 할 이야기란 게 뭔데?"

일단 슬쩍 떠보았다. 마침내 나가토는 얇은 입술을 열었다.

"스즈미야 하루히에 대해서."

등을 곧게 편 깨끗한 자세로,

"그리고 나에 대해서."

입을 다물고선 한 박자 쉬고는,

"너한테 가르쳐주겠어."

라고 말하고선 다시 침묵.

"스즈미야랑 네가 뭐라고?"

여기서 나가토는 만난 이후로 처음 보는 표정을 지었다. 난처해하기도 하고 주저하기도 하는 듯이, 어차피 주의 깊게 보지 않으면 모를 만큼, 무표정에서 밀리미터 단위로 살짝 변한 희미한 감정의 기복.

"말로 잘 표현을 못 하겠어. 정보 전달에 문제가 있을 수도 있어. 하지만 들어줘."

그리고 나가토는 이야기를 시작했다.

"스즈미야 하루히와 나는 평범한 인간이 아니야."

갑자기 묘한 소리를 꺼냈다.

"평범하지 않다는 건 대강 눈치채고 있었는데."

"그게 아니라."

무릎 위에 모은 손끝을 바라보는 나가토.

"성격에 보편적인 성질을 갖고 있지 않다는 의미가 아니라, 말 그대로 순수한 의미에서 그녀와 나는 너와 같은 대다수의 인간과 같다고 할 수 없어."

뭔 소리를 하는 건지.

"이 은하를 통괄하는 정보 통합 사념체에 의해 만들어진 대유기 생명체 콘택트용 휴머노이드 인터페이스, 그게 나야."

"……."

"내 일은 스즈미야 하루히를 관찰하고 입수한 정보를 통합 사념체에 보고하는 것."

"……."

"태어난 뒤로 3년간 난 줄곧 그렇게 지내왔어. 이 3년 동안은 특별한 불확실 요소가 없어 아주 평온했지. 하지만 최근 들어 무시할 수 없는 변칙 인자가 스즈미야 하루히의 주위에 나타났다."

"……."

"그게 너야."

정보 통합 사념체.

그것은 은하계… 차원이 아니라 전 우주에까지 퍼져 있는 정보계의 바다에서 발생한, 육체가 없고 초고도의 지성을 지닌 정보 생명체이다.

그것은 처음부터 정보로서 태어났고, 정보를 모아 의식을 만들어 냈으며, 정보를 수집함으로써 진화해왔다.

실체가 없고 그저 정보로서만 존재하는 그것은, 어떠한 광학적 수단으로도 관찰할 수 없다.

우주 개벽과 거의 동시에 존재한 그것은 우주의 팽창과 함께 확대되었고 정보계를 넓혀 거대하게 발전해왔다.

지구, 아니 태양계가 형성되기 훨씬 전부터 전 우주에 대해 알고 있던 그것에게 있어 은하의 변경에 위치한, 별로 특이할 것도 없는 이 성계에는 특별한 가치가 없었다. 유기 생명체가 발생하는 행성은 그 밖에도 수없이 많이 있었으니까.

하지만 그 제3행성에서 진화한 2족 보행 동물에게 지성이라 불릴 수 있는 사색 능력이 싹트게 되어 현재 거주 생명체가 지구라 칭하는 그 산화형 행성의 중요도가 올라가게 되었다.

"정보의 집적과 전달 속도에 절대적인 한계가 있는 유기 생명체에 지성이 발현한다는 건 있을 수 없는 일이라 여겨졌거든."

나가토 유키는 진지한 얼굴로 말했다.

"통합 사념체는 지구에 발생한 인류라 분류되는 생명체에 흥미를 가졌어. 어쩌면 자신들이 빠져 있는 자율 진화의 정체 상황을 타개할 가능성이 있을지도 모를 일이었으니까."

발생 단계부터 완전한 형태로 존재한 정보 생명체와 달리, 인류는 불완전한 유기 생명체에서 출발했으면서 급속도로 자율 진화를 이루어갔다.

보유하는 정보량을 증대시켰고 또한 새로운 정보를 창조하며 가공하고 축적했다.

우주에 편재하는 유기 생명체에 의식이 생겨나는 것은 아주 흔한 현상이었지만, 고도의 지능을 가지게 되기까지 진화한 예는 지구 인류가 유일했다. 정보 통합 사념체는 주의 깊게 또한 면밀하게 관측을 계속 해왔다.

"그리고 3년 전 행성 표면에서 다른 것들과는 다른 이상한 정보 플레어를 관측했어. 궁상(弓狀) 열도의 한 지역에서 분출한 정보 폭발은 순식간에 행성 전체를 뒤덮었고 행성 외공간으로 확산되었지. 그 중심에 있던 것이 스즈미야 하루히야."

원인도, 효과도 아무것도 알 수 없었다. 정보 생명체인 그들도 그 정보를 분석할 수는 없었다. 그것은 의미를 구성하지 않는 단순한 정크 정보로만 보일 뿐이었다.

중요한 것은 유기 생명으로서의 제약상, 한정된 정보밖에 다룰 수 없어야 하는 지구 인류의 한 인간에 불과한 스즈미야 하루히에게서 정보의 격류가 발생했다는 사실이다.

스즈미야 하루히에게서 생겨난 정보의 격류는 그 뒤로도 간헐적으로 계속되었고 또한 완벽하게 불규칙한 흐름으로 이루어졌다. 그러나 스즈미야 하루히 본인은 그 사실을 전혀 의식하지 않고 있었다.

이 3년간 모든 각도에서 스즈미야 하루히라는 개체에 대해 조사가 이루어졌지만 아직까지도 그 정체는 불명확했다. 하지만 정보 통합 사념체의 일부는 그녀야말로 인류, 나아가서는 정보 생명체인 자신들에게 자율 진화에 대한 단서를 줄 존재라 해석하고 있었던 것이다….

"정보 생명체인 그들은 유기 생명체와 직접적으로 대화를 할 수 없어. 언어가 없으니까. 인간은 말을 제외하면 개념을 전달할 방법을 갖고 있지 못하지. 그래서 정보 통합 사념체는 나와 같은 인간형 인터페이스를 만든 거야. 통합 사념체는 나를 통해 인간과 접촉할 수 있지."

마침내 나가토는 자신의 찻잔에 입을 댔다. 1년치의 양을 말하는 바람에 목이 마른가보다.

"……."

난 뭐라 말할 수가 없었다.

"스즈미야 하루히에겐 자율 진화의 가능성이 숨어 있어. 아마 그녀에겐 자신의 입맛에 맞도록 주위의 환경 정보를 조작하는 힘이 있을 거야. 그게 내가 여기에 온 이유다. 네가 여기 있는 이유이고."

"잠깐만."

혼란에 빠진 채 입을 열었다.

"솔직히 말할게. 네가 무슨 소릴 하고 있는지 난 전혀 이해가 안 간다."

"믿어."

나가토는 처음 보는 진지한 얼굴로,

"언어로 전달되는 정보에는 한계가 있어. 나는 단순한 단말기로 대인간용 유기 인터페이스에 불과해. 통합 사념체의 사고를 완전히 전달하는 건 내 처리 능력으로는 불가능해. 이해해줘."

아무리 그렇게 말해도 말이지.

"왜 난데? 네가 그 어쩌구체인지 뭔지의 인터페이스라는 걸 믿는 다 치더라도 대체 왜 나한테 정체를 밝히는 거냐?"

"넌 스즈미야 하루히에게 선택되있어. 스즈미야 하루히는 의식 적이든 무의식적이든 자신의 의사를 절대적인 정보로 변환해서 주 변의 환경에 영향을 끼치고 있다. 네가 선택된 것에는 반드시 이유 가 있어."

"없어."

"있어. 아마 넌 스즈미야 하루히에게 있어 열쇠일 거야. 너와 스 즈미야 하루히가 모든 가능성을 쥐고 있다."

"진심으로 하는 소리냐?"

"물론."

난 지금까지와는 다르게 뚫어져라 나가토 유키의 얼굴을 직시했 다. 지나치게 말이 없는 녀석이 마침내 입을 열었다 싶었더니 줄창 전파 어쩌구 하는 소리를 하는 건 뭐냐. 특이한 녀석이라고는 생각 은 했지만 이렇게까지 별종일 거라고는 상상도 못 했다.

정보 통합 사념체? 휴머노이드 인터페이스?

바보 아냐?

"저기, 그런 이야기라면 직접 하루히한테 말하는 걸 더 좋아할 거 다. 솔직히 말하겠는데 난 그런 식의 화제에는 따라갈 수가 없거든. 미안하다."

"통합 사념체의 의식의 대부분은, 스즈미야 하루히가 자신의 존 재 가치와 능력을 자각하게 되면 예측할 수 없는 위험을 가질 가능성이 있다고 인식하고 있어. 지금은 상황을 살피고 있을 때야."

"내가 들은 이야기를 그대로 하루히한테 전달할지도 모를 일이잖아. 그러니까 왜 나한테 그런 이야기를 하는 건데?"

"네가 그녀에게 말한다 해도 그녀는 네가 가져온 정보를 중요하게 생각하지 않을 거야."

그건 맞는 말인 것 같다.

"정보 통합체가 지구에 심어둔 인터페이스는 나 하나가 아니야. 통합 사념체의 의식에는 적극적으로 움직여 정보의 변동을 관측하려는 움직임도 있지. 너는 스즈미야 하루히에게 있어 열쇠야. 위기가 닥친다면 누구보다 먼저 너에게 닥칠 거야."

더는 상대 못 하겠다.

난 그만 실례하기로 했다. 차 맛있었다. 잘 먹었어.

나가토는 잡지 않았다.

시선을 찻잔에 떨군 채 평소의 무표정한 얼굴로 돌아왔다. 조금은 쓸쓸한 듯 보인 것은 내 착각일까.

어디 갔다왔냐는 어머니의 잔소리에 건성으로 대답을 하고선 방으로 돌아왔다. 침대에 누워 나가토가 한 기나긴 이야기를 떠올렸다.

그 녀석이 한 말을 그대로 믿는다면, 그러니까 나가토 유키는 인류가 아닌 지구 외 생명체라는 말이 된다. 쉽게 말해 우주인이다.

스즈미야 하루히가 그렇게나 열망하고 찾고 있던 신비한 존재다.

이렇게 가까이에 있을 줄이야. 정말 등잔 밑이 어둡다는 소리는 바로 이걸 말하는 거겠지.

…핫핫핫. 웃기지도 않는다.

바닥에 내동댕이쳐진 상태로 놓여 있는 두툼한 소설책이 시야 구석에 들어왔다. 책갈피와 함께 들어올려 과장된 그림이 그려진 표지를 한동안 바라보다 머리맡에 놓았다.

혼자뿐인 아파트에서 이런 SF 소설이나 읽고 있으니까 나가도도 엉뚱한 망상에 사로잡히는 거다. 어차피 교실에서도 아무하고도 말도 하지 않은 채 자신의 껍질 속에 틀어박혀 있을 게 분명하다.

책 따위는 던져버리고 표면적으로라도 좋으니 친구를 만들어 평범하게 학교 생활을 즐기면 될 텐데. 그 무표정이 문제야. 웃으면 걔도 제법 귀여울 것 같은데.

이 책도 내일 돌려줄까……. 뭐, 이왕 빌려준 거니 읽어보기라도 할까?

이튿날 방과 후.

청소 당번이었기 때문에 내가 뒤늦게 동아리방으로 가자 하루히가 아사히나 선배를 가지고 놀고 있었다.

"가만히 있어! 자, 움직이지 말고!"

"그…, 그만…, 살려줘요!"

싫어하는 아사히나 선배를 하루히가 또 벗기고 있었다.

"꺄아악!"

방에 들어서려던 날 보고 비명을 지르는 아사히나 선배였다.

완벽한 속옷 차림의 아사히나 선배를 언뜻 보고선 나는 반쯤 열려 있던 문에서 반걸음 뒤로 물러난 다음 조용히 문을 닫았다.

"실례."

기다리길 10분, 아사히나 선배의 귀여운 비명 소리와 하루히의 신이 나 들뜬 목소리의 이중주가 사라졌다. 대신 들려오는 하루히의 목소리.

"들어와도 돼."

방에 들어간 나는 이내 할 말을 잃었다.

거기에는 메이드가 있었다.

앞치마 드레스로 몸을 감싸고 당장에라도 울 것 같은 아사히나 선배가 철제 의자에 오도카니 주저앉아 슬픈 눈으로 날 올려다보다가 이내 고개를 떨구었다.

하얀색 앞치마, 폭 넓은 플레어 스커트와 블라우스로 구성된 투피스. 하얀색 스타킹이 청초한 분위기를 연출해주는 것이 아주 좋았다. 머리에 쓴 레이스 헤어밴드와 머리카락을 뒤로 모은 폭 넓은 리본 또한 사랑스러웠다. 흠잡을 데 없는 메이드 소녀였다.

"어때, 귀엽지?"

하루히가 마치 자신의 공적인 양 자랑스럽게 말하며 아사히나 선배의 머리를 쓰다듬었다.

그 말에는 동의한다. 가엾은 표정으로 초연히 앉아 있는 아사히나 선배에겐 미안하지만, 무지무지하게 귀엽다.

"뭐, 그건 좋다 치고."

안 좋아요 라고 작은 목소리로 속삭이는 아사히나 선배를 무시한 채, 나는 하루히에게 물었다.

"왜 메이드 복장을 시켜야 할 필요가 있는데?"

"역시 모에 하면 메이드잖아."

또 의미조차 파악하기 힘든 소리를 하네.

"이래봬도 나도 많이 생각해봤다고."

네가 생각하는 거라곤 차라리 생각하지 않는 게 더 나은 일들뿐이다.

"학교를 무대로 한 이야기에는 이런 모에 캐릭터가 반드시 한 명은 필요한 법이지. 바꿔 말하자면 모에 캐릭터가 있는 곳에서 이야기는 시작되는 거야. 이건 거의 필연이라고 해도 될 만한 소리지. 알겠어? 원래부터 롤리타 캐릭터에 소심하면서도 글래머라는 모에 요소를 가진 미쿠루라는 소녀를 메이드복으로 장식함으로써 모에 파워가 비약적으로 커지는 거야. 어딜 봐도 딱 모에 기호 덩어리지. 이젠 이긴 거나 다름없어."

뭐한테 이길 건데?

내가 기가 막힌다는 듯 아무 말도 못 하고 있자 하루히는 어느 사이엔가 디지털 카메라를 꺼내 기념으로 사진을 찍자고 말했다.

얼굴을 새빨갛게 붉히며 아사히나 선배는 고개를 저었다.

"찍지 마요…."

손을 마주하고 기도를 하든 뭘 하든, 하루히가 한번 한다고 하면 무슨 일이 있어도 하고 만다.

애원도 헛되이 아사히나 선배는 억지로 자세를 취해야 했고, 수없이 플래시 불빛이 번쩍였다.

"히이잉…."

"시선은 이리로. 턱을 조금 당기고 손을 앞치마를 움켜쥐어. 그래 조금 더 웃어봐라. 웃어!"

주문을 하며 하루히는 아사히나 선배의 모습을 연신 찍어댔다. 디지털 카메라는 대체 어디서 가져온 거냐고 물었더니 사진부에서 빌렸다고 했다. 훔쳐온 걸 잘못 말한 게 아니고?

사진 촬영이 벌어지는 한편, 다른 쪽 구석에선 나가토 유키가 자신의 지정석에서 평소와 같이 독서에 열중해 있었다. 어제 그렇게 내게 기도 안 찬 이야기를 늘어놓았단 눈치는 조금도 드러내지 않는 평소와 다름없는 모습에 나는 안도했다.

"쿈, 카메라 좀 들어."

하루히는 내게 디지털 카메라를 건네고선 아사히나와 마주 섰다. 물가의 새에게 서서히 접근하는 악어처럼 다가가더니 작은 어깨를 움켜쥐었다.

"힉…."

몸을 움츠리는 아사히나에게 하루히는 부드러운 미소를 지었다.

"미쿠루, 조금 더 섹시하게 가볼까?"

말이 끝나자마자 하루히는 메이드복 가슴팍에서 리본을 잡아 빼고는 블라우스 단추를 갑자기 세 번째 위치까지 풀어 가슴을 노출시켰다.

"저, 아…, 뭘 하는…!"

"괜찮아, 괜찮아."

뭐가 괜찮다는 거야?

아사히나 선배는 거기다가 무릎 사이에 손을 대고 앞으로 몸을 숙이는 자세를 강요당했다. 작은 몸집과 동안에서는 예상도 할 수 없는 풍만한 계곡이 드러났고 나는 시선을 돌렸다. 하지만 시선을 돌리고 있어선 사진을 찍을 수 없기 때문에 어쩔 수 없이 파인더를 들여다보았다. 그리고 하루히가 명령하는 대로 셔터를 눌렀다.

가슴을 강조하는 자세를 취하며 수치심에 얼굴을 물들이면서 울음을 터뜨리기 일보 직전의 촉촉이 젖은 눈으로 어색한 미소를 지은 채 카메라에게 시선을 주고 있는 아사히나 선배는 뭐라 표현할 수 없을 정도로 매력적이었다.

이런, 반해버릴 것 같다.

"유키 안경 좀 빌려줘."

천천히 책에서 고개를 든 나가토는 천천히 안경을 벗어선 하루히에게 건네주더니 천천히 독서를 재개했다. 보이냐?

하루히는 받아든 안경을 아사히나 선배의 얼굴에 걸치고선.

"조금 삐딱하게 쓰는 게 좋겠지. 음, 이제 완벽해! 롤리타에 예쁜 가슴에 메이드에다 안경 소녀! 훌륭해! 쿈, 팍팍 찍어줘."

찍는 건 싫지 않은데 아사히나 선배의 메이드 코스튬 사진을 이렇게 촬영해서 뭐에 쓸 생각이지?

"미쿠루, 이제부터 동아리방에 올 때는 이 옷으로 갈아입도록 해."

"너무해…."

힘껏 부정하는 의사 표현을 하는 아사히나 선배. 하지만 하루히는,

"이렇게 귀엽잖아! 여자인 나까지도 어떻게 될 것 같다!"

고 말하며 아사히나를 끌어안고 뺨을 비벼댔다. 아사히나 선배는 울부짖으며 도망치려다 실패하고선 결국 축 늘어져 하루히가 시키는 대로 움직였다.

어이, 부럽잖아, 하루히. 아니, 그보다 나라도 말려야 되는 거 아니냐.

"이제 그만해라."

나는 아사히나 선배에게 노골적으로 성희롱을 해대는 하루히의 목덜미를 잡았다. 떨어지질 않는군.

"야, 적당히 해!"

"뭐 어때. 너도 같이 미쿠루한테 야한 짓 하자."

입맛 당기는 아이디어다만, 그 소리에 바로 창백하게 질리는 아사히나 선배를 보고 어떻게 고개를 끄덕일 수 있겠냐.

"우와, 이게 뭔가요?"

티격태격하는 우리들에게 말을 건 것은 한 손에 가방을 들고 입구에 서 있는 코이즈미 이츠키였다.

아사히나 선배의 벌어진 가슴팍에 손을 집어넣으려던 하루히와, 그 손을 잡고 제지하려던 나와, 부들부들 떨고 있는 메이드복 차림의 아사히나 선배와, 맨눈으로 태연하게 독서에 열중하고 있는 나가토를 흥미진진하게 쳐다보며 던지는 말이.

"무슨 행사인가요?"

"코이즈미, 마침 잘 왔어. 다 같이 미쿠루한테 장난을 치자."

대체 무슨 소릴 하는 거야.

코이즈미는 입가에만 살짝 미소를 지었다. 동의한다면 이 녀석도 적으로 돌려야 한다.

"사양하겠습니다. 후환이 두려울 것 같네요."

가방을 테이블에 올려놓고선 벽에 기대어 세워두었던 철제 의자를 펼쳤다.

"견학만 해도 되나요?"

다리를 꼬고 앉으며 재미있다는 표정으로 날 쳐다본다.

"신경 쓰지 말고 계속하시죠."

아니야, 난 습격하는 쪽이 아니라 구하려고 하는 쪽이라니까.

옥신각신한 끝에 겨우 하루히와 아사히나 선배 사이에 파고든 나는 뒤로 넘어질 뻔한 아사히나 선배를 황급히 붙잡고는 그 가벼운 무게에 놀라며 의자에 앉혔다. 엉망이 된 메이드복을 걸치고 축 늘어져 있는 아사히나 선배의 모습은 솔직히 말해 상당히 유혹적이다.

"됐어. 사진도 많이 찍었으니까."

하루히는 눈을 감고 등받이에 기대어 앉아 있는 아사히나 선배의 예쁜 얼굴에서 안경을 벗겨 나가토에게 돌려주었다.

말없이 받아들고선 아무런 말도 없이 안경을 다시 쓰는 나가토. 어제 그렇게 장황하게 이야기를 늘어놓았던 게 거짓말 같다. 거짓말이었을까? 정말로 농담이었던 걸까.

"그럼 지금부터 제1회 SOS단 전체 회의를 시작하겠습니다!"

단장석의 의자 위에 서서 하루히가 뜬금 없이 큰 소리를 냈다. 갑자기 무슨 소릴 하는 거야.

"지금까지 우리는 많은 일을 해왔습니다. 전단지도 뿌렸고 홈페이지도 만들었어요. 교내에서 SOS단의 지명도는 급격한 상승 곡선을 그리고 있으며 제1단계는 큰 성공을 거뒀다고 할 수 있겠습니다."

아사히나 선배의 정신에 상처를 입혀놓고선 뭐가 큰 성공이냐.

"하지만 우리 단체 메일 어드레스에는 신비한 사건을 호소하는 메일이 한 통도 오지 않았고 또한 이 방에 기괴한 고민을 상담하러 오는 학생도 없습니다."

그야 지명도야 높을지 몰라도 무슨 일을 하는 동아리인지 도통

이해가 안 가니까 그렇지. 무엇보다 아직 동아리로 인정받지 못한 상태고 말이다.

"행운은 진득이 기다리라고 옛 사람들은 말했습니다. 하지만 이젠 그런 시대가 아니에요. 땅을 파 엎어서라도 행운을 찾아내야 하는 법입니다. 그러니까 찾으러 가죠!"

"…뭘?"

아무도 반박을 안 하기에 내가 대표로 그렇게 물었다.

"이 세상의 신비한 일이지! 시내를 샅샅이 수색하면 하나 정도는 분명히 기묘한 현상이 있을 거야!"

그 발상이 나한테는 더 기묘한데 말이야.

기가 막힌다는 나의 얼굴, 무슨 생각을 하고 있는지 파악 불가능한 코이즈미의 애매한 미소, 나가토의 무표정, 이젠 맘대로 하시라는 듯 힘이라곤 조금도 느껴지지 않는 아사히나 선배의 얼굴, 이런 모습들은 조금도 돌아보지 않은 채 하루히는 손을 크게 휘두르며 소리쳤다.

"다음 토요일! 그러니까 내일! 아침 9시에 키타구치 역 앞에 집합하는 거야! 지각하지 마. 안 온 녀석은 사형이다!"

사형이라니.

그런데 아사히나 선배의 메이드 코스튬 사진을 하루히가 어떻게 할 작정이었는가 하면, 바로 내가 대충 만든 홈페이지에 올릴 작정이었던 것이다.

내가 눈치챘을 때는 한 박스는 될 것 같은 아사히나 선배의 메이드복 사진이 막 톱 페이지에서 방문자를 맞이할 준비를 갖춘 채로 업로드 되기 직전이었다.

전혀 올라가지 않던 접속자 수도 이렇게 되면 순식간에 만 단위로 올라서게 된다는 소리다.

바보지?

이 일에 대해서만큼은 필사적으로 하루히를 막은 나는 모든 사진을 삭제했다. 자신이 메이드복 입고 뇌쇄적인 자세를 취한 이런 엄청난 사진이 전 세계에 퍼진다면 아사히나 선배는 그 자리에서 졸도할 게 분명하다.

평소와 달리 열심히 설교하는 나를 하루히는 뚫어져라 쳐다보았지만, 인터넷에 특정 개인에 대한 정보를 올리는 것이 얼마나 위험한지 설명하는 내 말을 겨우 이해하긴 했는지,

"알았어."

라며 못마땅하다는 듯 말하고선 떨떠름한 얼굴로 삭제에 동의했다. 이참에 사진 모두를 삭제해버려야 했을지 모르지만 그건 조금 아쉬운 일이다. 난 하드디스크에 비밀 폴더를 만들어놓고선 여기에 몰래 아사히나 미쿠루 선배의 사진을 저장하고 패스워드를 걸어 잠가버렸다.

개인 감상용으로 놔둬야지.

제4장

쉬는 날에 아침 9시 집합이라니 말이 되냐.

그런 생각을 하면서도 자전거를 몰고 역 앞으로 가고 있는 내 모습이란 스스로 생각해도 한심하다.

키타구치 역은 이 시내의 중심부에 위치한 전철의 터미널이기도 해서, 쉬는 날이 되면 역 앞엔 시간이 남아도는 젊은이들로 북적댄다. 그 대부분은 시내보다 더 큰 도시로 외출하려는 무리로 역 주변에는 커다란 백화점 외에는 놀 만한 장소가 없다. 그래도 어디서 솟아난 무리인지 싶을 정도로 수많은 무리를 보면 이 엄청난 사람의 물결을 구성하고 있는 사람 하나하나에게도 각자의 인생이란 것이 존재하는 거겠지 하는 생각이 들곤 한다. 셔터를 내린 은행 앞에서 불법 주차(미안)를 하고선 북쪽 개찰구에 도착한 시간은 9시 5분 전. 이미 다른 멤버들은 모두 모여 있었다.

"늦었어. 벌금이야."

얼굴을 보자마자 하루히가 말했다.

"9시 전에는 왔잖아."

"아무리 늦지 않았다 해도 제일 마지막에 온 녀석은 벌금이지. 그게 우리의 규칙이야."

"처음 듣는 소린데."

"지금 정했거든."

묘하게 길고 로고가 들어간 티셔츠와 무릎까지 오는 청치마 차림의 하루히가 밝은 표정으로 말했다.

"그러니까 모두에게 차를 쏠 것."

캐주얼 복장으로 두 손을 허리에 올리고 있던 하루히는 교실에서 무뚝뚝한 표정을 유지하고 있을 때보다 백 배는 다가가기 쉬운 분위기였다. 어찌하다 보니 나는 고개를 끄덕여야 하는 상황에 처하고 말았고, 일단 오늘의 행동 일정을 정하자는 하루히의 말에 따라 찻집으로 향했다.

아사히나 선배는 하얀색 민소매 블라우스에 하늘색 카디건을 입고 머리 끈을 이용해서 하나로 묶은 머리가 팔락팔락 움직이는 게 무척 귀여웠다. 양가집의 어린 아가씨가 억지로 무리해 어른처럼 꾸민 것 같은 흐뭇한 이미지였다. 손에 든 파우치도 한껏 멋을 부린 것처럼 보였다.

코이즈미는 분홍색 셔츠에 갈색 재킷, 연지색 넥타이까지 맨 완벽한 스타일로 내 옆에 서 있었다. 짜증나긴 했지만 잘 어울렸다. 나보다 키도 크고.

일동의 맨 끝에는 친숙한 세일러복을 걸친 나가토 유키가 소리 없이 따라오고 있었다. 어째 완벽하게 SOS단의 일원이 된 상황이긴 했지만 원래는 문예부원이 아니었냐. 그날 한산한 아파트에서 이해 불가능한 소리를 들은 뒤로 저 무표정한 얼굴에 자꾸만 신경이 쓰인다. 하지만 왜 쉬는 날에까지 교복을 입는 거지.

길가에 있는 한 찻집 안쪽에 자리를 잡은 기묘한 5인조였다. 주문을 받으러 온 웨이터에게 각자 주문을 했지만 나가토만이 이해하기 힘들 정도로 진지─하지만 무표정─하게 메뉴를 꼼꼼히 살피며 좀처럼 메뉴를 정하지 못하고 있었다. 인스턴트 라면이라면 다 익었을 정도의 시간이 지나서야,

"살구"라고 말했다.

어차피 내가 쏘는 거다, 그래.

하루히의 제안은 이러했다.

두 팀으로 나뉘어 시내를 돌아다닌다. 신비한 현상을 발견하면 휴대전화로 연락을 하며 상황을 지켜본다. 나중에 모여 반성할 점과 앞으로의 전망을 이야기한다.

이상.

"그럼 제비뽑기를 하자."

하루히는 테이블 위에 놓인 이쑤시개를 다섯 개 꺼내 가게에서 빌린 볼펜으로 그중 두 개에 표식을 하고선 움켜쥐었다. 그러곤 머리를 삐죽 내민 이쑤시개를 우리에게 내밀었다. 나는 표식이 된 것. 마찬가지로 아사히나 선배도 표식을 된 것을 뽑았다. 나머지 세 사람은 표식이 없는 것.

"흐음, 이런 구성이라…."

무슨 이유에선지 하루히는 나와 아사히나 선배를 번갈아 보며 흥하고 콧소리를 내며 말했다.

"쿈, 알고 있지? 이건 데이트가 아냐. 진지하게 해야 된다. 알겠어?"

"알아, 알아."

설마 내가 흐뭇한 표정을 짓고 있었던 건 아닐까. 신난다. 아사히나 선배는 빨개진 뺨에 한 손을 대고선 이쑤시개 끝을 지켜보고 있다. 좋아, 아주 좋아.

"구체적으로 무얼 찾아야 하는 건가요?"

태평한 소리를 지껄인 건 코이즈미다. 그 옆에서 나가도는 규칙적으로 컵을 입으로 가져가고 있다.

하루히는 아이스 커피의 마지막 한 모금을 쪼르륵 다 마시고선 귀에 걸린 머리를 뒤로 쳐냈다.

"일단 불가사의한 것, 의문이 가는 것, 미스터리한 사람, 그래, 시공이 일그러진 곳이라든가 지구인인 척 행동하는 에일리언을 발견하면 되는 거야."

나도 모르게 입 안에 머금은 민트 티를 내뿜을 뻔했다. 어라, 옆에 있는 아사히나 선배도 같은 표정이네. 나가토는 변함이 없었지만.

"그렇군요"라고 대답하는 코이즈미.

너 정말 이해하긴 한 거냐?

"그러니까 우주인이나 미래에서 온 사람이나 초능력자 본인 혹은 그들이 지상에 남긴 흔적 등을 찾으면 되는 거로군요. 알았습니다."

코이즈미의 얼굴은 유쾌하기까지 했다.

"그래! 코이즈미, 너 소질이 있구나. 바로 그거야. 쿈도 조금은 코이즈미의 뛰어난 이해력을 본받으라고."

그 녀석을 너무 띄워주지 말라고. 원망스럽게 바라보는 나를 향해 코이즈미는 미소로 답변했다.

"그럼 이제 출발하자."

계산서를 내게 넘기고선 하루히는 큰 걸음으로 가게를 나섰다.

몇 번 말을 했는지 알 수 없지만 다시 한번 입에 담아본다.

"이런, 이런."

정말 데이트가 아니야, 놀면 나중에 죽여버린다는 말을 남기고 하루히는 코이즈미와 나가토를 이끌고 사라졌다. 역을 중심으로 하루히 팀은 동쪽, 나와 아사히나 선배가 서쪽을 탐색하게 되었다. 뭐가 탐색이냐.

"어쩌죠?"

두 손으로 파우치를 들고 세 사람의 뒷모습을 지켜보고 있던 아사히나 선배가 날 올려다보았다. 이대로 집어들고 가버리고 싶다. 나는 잠시 생각하는 척한다.

"으음, 뭐, 여기에 서 있어봤자 답이 나오는 것도 아니니까 어디라도 걸어다녀볼까요?"

"네."

순순히 따라온다. 주저하며 나와 나란히 서더니 가끔 어깨가 닿기라도 하면 황급히 떨어지는 모습이 참 순진해 보인다.

우리는 근처를 흐르는 강가를 그냥 터덜터덜 거슬러 올라갔다. 한 달 전이라면 아직 꽃이 남아 있었을 벚나무 길은 이젠 그저 조촐한 강가의 길에 불과했다.

산책하기에 안성맞춤인 길이라 가족 동반 모임이나 커플들이 드문드문 옆을 지나갔다. 우리 두 사람도 모르는 사람이 보면 사이좋은 연인처럼 보일 것이다. 설마 스스로도 알 수 없는 것들을 찾고 있는 괴상한 2인조라고는 생각하지 않겠지.

"나 이렇게 걷는 거 처음이에요."

흘러가는 얕은 강을 바라보며 아사히나 선배가 속삭이듯 말했다.

"이렇게라뇨?"

"…남자랑 둘이서…."

"정말 의외네요. 지금까지 누구랑 사귀어본 적 없나요?"

"없어요."

탐스러운 머리를 산들바람이 희롱하고 있었다. 시원스런 콧날을 그리고 있는 옆모습을 나는 가만히 바라보았다.

"어, 하지만 아사히나 선배라면 사귀자는 소릴 많이 들었을 텐데요."

"응…."

부끄러운 듯 고개를 숙이고선,

"안 돼요. 난 누구와도 사귈 수 없어요. 적어도 이…."

말을 하려다 입을 다물었다. 계속 말하길 기다리는 사이 커플 세 팀이 이 세상에 무엇 하나 고민이라곤 없는 듯한 걸음걸이로 우리를 지나갔다.

"쿈."

물 위를 흐르는 나뭇잎 수라도 세고 있을까 하고 생각하던 나는 그 목소리에 정신을 차렸다.

아사히나 선배가 뭔가를 결심한 듯한 표정으로 나를 바라보고 있었다. 그녀는 단호하게,

"이야기하고 싶은 게 있어요."

아기 사슴과 같은 눈동자에 결의가 선명하게 드러나 있었다.

벚나무 아래 벤치에 나란히 앉았다. 하지만 아사히나 선배는 좀처럼 입을 열려고 하지 않았다. 고개를 숙인 채 "어디서부터 이야기를 해야 좋을지"나 "나는 이야기를 잘 못 해요" 라든가 "믿어줄지 어떨지 모르겠지만요" 등의 소리를 속삭인 뒤 마침내 그녀는 입을 열고 이야기를 시작했다.

제일 먼저 이렇게 말했다.

"전 이 시대의 인간이 아니에요. 훨씬 먼 미래에서 왔어요."

"언제, 어느 시간대에서 여기에 오게 됐는지는 말할 수 없어요. 말하고 싶어도 할 수가 없어요. 과거의 사람들에게 미래의 이야기를 전하는 건 엄중히 제한되어 있고, 타임머신을 타기 전에 정신 조작을 당해서 강제 암시를 받은 상태니까요. 그래서 필요 이상의 말을 하려고 하면 자동적으로 차단이 걸려요. 그 점을 고려하고 들어주세요."

아사히나 선배는 이야기했다.

"시간이라는 것은 연속성이 있는 흐름이 아니라 그 시간마다 잘려진 하나의 평면이 쌓여 만들어진 것입니다."

처음부터 이해가 안 가는데.

"으음, 그렇겠네요. 애니메이션을 상상해봐요. 마치 움직이는 것처럼 보이지만 원래는 한 장씩 그려진 정지 화면일 뿐이에요. 시간도 그것과 마찬가지인데 디지털적 현상인 거죠. 셀 애니메이션이랑 비슷하다고 생각하면 알기 쉬울까요?"

"시간과 시간 사이에는 단절이 있어요. 그건 한없이 제로에 가까운 단절이지만요. 그래서 각 시간과 시간에는 본질적으로 연속성이 없죠."

"시간 이동은 쌓여 있는 시간 평면을 3차원 방향으로 이동하는 거예요. 미래에서 온 나는 이 시대의 시간 평면상에서 볼 땐 셀 만화 도중에 그려진, 필요 없는 그림과 같은 거죠."

"시간은 연속되지 않기 때문에 만약 내가 이 시대에서 역사를 개혁하려 해도 미래에 반영되지 않습니다. 이 시간 평면상의 일로 끝나버려요. 몇백 페이지나 되는 셀의 일부에 낙서를 한다해도 스토리는 변하지 않잖아요?"

"시간은 저 강과 같은 아날로그가 아니에요. 그 순간마다 시간 평면이 겹쳐져 쌓인 디지털적 현상이죠. 이해가 되나요?"

나는 관자놀이를 눌러야 하나 어쩌나 고민한 뒤, 역시 꾹 누르기로 했다.

시간 평면. 디지털. 그런 건 뭐… 아무래도 좋다. 하지만 미래에서 온 사람이라니?

아사히나 선배는 샌들을 신은 발끝을 바라보며,

"제가 이 시간 평면에 온 이유는요…."

두 아이를 데리고 나온 부부가 우리 앞에 그림자를 떨구며 지나갔다.

"3년 전에 커다란 시간 진동이 검출되었어요. 아아, 음, 지금의 시간으로 계산해서 3년 전이에요. 콘과 스즈미야 씨가 중학생이 됐을 무렵이죠. 조사를 하기 위해 과거로 날아온 우리들은 놀랐죠. 아무리 해도 그보다 더 과거로 거슬러 올라갈 수가 없었거든요."

또 3년 전이냐.

"커다란 시간의 단층이 시간 평면들의 사이에 존재하는 것 같다는 게 결론이었어요. 하지만 어떻게 그 시대에 한해서 그런 게 존재하는지 알 수 없었죠. 아무래도 이게 원인인 것 같다고 이해하게 된 것이 얼마 전이에요. …으음, 이건 내가 있던 미래에서의 얼마 전이지만요."

"…뭐였는데요?"

설마 그게 원인은 아니겠지 하는 나의 바람은 이루어지지 않았다.

"스즈미야 씨요."

아사히나 선배는 내가 제일 듣고 싶지 않았던 단어를 말했다.

"시간의 왜곡의 한가운데에 스즈미야 씨가 있었어요. 어떻게 알아냈는지는 묻지 말아요. 금지 사항에 걸리기 때문에 설명할 수 없으니까. 하지만 확실해요. 과거로 통하는 길을 닫은 건 스즈미야 씨예요."

"…하루히가 그런 짓을 할 수 있을 것 같진 않은데요…."

"우리들도 그렇게 생각하지 않았고, 사실대로 말하자면 고작 인간 한 명이 시간 평면에 간섭한다는 건 아직까지 해명되지 않은 사항이에요. 수수께끼죠. 스즈미야 씨도 자신이 그런 짓을 하고 있다고는 전혀 자각하지 못하고 있어요. 자신이 시간을 왜곡시키고 있는 시간 진동의 근원이라고는 생각도 못 하고 있죠. 나는 스즈미야 씨의 근처에서 새로운 시간의 변이가 일어나지 않는지 감시하기 위해 파견된…, 으음, 적당한 말이 잘 떠오르지 않는데, 감시자 같은 거예요."

"……."

침묵하는 나.

"이런 이야기, 못 믿겠죠?"

"아니···. 하지만 왜 제게 그런 얘길 하는 거죠?"

"당신이 스즈미야 씨에게 선택된 인간이니까요."

아사히나 선배는 상체를 내게로 돌리고선,

"자세히는 말할 수 없어요. 금지 사항이 되니까요. 확실하진 않지만 아마 당신은 스즈미야 씨에게 중요한 사람일 거예요. 그녀의 일거수 일투족에는 모두 이유가 있어요."

"나가토와 코이즈미는···."

"그 사람들은 나와 아주 가까운 존재예요. 설마 스즈미야 씨가 이렇게 정확하게 우리들을 모을 줄은 생각지 못했지만요."

"아사히나 선배는 그 녀석들이 누구인지 알고 있습니까?"

"금지 사항입니다."

"하루히가 하는 행동을 그냥 내버려두면 어떻게 되는 거죠?"

"금지 사항입니다."

"아니, 미래에서 왔다면 앞으로 어떻게 될지 알고 있을 것 같은데요."

"금지 사항입니다."

"하루히한테 직접 말하는 건 어때요?"

"금지 사항입니다."

"······."

"미안해요, 말할 수 없어요. 특히 지금의 내겐 그런 권한이 없어요."

미안한 듯 아사히나 선배는 얼굴을 흐렸다.

"믿어주지 않아도 좋아요. 그저 당신이 알고 있어줬으면 한 거니까요."

며칠 전에도 이것과 비슷한 소리를 들었다. 인기척이 없는 조용
한 아파트에서.

"미안해요."

침묵하는 나를 어떻게 받아들였는지 아사히나 선배는 안타까운
듯 눈물을 글썽였다.

"갑자기 이런 소릴 해서요."

"그건 뭐 상관없는데요…."

자기가 우주인에 의해 만들어진 인조 인간이란 소리를 하는 녀석
이 있나 했더니 이번엔 미래에서 온 자의 출현이십니까요. 뭘 어떻
게 하면 그런 얘길 믿을 수 있는 건데? 괜찮으면 좀 가르쳐주시죠.

벤치에 손을 올리다가 아사히나 선배와 손이 닿았다. 새끼손가
락밖에 닿지 않았는데 아사히나 선배는 전류라도 통한 듯 과장되게
손을 거두고선 다시 고개를 숙였다.

우리는 조용히 강가를 바라보았다.

얼마나 시간이 지났을까.

"아사히나 선배."

"네…?"

"전부 보류해도 될까요? 믿는다거나 믿지 않는다거나 하는 그런
건 전부 나중에 따지기로 하고 보류하는 걸로요."

"네."

아사히나 선배는 미소를 지었다. 멋진 미소이십니다.

"지금은 그거면 돼요. 앞으로도 나와는 평범하게 지내주세요. 부
탁드릴게요."

아사히나 선배는 벤치 위에 두 손을 모으고선 깊숙이 고개를 숙였다. 오버다.

"하나만 물어봐도 돼요?"

"뭔가요?"

"당신의 진짜 나이를 가르쳐주세요."

"금지 사항입니다."

그녀는 개구쟁이처럼 미소를 지었다.

그후 우리는 거리를 어슬렁거리며 시간을 보냈다. 하루히는 데이트가 아니라고 못을 박았지만, 그런 이야기를 들은 뒤에는 아무래도 좋은 일이었다. 나와 아사히나 선배는 멋진 가게들 앞에서 윈도쇼핑을 하며 돌아다니기도 하고 아이스크림을 사 먹으며 걷기도 하고 싸구려 액세서리들을 길에 펼쳐놓고 있는 노점상들을 비웃어주기도 하며…, 그러니까 아주 평범한 커플과 같은 행동을 하며 시간을 때웠다.

여기에 손이라도 잡고 있었다면 최고였을 텐데.

휴대전화가 울렸다. 메시지는 하루히로부터.

'12시에 일단 집합. 아까 그 역 앞에서.'

끊겼다. 손목시계를 보니 11시 50분이었다. 시간 내에 도착하는 건 무리다.

"스즈미야 씨? 뭐래요?"

"다시 모이래요. 서둘러 돌아가는 게 좋겠네요."

우리가 팔짱이라도 끼고 나타나면 하루히는 어떤 표정을 지을까. 화를 낼까.

카디건 앞을 여미며 아사히나 선배는 의아한 표정으로 나를 올려

다보았다.

"수확은?"

10분쯤 늦게 도착하자마자 던진 첫마디. 하루히는 불쾌한 표정으로,

"뭐 좀 있었어?"

"없었어."

"정말 찾아본 거야? 어슬렁거리기만 한 건 아니지, 미쿠루?"

아사히나 선배는 고개를 설레설레 저었다.

"그쪽이야말로 뭐 좀 찾았냐?"

하루히는 침묵했다. 그 뒤에서 코이즈미가 산뜻함이 흘러넘칠 것 같은 얼굴로 머리를 긁적였고 나가토는 멍하니 서 있었다.

"점심을 먹고 오후부터 다시 시작이다."

아직도 할 생각이냐?

햄버거 가게에서 점심을 먹고 있는 사이에 하루히는 다시 팀을 나누자며 찻집에서 사용했던 이쑤시개를 꺼내 들었다. 준비성 하나 만은 철저한 녀석이다.

아무렇게나 손을 움직인 코이즈미가,

"또 표식이 없는 거네요."

지나치게 하얀 치아. 이 녀석은 항상 웃고만 있는 것 같다는 생각이 든다.

"나도."

아사히나 선배가 잡은 이쑤시개를 내게 보여주었다.

"콘은?"

"아쉽지만 표식이 있는 겁니다."

더욱 불쾌한 얼굴을 지으며 하루히는 나가토에게도 하나 뽑으라고 재촉했다.

제비뽑기 결과, 이번엔 나와 나가토 유키 두 사람과 나머지 세 사람의 팀이 구성되었다.

"……."

표식이 없는 자신의 이쑤시개를 부모의 원수라도 되는 듯 노려보던 하루히는 치즈버거를 깨작거리며 먹고 있는 나가토와 나를 차례로 돌아보고선 펠리컨 같은 입을 했다.

무슨 말을 하고 싶은 건데.

"4시에 역 앞에 집합하자. 이번에야말로 뭔가 찾아와야 해."

남아 있던 셰이크를 쪼로록 마셔 비웠다.

이번엔 북쪽과 남쪽으로 갈라지게 되었고 우리는 남쪽을 맡았다. 헤어질 때 아사히나 선배는 살짝 손을 흔들어주었다. 마음이 훈훈해지는구나.

그리고 지금 나는 오후의 역 앞, 소음들 사이에서 나가토와 나란히 서 있는 것이다.

"어쩌지?"

"……."

나가토는 침묵.

"…갈까?"

걸음을 옮기자 따라온다. 점점 이 녀석을 다루는 방법에 익숙해지고 있다.

"나가토, 요전의 이야기 말인데."

"뭐?"

"그냥 조금은 믿어도 될 것 같단 기분이 들었어."

"그래."

"응."

"……."

공허한 분위기를 휘감은 채 우리는 묵묵히 역 주위를 돌아다녔다.

"너 사복 없냐?"

"……."

"쉬는 날엔 늘 뭘하면서 지내?"

"……."

"지금 재미있냐?"

"……."

뭐, 이런 식이랄까.

허무한 행동을 계속하는 것도 조금 힘들어져서 나는 나가토에게 도서관에 가자고 말했다. 본관은 훨씬 더 바닷가 근처에 있지만 역 앞이 행정 개발로 토지 정비가 되었을 때 생긴 새로운 도서관이 있다. 책은 거의 빌려본 역사가 없기 때문에 나는 들어가 본 적이 없지만.

소파라도 있다면 앉아서 쉴까 싶었는데, 있기는 했지만 전부 누군가가 자리를 차지하고 있었다. 한가한 녀석들, 여기말고는 갈 데도 없나.

내가 실망하며 건물 안을 돌아보고 있는데 나가토는 마치 몽유병 환자 같은 걸음으로 비틀거리며 책장을 향해 걸어갔다.

그냥 내버려두자.

책은 옛날엔 많이 읽었다. 초등학교 저학년 무렵 어머니가 도서관에서 아동용 모험 소설을 빌려오신 적이 있는데 그때 그 책은 모조리 읽었었다. 장르고 뭐고 다 제각각이었지만 그래도 읽는 책 모두가 재미있었다는 기억이 난다. 뭘 읽었는지는 잊어버렸지만.

언제부터였을까. 책을 안 읽게 된 것은. 읽어도 재미있다고 느끼지 못하게 된 것은.

난 책장에서 눈에 띈 책을 빼서 책장을 파라락 넘겨보고는 다시 꽂아놓는 행동을 반복하며 이만한 분량 속에서 사전 정보 없이 재미있는 책을 찾는다는 건 힘들겠다는 생각을 하며 책장 사이를 돌아다녔다.

나가토를 찾아보자, 구석에 무지하게 두꺼운 책이 자리잡고 있는 책장 앞에 서서 덤벨을 대신할 수 있을 법한 두께의 책을 읽고 있었다. 정말 두꺼운 책을 좋아하는 녀석이다.

읽을 마음도 들지 않는 책을 읽는다는 건 영 내키지가 않아 나는 순식간에 수마와의 싸움을 벌여야 했고, 적의 압도적인 파상 공격에 허무하게 함락되어 순식간에 잠에 빠졌다.

엉덩이 주머니에서 진동이 느껴졌다.

"어라?"

벌떡 일어났다. 주위에 있던 손님이 짜증난다는 듯 쳐다보자 그제야 지금 있는 곳이 도서관이라는 사실을 깨달았다. 침을 닦으며 나는 건물 밖으로 재빨리 나갔다.

진동 기능을 아낌없이 발휘하던 휴대전화를 귀에 갖다댔다.

『뭐 하는 거야, 이 바보야!』

찢어지는 목소리가 고막을 때렸다. 덕분에 정신이 확 깼다.

『지금이 몇 시인 줄이나 알아!』

"미안, 지금 일어났어."

『뭐? 이 멍청아!』

너한테만큼은 멍청이라고 불리고 싶지 않은데.

『어서 돌아와! 30초 이내에!』

말이 되는 소리를 해라.

난폭하게 끊어진 휴대전화를 주머니에 찔러넣고선 도서관으로 돌아갔다. 나가토는 쉽게 찾을 수 있었다. 처음에 봤던 책장 앞에서 움직이지 않고 백과사전 같은 책에 푹 빠져 있었으니까.

거기서부터가 힘들었다.

바닥에 뿌리라도 박은 듯 움직이지 않는 나가토를 그 자리에서 이동시키기 위해 카운터에 가서 나가토의 대출카드를 만들어 그 책을 빌릴 때까지 시간이 제법 걸렸고, 그 사이에 정신없이 걸려오는 하루히의 전화를 모두 무시했다.

어려운 이름의 외국인이 쓴 철학서를 귀한 보물이라도 되는 양 품에 안은 나가토를 재촉해 역 앞으로 돌아가자 세 사람은 각자 개성에 맞는 반응을 보이며 맞아주었다.

아사히나 선배는 지친 얼굴로 한숨 섞인 미소를 지으며, 코이즈미 녀석은 오버 액션으로 어깨를 으쓱거리며, 하루히는 타바스코를 원샷이라도 한 듯한 얼굴로,

"지각. 벌금"이라고 말했다.

또 쏴야 하나.

결국 성과고 뭐고 있을 턱이 없어서 그저 쓸데없이 시간과 돈만 낭비한 채 그날의 야외 활동은 끝났다.

"피곤해요. 스즈미야 씨는 엄청나게 빨리 걷더라고요. 따라가는 게 고작이었어요."

헤어질 때 아사히나 선배가 그렇게 말하며 한숨을 쉬었다. 그러고선 몸을 쭉 뻗어 내 귓가에 입술을 가져다대고는,

"오늘은 이야기를 들어줘서 고마웠어요."

바로 뒤로 물러나며 쑥스러운 듯 미소를 지었다. 미래에서 온 자란 다들 이렇게 우아하게 웃는 존재일가.

잘 가라는 인사를 귀엽게 던지며 아사히나 선배는 자리를 떴다. 코이즈미가 내 어깨를 두드리며,

"아주 재미있었습니다. 기대에 못지않게 재미있는 사람이군요, 스즈미야 씨는. 당신과 같이 행동하지 못한 건 조금 아쉬움이 남습니다만. 언젠가 또 기회가 있겠죠."

기분 나쁠 정도로 상쾌한 미소를 남기며 코이즈미도 퇴장, 나가토는 벌써 일찌감치 자리를 떴다.

혼자 남은 하루히가 날 노려보며 말했다.

"너 오늘 대체 뭘 한 거야?"

"글쎄다. 대체 뭘 한 걸까."

"그래선 안 돼!"

진짜로 화가 난 것 같은데.

"그렇게 말하는 넌 어떤데? 뭐 재미있는 거라도 발견했냐?"

억 하고 말이 막힌 하루히는 아랫입술을 깨물었다. 내버려뒀다간 계속 입술을 깨물고 있지 않을까.

"뭐, 하루 사이에 발견할 수 있을 만큼 상대도 무방비하진 않겠지."

나름 위로하는 나를 매섭게 노려보고선 하루히는 팽 고개를 돌렸다.

"모레 학교에서. 반성하는 자리를 가져야지."

몸을 돌리곤 뒤도 돌아보지 않고 순식간에 사람들 사이로 사라졌다.

나도 그만 돌아가볼까 싶어 은행 앞에 가보니 자전거가 없었다. 대신 '불법 주차 자전거는 철거했습니다'라고 적힌 판이 가까운 전봇대에 달려 있었다.

제5장

주초, 이제 장마가 다가오고 있다고 말해주는 것 같은 엄청난 습기를 느끼며 등교한 탓에 학교에 도착할 무렵에는 엄청난 땀투성이가 되었다. 이 언덕길에 에스컬레이터를 설치하겠다는 공약을 걸고 선거에 나오는 녀석 없나. 나중에 선거권을 얻게 되면 그 녀석한테 투표해줄 수도 있는데.

교실에서 책받침을 부채 대신으로 퍼덕이며 목 주위에 바람을 보내고 있었더니, 신기하게도 수업 시작종이 울리기 바로 직전이 되어서야 하루히가 안으로 들어왔다.

털썩 가방을 던지고선,

"나도 부쳐줘."

"직접 해라."

하루히는 이틀 전에 역 앞에서 헤어졌을 때와 조금도 다름이 없는 무뚝뚝한 얼굴로 입을 삐죽거리고 있었다. 최근엔 좀 볼만한 얼굴이 되었다 싶었는데 다시 원래대로 돌아오고 말았군.

"야, 스즈미야. 너 '파랑새'라는 이야기 아냐?"

"그게 왜?"

"아니, 그냥 아무것도 아냐."

"그럼 처음부터 묻질 말지."

하루히가 살짝 눈을 치떠 노려보자 나는 앞으로 몸을 돌렸고, 오카베 선생님이 들어와 조회가 시작되었다.

이날 수업 시간 내내 불쾌 오라를 사방팔방으로 방사하는 하루히의 부정적인 기운이 줄곧 내 등 뒤에서 압박을 가해와, 정말 오늘만큼 수업의 끝을 알리는 종소리가 복음성가처럼 들렸던 날은 없었다. 산불을 제일 먼저 감지한 들쥐처럼 나는 동아리방 건물로 재빨리 피난가버렸다.

동아리방에서 나가토가 언제나처럼 독서를 하고 있는 모습은 어느새 방에 포함된 기본 옵션 같은 느낌이었고, 이제는 이 방과 떼어놓고는 생각할 수 없는 것처럼 느껴졌다.

그래서 나는 한 발 먼저 와 있던 코이즈미 이츠키에게 이렇게 말했다.

"너도 나한테 스즈미야에 대해서 하고 싶은 말이 있는 거 아냐?"

이 자리에는 세 사람밖에 없다. 하루히는 이번 주가 청소 당번이고 아사히나 선배는 아직 안 왔다.

"아니, 너도라는 건 다른 두 분은 이미 당신에게 접근했다는 소리 같군요."

코이즈미는 어제 도서관에서 빌려온 책에 고개를 묻고 있는 나가토를 한 번 쳐다보았다. 모든 것을 알고 있다는 듯한 의미심장한 말투가 마음에 안 든다.

"장소를 옮기죠. 스즈미야 씨랑 마주치면 안 되니까요."

코이즈미가 날 데리고 찾은 곳은 식당의 옥외 테이블이었다. 도중에 자판기에서 뽑은 커피를 들고 동그란 테이블에 남자 둘이 마주 앉는 건 좀 거시기했지만 이 상황에선 어쩔 수 없지.

"어디까지 알고 계십니까?"

"스즈미야가 평범한 인간이 아니라는 것 정도."

"그렇다면 이야기하기 쉽네요. 그 말대로입니다."

이건 무슨 농담인가? SOS단에 모인 세 명이 모두 스즈미야를 인간이 아니라는 듯 말하다니, 지구 온난화 때문에 더위를 먹은 거 아냐?

"먼저 네 정체부터 들어볼까?"

우주인과 미래에서 온 자에는 짐작이 갔으므로,

"사실은 초능력자라고 하는 건 아니겠지."

"먼저 선수치지 말았으면 좋겠는데요."

코이즈미는 종이컵을 흔들며,

"조금은 다른 것 같기도 하지만 그래요, 초능력자라고 부르는 게 제일 가깝겠군요. 그렇습니다, 사실 전 초능력자예요."

나는 조용히 커피를 마셨다. 설탕을 좀 적게 넣었어야 했어. 너무 달착지근하다.

"사실은 이렇게 갑자기 전학 올 생각은 아니었는데 상황이 바뀌어서요. 그 두 사람이 이렇게 쉽게 스즈미야 하루히와 결탁하게 될 거라고는 예상하지 못했어요. 그때까지는 외부에서 관찰만 하고 있었는데 말이죠."

하루히가 무슨 특이한 곤충이라도 되는 듯이 말하지 마라.

내 눈썹이 찌푸려진 것을 봤는지,

"기분 나빠하지 말아주십시오. 우리도 필사적이랍니다. 스즈미야 씨에게 해를 가하지는 않을 테고 오히려 우리는 그녀를 위기에서 지키기 위해 노력하고 있으니까요."

"우리라는 건 너말고도 그런 초능력자인지 하는 자들이 많다는 건가?"

"많다고는 할 수 없지만 그럭저럭 되죠. 전 말단이라 정확하게는 모르지만 지구 전체에 열 명 정도는 될 겁니다. 그 전원이 '기관'에 소속되어 있을 겁니다."

'기관'이라 이거지.

"실체는 알 수 없습니다. 구성원이 몇 인지도요. 맨 윗선에 있는 사람들이 그 모든 것을 통괄하고 있는 것 같습니다만."

"…그래서 그 '기관'인가 하는 비밀결사는 뭘 하는 단체인데?"

코이즈미는 미지근하게 식은 커피로 입술을 적시고선 말했다.

"당신이 상상하는 그대로입니다. '기관'은 3년 전에 발족한 이래로 스즈미야 하루히의 감시를 최우선 중요 사항으로 취급하고 있습니다. 단언하자면 오직 스즈미야 씨를 감시하기 위해서 발생한 조직입니다. 여기까지 말하면 슬슬 눈치를 채셨겠지만, 이 학교에 있는 '기관' 소속자는 저 혼자가 아닙니다. 여러 명의 에이전트가 이미 잠입을 마친 상태입니다. 전 추가 요원으로 여기에 오게 된 거죠."

불쑥 타니구치의 얼굴이 떠올랐다. 하루히와는 중학교 때부터 내내 같은 반이라고 했지. 설마 그 녀석도 코이즈미와 같은 종류의 인간인가?

"글쎄요, 그건 어떨지."

코이즈미는 슬쩍 말을 돌리고선,

"아무튼 여러 명이 스즈미야 씨의 주위에 있다는 것은 확신할 수 있습니다."

어째서 다들 그렇게 하루히를 좋아하는 거지. 독특하고 고자세에다 주위에 민폐가 가든 말든 신경도 안 쓰는 이기적인 여자애의 어디에 그렇게 거대한 조직의 표적이 될 만한 이유가 숨어 있다는 건지. 외모가 예쁜 거야 인정하겠지만 말이다.

"지금부터 3년 전에 무슨 일이 있었는지는 모릅니다. 제가 아는 건 3년 전의 그날 갑자기 제 몸에 초능력으로밖에 볼 수 없는 힘이 생겨났다는 거죠. 처음엔 공황 상태에 빠졌어요. 무서운 경험도 많이 했고요. 곧 '기관'에서 마중을 나와 살았습니다만 그대로 있었다면 아마 난 미친 거라 생각해 자살을 했을지도 모릅니다."

그때부터 지금까지 너는 맛이 간 채로 계속 진화하고 있었던 건 아니고?

"네, 그럴 가능성도 없지는 않죠. 하지만 우리는 더 두려운 가능성에 대해 염려하고 있습니다."

자조하는 미소를 지으며 커피를 마신 코이즈미는 갑자기 진지한 표정을 지었다.

"당신은 세계가 언제부터 존재해왔다고 생각하나요?"

참 거시적인 이야기로 튀는군.

"먼 옛날에 빅뱅인가 하는 폭발이 일어난 뒤부터 아냐?"

"그렇다고들 하죠. 하지만 우리는 하나의 가능성으로 세계가 3년 전부터 시작되었다는 가설을 버리지 못하고 있습니다."

나는 코이즈미의 얼굴을 쳐다보았다. 제정신이라고는 도저히 믿어지지 않는데.

"그럴 리가 있냐. 난 3년 전보다 더 오래 된 기억도 갖고 있고 부모님도 건재하신걸. 어릴 적에 도랑에 빠져 세 바늘을 꿰맨 상처도 있다고. 게다가 일본사 시간에 필사적으로 외우고 있는 역사는 그럼 대체 뭔데?"

"만약 당신을 포함한 전 인류가 지금까지의 기억을 가진 채로 어느 날 갑자기 세계에 태어난 게 아니란 사실을 어떻게 부정하겠습니까? 3년 전에 얽매일 것도 없죠. 지금부터 불과 5분 전에 전 우주가 존재해야 할 모든 모습을 미리 준비해두었다 세계가 만들어졌고, 모든 것이 거기서부터 시작된 건 아니다, 이렇게 부정할 만한 근거는 이 세상 어디에도 없습니다."

"……."

"예를 들면 가상 현실 공간을 떠올려보세요. 당신의 뇌에 전극이 박혀 있는 상황에서 보고 있는 영상과 공기 냄새, 테이블을 만진 감촉 등이 전부 직접 뇌에 전달되는 정보라면 당신은 그게 진짜 현실이 아니라는 진실은 깨닫지 못할 겁니다. 현실이란, 세계란 생각보다 훨씬 약한 거예요."

"…그건 그렇다고 치자고. 세계가 3년 전인지 5분 전에 시작됐다는 말도 좋아, 그래. 거기서 뭘 어떻게 꼬면 하루히의 이름이 나오는 건데?"

"'기관'의 높은 분은 이 세계를 어떤 존재가 꾸고 있는 꿈과 같은 것이라고 생각하고 있습니다. 우리가, 아니 이 세계 자체가 그 존재의 꿈에 불과한 게 아닐까 하는 거죠. 아무래도 꿈이니까 그 존재에게 있어 우리가 현실이라 부르는 세계를 창조하거나 개혁하는 것은 애들 장난같이 쉬운 일일 겁니다. 그리고 우리는 그런 일을 할 수 있는 존재의 이름을 알고 있습니다."

경어를 써가며 차분하게 말을 하고 있어서인지 코이즈미의 얼굴은 화가 날 정도로 어른스러워 보였다.

"세계를 자신의 의지로 만들거나 부술 수 있는 존재—인간은 그런 존재를 신이라고 정의하고 있습니다."

…어이, 하루히. 너 드디어 신의 차원까지 올라가게 됐다. 어쩔래?

"그러니까 '기관' 사람들은 전전긍긍하고 있는 겁니다. 만에 하나 이 세계가 마음에 들지 않으면 신은 바로 세계를 파괴하고 처음부터 다시 창조할지도 모르죠. 모래사장에 세운 산이 마음에 들지 않는 어린아이처럼요. 전 아무리 모순으로 가득 차 있다 해도 이 세계에 나름대로 애착을 갖고 있습니다. 따라서 '기관'에 협력하고 있는 겁니다."

"하루히한테 부탁을 해보지그래? 세계를 부수는 건 제발 하지 말아주세요 라고 말야. 들어줄지도 모르잖아."

"물론 스즈미야 씨는 자신이 그런 존재라는 것은 자각을 못 하고 있는 상태입니다. 그녀는 아직 본래의 능력을 깨닫지 못하고 있어요. 우리는 가능하면 평생 깨닫지 못한 채 평온하고 평범한 인생을 살아주길 바라고 있습니다."

여기까지 이야기한 뒤 코이즈미는 원래의 미소를 되찾았다.

"말하자면 그녀는 미완성의 신이에요. 자유자재로 세계를 조종할 정도까지는 못 되지요. 다만 아직 채 발달하지 않은 상태임에도 그 힘의 단편들을 보여주고는 있습니다."

"그걸 어떻게 알아?"

"당신은 왜 우리 같은 초능력자나 아사히나 미쿠루와 나가토 유키 같은 존재가 이 세상에 있는 거라 생각하죠? 스즈미야 씨가 그 렇게 바랐기 때문입니다."

우주인, 미래에서 온 자, 이세계 사람, 초능력자가 있으면 내게 오도록.

처음 만난 교실에서 자기 소개를 할 때 하루히가 한 말을 떠올려 보았다.

"그녀는 현재 완벽하게 신의 힘을 발휘하지는 못하고 있습니다. 무의식 속에서 우연히 그 힘을 행사하고 있는 것에 불과해요. 하지 만 요 몇 달 사이에 확연하게 인간의 능력을 넘어선 힘이 스즈미야 씨에게서 흘러나오고 있다는 것은 알아냈습니다. 그 결과는 더 말 할 필요도 없겠죠? 스즈미야 씨는 아사히나 미쿠루 씨와 만났고 나 가토 유키와 만났으며 저마저 그녀의 일원에 가세하게 된 겁니다."

나만 따돌리는 거냐.

"그렇지 않습니다. 오히려 당신이 가장 큰 수수께끼예요. 실례인 줄은 알지만 당신에 대해선 많이 조사를 해보았습니다. 보장하죠, 당신은 특별히 아무런 힘도 갖지 않은 아주 평범한 인간입니다."

안심해야 되는 건지, 슬퍼해야 하는 건지.

"모르겠어요. 어쩌면 당신이 세계의 운명을 쥐고 있을 수도 있지 요. 이건 우리들의 바람입니다. 부디 스즈미야 씨가 이 세계에 절망 하지 않도록 주의해주십시오."

"하루히가 신이라고 한다면" 나는 제안했다. "그 녀석을 잡아 해 부라도 해서 머릿속의 구조를 조사하든 뭘 하든 하면 되지 않나? 그럼 쉽게 세계의 구조를 알 수 있을지도 모르잖아."

"그렇게 주장하는 강경파도 분명히 '기관'에는 존재하고 있습니다."

코이즈미는 순순히 긍정했다.

"하지만 경솔하게 손을 대서는 안 된다는 의견이 대세를 차지하고 있지요. 만약 신의 기분을 거스르기라도 하면 돌이킬 수 없는 일이 벌어지게 될 확률이 높습니다. 우리가 바라는 건 세계의 현상 유지이니 스즈미야 씨가 평화로운 생활을 보내기만을 희망하고 있죠. 화로 속의 군밤을 꺼내려 해봤자 화상만 입게 될 뿐이니까요."

"…대체 어떡하면 좋은데?"

"그것도 알 수 없습니다."

"만약에, 만약에 말이야, 하루히가 콱 죽어버리면 세계는 어떻게 되는 건데?"

"글쎄요, 그녀의 죽음과 동시에 세계도 순식간에 함께 소멸하든가 신이 없는 세계가 계속되든가, 아니면 새로운 신이 태어나든가 어떻게 될지 그건 아무도 모르죠. 그때가 오기 전까지는요."

종이컵 안의 커피는 완전히 식어 있었다. 마실 생각도 사라져 테이블 끝으로 치웠다.

"초능력자라고 했지?"

"네, 우리는 다른 명칭을 쓰고 있습니다만 간단하게 말하면 그렇다고 할 수 있죠."

"그럼 뭔가 힘을 보여줘. 그러면 네 말을 믿어줄게. 예를 들어 이 커피를 원래대로 따뜻하게 만든다거나 말야."

코이즈미는 재미있다는 듯 웃었다. 입가에만 그려지던 미소 외의 다른 웃는 모습을 보는 건 이게 처음일지도 모르겠군.

"죄송하지만 무리예요. 그렇게 알기 쉬운 능력과는 조금 다릅니다. 그리고 평소의 저에겐 아무런 힘도 없어요. 힘을 쓰려면 몇 가지 조건이 겹쳐져야 가능합니다. 보여드릴 기회도 있겠죠."

오래 붙잡아서 죄송합니다. 오늘은 이만 가볼게요 라고 말하고선 코이즈미는 웃으며 테이블을 떠났다.

나는 경쾌하게 사라지는 코이즈미의 뒷모습이 사라실 때까지 바라보다 문득 떠오른 생각에 종이컵을 들었다.

말할 필요도 없을지 모르지만.

당연히 안에 든 커피는 여전히 차가웠다.

동아리방에 돌아와보니 아사히나 선배가 속옷 차림으로 서 있었다.

"······."

아사히나 선배는 프릴이 잔뜩 달린 앞치마 드레스를 들고선, 문 손잡이를 움켜쥔 채 굳어버린 나를 깜짝 놀란 고양이같이 동그란 눈을 하고선 쳐다보다가 비명을 지르려는 듯 서서히 입을 벌리기 시작했다.

"실례했습니다."

소리가 나기 전에 나는 내디뎠던 발을 원래 위치로 되돌린 뒤 문을 닫았다. 다행히 비명은 들리지 않았다.

아차, 노크를 해야 했는데. 아니, 잠깐만. 옷을 갈아입으려면 문을 잠가야 하는 거 아냐?

좀 전에 내 망막에 보였던 하얀 나신을 장기 기억 창고로 이송해야 할지 어떨지 고민하고 있는데 안에서 조심스럽게 들리는 노크 소리.

"들어오세요…" 라는 목소리마저 조심스럽다.

"죄송합니다."

"아니에요…."

내가 머리 두 개 크기쯤 아래에 위치한 가마를 보며 사과하자, 문을 열어준 아사히나 선배는 눈가를 연분홍색으로 물들인 채 말했다.

"나야말로 항상 부끄러운 모습만 보여서…."

전혀 상관없습니다.

아무래도 하루히의 주문을 고지식하게 따르고 있었나보다. 아사히나 선배는 그 메이드복을 입고선 연신 부끄러워했다.

역시 귀여워.

이대로 아사히나 선배와 마주 보고 있다간 조금 전의 영상이랑 이런저런 것들이 머릿속에서 춤을 추다 뻥 터져버릴 것 같았기에 나는 이성을 총동원해 리비도(주6)를 격퇴하고선 단장석에 앉아 컴퓨터를 켰다.

시선이 느껴져 고개를 들자, 나가토 유키가 웬일로 나를 바라보다가 안경테를 손으로 치켜올리고선 다시 독서를 개시했다. 기묘할 정도로 인간적인 동작으로 보였다.

HTML 에디터를 켜고 홈페이지 파일을 불러냈다. 항상 똑같은 SOS단 사이트를 어떻게 할까 생각해보았지만, 뭘 어떻게 발전시켜야 좋을지 짐작도 안 갔다. 항상 쓸데없이 시간만 낭비하다 탄식과 함께 파일을 닫기만 하는 동작의 반복이었다. 매번 이럴 거라면 차라리 신경 쓰지 않으면 될 거라는 생각도 들지만 어차피 한가하니까 말이지. 오셀로에도 질렸고.

주6) 리비도 : libido. 정신분석학 용어로 성본능(性本能)·성충동(性衝動)이라는 의미

팔짱을 끼고 신음하는 내 앞에 찻잔이 놓였다. 메이드복 차림의 아사히나 선배가 방긋 웃으며 쟁반을 들고 있었다. 마치 진짜 메이드에게 봉사를 받고 있는 듯한 이 기분.

"감사합니다."

조금 전에 코이즈미에게서 커피를 얻어마시긴 했지만 당연하지, 감사히 받겠습니다.

아사히나 선배는 나가토에게도 차를 주었다.

그 옆에 앉아 후후 김을 불어가며 차를 마시기 시작했다.

결국 그날 하루히는 동아리방에 나타나지 않았다.

"어제는 왜 안 왔어? 반성 모임을 하는 거 아니었냐?"

평소와 다름없이 아침 조회 전에 뒷자리에 말을 건다.

책상에 턱을 괴고 엎드려 있던 하루히는 귀찮다는 듯 입을 열었다.

"시끄러워. 반성 모임은 혼자서 했다고."

듣자하니 하루히는 어제 학교를 마친 다음 토요일에 세 사람이 걸었던 코스를 혼자서 돌아봤다고 했다.

"빠뜨린 게 없나 싶어서 말야."

범행 현장에 다시 찾아가는 건 형사뿐인 줄 알았는데.

"덥고 지쳤어. 하복으로는 언제 갈아입을까. 빨리 갈아입고 싶다."

하복은 6월부터 입는다. 5월은 앞으로도 1주일 정도 남아 있다.

"스즈미야, 전에도 말했을지 모르지만, 찾아낼 수도 없는 수수께끼 찾기는 그만 포기하고 평범한 고등학생다운 놀이를 개척해보는 건 어떠냐?"

벌떡 몸을 일으켜 세우고 노려볼… 거라 예상했는데 뜻밖에도 하루히는 여전히 뺨을 책상에 찰싹 붙인 채였다. 지쳤다는 소리는 사실인가보네.

"고등학생다운 놀이란 게 뭔데?"

목소리에도 힘이 없다.

"그러니까 멋진 남자라도 찾아서, 시내를 산책할 거면 개랑 하라고. 데이트도 되고 일석이조잖아."

그날 아사히나 선배와 나눈 대화를 떠올리며 나는 제안했다.

"그리고 너라면 남자 구하는 건 어렵지 않을 거 아냐. 그 기괴한 성격을 잘 숨겼을 때의 이야기이긴 하다만."

"흥. 남자 따윈 아무래도 상관없어. 연애 감정이란 건 말야. 일시적인 변덕일 뿐이라고. 정신병의 일종이야."

책상을 베게 삼아 누워 창 밖으로 멍하니 시선을 던진 채 하루히는 무기력하게 말했다.

"나도 말이지, 가끔이긴 하지만 그런 기분이 들 때도 있어. 건강한 젊은 여자이고 몸을 주체 못 할 때도 있긴 하니까. 하지만 순간적인 변덕으로 인해 귀찮은 짐을 짊어질 정도로 바보는 아니라고, 나는. 그리고 내가 남자 사냥에 몰두하고 있으면 SOS단은 어떻게 되는데? 만든 지 얼마 되지도 않았는데."

사실을 말하자면 아직 만들어지지도 않았는데.

"적당한 놀이 동아리로 만들면 되지. 그러면 사람들도 모일 거야."

"싫어."

단칼에 거절당했다.

"그런 게 재미없으니까 SOS단을 만들었는데, 모에 캐릭터와 수수께끼의 전학생도 입단시켰는데. 왜 아무 일도 일어나지 않는 거야? 아아아, 화끈한 사건 하나쯤 일어나지 않을까."

이렇게 어쩔 줄 몰라 하는 하루히를 보는 건 처음이었지만 기운을 잃은 얼굴은 의외로 귀여웠다.

웃지 않고 평범한 얼굴을 하고 있는 것만 해도 제법 괜찮은 얼굴이다. 정말 아깝단 말야.

그후 오전 수업 대부분을 하루히는 잠에 빠져서 보냈다.

한 번도 교사에게 발견되지 않았던 건 기적…, 아니 우연이겠지. 역시.

하지만 이때 기이하게도 사건은 은밀히 시작되고 있었다. 번쩍거릴 만큼 화려하지는 않았기 때문에 아무도 모르는 사이에 시작되었다가 끝난 사건이었지만, 적어도 아침 조회 때의 나는 발목 정도까지 사건에 잠겨 있었다.

사실은 하루히에게 말을 걸면서 나는 한 가지 문제를 안고 있었다. 그 문제는 바로 아침에 발견한 내 신발장에 들어 있던 쪽지.

거기에는,

'방과 후 사람들이 나가고 나면 1학년 5반 교실로 와.'

라는, 누가 봐도 명백한 여자애의 글씨가 적혀 있었다.

어떻게 해석해야 좋을지, 뇌 내 인격을 총동원해 회의를 열 필요가 있다.

우선 첫 번째 녀석이 '전에도 비슷한 일이 있었지'라고 말한다.

하지만 이건 그 책갈피에 쓰여 있던 나가토의 글자와는 확연하게 달랐다. 그 자칭 우주인 비스무리의 글자는 기계같이 깔끔했지만, 이 종잇조각의 글씨는 딱 보기에도 여고생이 썼을 법한 동글동글한 느낌이었다. 그리고 나가토라면 신발장에 메시지를 넣는 방법은 쓰지 않을 것이다.

그러자 두 번째 녀석이 '아사히나 미쿠루는 아닐까?'라는 말을 꺼냈다. 그것도 아닌 것 같다. 아무렇게나 찢은 노트 조각에 이렇게 시간도 정하지 않은 메시지를 전할 거라고는 생각되지 않는다. 그래, 아사히나 선배라면 제대로 된 봉투와 편지지에다 써줄 것이다.

그리고 1학년 5반이라는 우리 교실을 장소로 지정하는 것도 좀 이상하다.

'하루히라면?' 이라고 말하는 세 번째 녀석. 더더욱 말도 안 되는 소리다. 그 녀석이라면 그 언젠가처럼 계단까지 억지로 끌고 가 이야기를 할걸. 비슷한 이유로 코이즈미 설도 기각.

네 번째 녀석이 마침내 말한 '그럼 얼굴도 모르는 제3의 인물이 보낸 러브레터'.

러브레터인지 뭔지는 따지지 말고, 만나자는 연락 문서라는 것은 확실하다. 상대가 여자라고 단정할 수는 없지만. '오버하지 마라. 타니구치와 쿠니키다가 깜짝 개그를 벌이는 건지도 모른다고.'

그래, 그 가능성이 가장 이해하기 쉽지. 딱 보기에도 바보 타니구치가 구사할 법한 머리 나쁜 개그의 냄새가 풀풀 풍긴다. 하지만 그렇다면 더욱 세심하게 공을 들였을 거란 생각이 드는데.

그런 생각을 하며 나는 정처 없이 학교 안을 돌아다녔다. 하루히는 몸이 안 좋다는 이유로 일찍 귀가했다. 굿 타이밍이라면 나름대로 굿 타이밍이다.

일단 동아리방에 가보기로 했다. 너무 일찍 5반에 돌아가 그야말로 아무도 없는 교실에서 누군지도 모르는 녀석을 기다린다는 것도 화나는 일이고, 기다리는 중간에 타니구치가 나타나 "야아, 얼마나 기다렸냐? 그런 종잇조각 하나를 믿고 쉽게 넘어오다니. 너도 참 단순하구나. 낄낄" 이런 소리를 듣는 건 더 분하다. 시간을 때운 뒤에 교실을 살펴보고 아무도 없는 것을 확인하고 나면 바로 집에 가자. 완벽한 작전이다.

혼자 고개를 끄덕이며 걷는 사이 동아리방 앞에 도착했다. 노크도 잊지 않았다.

"네, 들어오세요."

아사히나 선배의 대답을 확인하고선 문을 열었다. 아사히나 선배의 메이드 차림은 언제 몇 번을 보더라도 가련하게 느껴진다.

"늦었네요. 스즈미야 씨는요?"

차를 타주는 모습도 아주 틀이 잡혔다.

"집에 갔어요. 피곤해 보이더라고요. 역습을 하려면 지금입니다. 한창 약해진 상황인 것 같으니까요."

"그런 짓은 안 해요!"

나가토가 독서에 정열을 쏟고 있는 모습을 배경 삼아 우리는 마주 앉아 차를 마셨다. 다시 원래 목적 없는 동아리 미만의 단체가 된 듯했다.

"코이즈미는 안 왔나요?"

"코이즈미는요, 좀 전에 오기는 했는데 아르바이트가 있다면서 갔어요."

무슨 아르바이트일까. 뭐, 이 상황으로 봐선 여기 있는 두 사람이 편지의 주인공은 아닌 것 같군.

달리 할 일도 없었기 때문에 나와 아사히나 선배는 가끔씩 대화를 나누며 오셀로를 두었다. 내가 3전 3승을 기록한 뒤 인터넷에 접속해 둘이서 뉴스 사이트를 돌아다니고 있는데 나가토가 소리를 내며 책을 덮었다. 최근엔 그것을 동아리 활동 종료 신호로 삼고 있는 우리는 집에 갈 준비를 했다. 정말 뭘 하고 있는 건지 이해가 안 간다.

옷을 갈아입어야 하니 먼저 가라는 아사히나 선배의 말에 동아리 방을 나왔다.

시계는 5시 부근을 가리키고 있었다. 교실에 남아 있는 학생은 한 명도 없을 것이다.

타니구치도 지쳐서 돌아갔을 시간이지. 그래도 나는 계단을 두 단씩 뛰어 건물 맨 위층으로 향했다. 모든 일에도 만에 하나란 게 있는 법이잖아. 그치?

인적이 끊긴 복도에서 나는 심호흡을 한 번 했다.

창은 불투명하기 때문에 안을 살필 수는 없었지만, 저녁놀에 창 안이 오렌지빛으로 물들어 있다는 것만은 확실했다. 나는 아무 일도 없다는 듯 애를 써서 가장하며 1학년 5반의 문을 열었다.

누가 거기에 있다 해도 놀랄 건 없었지만, 실제로 그곳에 있던 인물을 보고 나는 상당히 당황했다.

전혀 예상하지 못했던 사람이 칠판 앞에 서 있었기 때문이었다.

"늦었잖아."

아사쿠라 료코가 내게 미소를 보냈다.

청결해 보이는 생머리를 흔들며 아사쿠라는 교단에서 뛰어내렸다. 플리츠 스커트 아래로 뻗은 가는 다리와 하얀 양말이 선명하게 눈에 새겨졌다.

교실 중간쯤까지 걸어간 아사쿠라는 여전히 미소를 지은 채 유혹하듯 손을 흔들었다.

"들어오지 그래?"

문을 잡은 상태에서 멈춰 서 있던 나는 그 동작에 이끌리듯 아사쿠라에게 다가갔다.

"너였냐…."

"응, 뜻밖이지?"

시원스레 웃는 아사쿠라. 그녀의 몸 오른쪽이 저녁놀에 빨갛게 물들어 있었다.

"무슨 일이냐?"

일부러 무뚝뚝하게 물었다. 키득거리는 웃음소리를 내며 아사쿠라는 말했다.

"볼일이 있는 건 확실하지. 조금 묻고 싶은 게 있어."

바로 내 정면에 아사쿠라의 하얀 얼굴이 있었다.

"인간은 말야, '하지 않고 후회하기보다는 하고선 후회하는 게 낫다'는 말을 자주 하잖아. 이 말, 어떻게 생각해?"

"자주 말하는지 어떤지는 모르겠다만 말 그대로의 의미겠지."

"그럼 말야, 만약에 말인데, 현 상태를 유지한다면 더욱 악화될

뿐이란 걸 알고 있지만 어떻게 해야 좋은 방향으로 돌릴 수 있을지 알 수 없을 때 너라면 어떻게 하겠니?"

"뭐야, 그게? 일본 경제에 대한 이야기냐?"

내 반문을 아사쿠라는 여전히 미소로 무시했다.

"일단 어떻게든 좋으니까 바꿔보고 싶다고 생각하지 않을까? 어차피 현재 상태로는 아무것도 변하지 않을 테니까."

"뭐, 그럴 수도 있겠지."

"그치?"

손을 뒤로 잡고선 아사쿠라는 몸을 살짝 기울였다.

"하지만 위에 있는 사람은 고지식해서 급작스런 변화에는 따라가질 못해. 하지만 현장은 그렇게 태평할 수 없지. 손을 놓고 수수방관하고 있으면 점점 안 좋은 쪽으로 흘러갈 것 같거든. 그렇다면 현장의 독단으로 강경하게 변혁을 꾀해도 좋지 않을까?"

무슨 소릴 하고 있는 거야? 몰래 카메라냐? 나는 청소용구함이나 어딘가에 타니구치가 숨어 있지 않을까 싶어 교실을 둘러보았다. 숨어 있을 만한 장소로는 교탁 밑도 있겠군.

"아무것도 변하지 않는 관찰 대상에게 나는 이제 질려버렸어. 그러니까…."

두리번거리는 데에 정신이 팔려 나는 그만 아사쿠라의 말을 놓칠 뻔했다.

"너를 죽이고 스즈미야 하루히가 어떻게 나올지를 보겠어."

멍하니 있을 여유가 없었다. 뒤에 숨겨 놓았던 아사쿠라의 오른손이 휘둘러지고, 좀 전까지 내 목이 있던 공간을 희미한 금속 빛이 갈랐다.

무릎에 놓인 고양이의 등을 쓰다듬고 있음직한 미소를 지으며 아사쿠라는 오른손에 든 칼을 휘둘렀다. 군대에서 쓸 법한 무시무시한 나이프다.

내가 처음 일격을 피한 것은 거의 요행이었다.

그 증거로 나는 비참하게 엉덩방아를 찧었고 거기에다 바보 같은 얼굴을 하고 아사쿠라의 모습을 올려다보고 있었다. 어디에도 도망칠 길이 없었다. 당황해 메뚜기처럼 펄쩍 뛰며 뒤로 물러났다.

무슨 연유에서인지 아사쿠라는 쫓아오지 않았다.

…아니, 잠깐만. 이 상황은 대체 뭐지? 왜 내가 아사쿠라의 나이프의 표적이 되어야 하는 건데. 잠깐, 잠깐, 아사쿠라가 뭐라고 했더라? 날 죽여? 와이, 왜?

"농담은 그만해라."

이럴 때에도 이런 흔한 소리밖엔 나오지 않는다.

"정말 위험하다고! 그게 진짜가 아니라고 해도 겁먹는다니까. 그러니까 그만해!"

정말 이해 불능 상태다.

이해되는 녀석이 있다면 이리로 와봐. 그리고 내게 설명을 해다오.

"농담인 것 같아?"

아사쿠라는 여전히 시원스런 목소리로 물었다. 그 모습을 보고 있자니 도저히 진심으로는 느껴지지 않는다. 미소를 지으며 나이프를 휘두르는 여고생이 있다면 그건 아주 무서울 것이다. 아니, 확실히 지금 나는 무지무지하게 무섭다.

"흐음."

아사쿠라는 칼등으로 어깨를 툭툭 두드렸다.

"죽는 게 싫어? 살해당하고 싶지 않아? 나는 유기 생명체의 죽음에 대한 개념이 잘 이해가 안 가던데."

난 조심스럽게 일어섰다. 농담, 개그지, 이거?

진심이라면 개그로 끝나지 않겠지만. 아니, 대체 이걸 어떻게 믿으라는 거야. 진흙탕 개싸움을 하고 지독하게 찬 여자도 아니고, 같은 반에서도 제대로 이야기도 안 해본 성실한 반장이 내게 칼을 휘둘러대다니, 이게 진짜로 벌어지고 있는 일이라고 생각할 수 있겠느냐 말이다.

하지만 만약 저 칼이 진짜라면, 반사적으로 피하지 않았다면 난 지금쯤 피 웅덩이 속에 빠져 있을 게 분명했다.

"이해도 안 가고 웃음도 안 나온다. 그 위험한 물건을 그만 멀리 치워."

"응, 그건 무리야."

순진무구 그 자체인 모습으로 아사쿠라는 교실에서 여자들이 모여 있을 때와 같은 얼굴로 미소를 지었다.

"난 정말로 네가 죽길 바라고 있거든."

칼을 허리춤에 쥔 자세로 돌진해왔다. 빠르다!

하지만 이번엔 내게도 여유가 있었다. 아사쿠라가 움직이기 전에 토끼처럼 도망쳤고 교실에서 빠져나오려—다가 벽에 부딪혔다.

????

문이 없다. 창문도 없다. 복도에 접한 교실 벽은 회반죽 칠이 된 벽처럼 잿빛으로 물들어 있었다.

이건 말도 안 돼.

"소용없는 짓이야."

등 뒤로 다가오는 목소리.

"이 공간은 나의 정보 제어하에 있거든. 탈출구는 봉쇄했어. 간단하지. 이 행성의 건조물이란 분자 결합 정보를 조금만 조작하면 바로 바꿀 수 있거든. 지금 이 교실은 밀실이야. 나갈 수도 들어갈 수도 없다."

뒤를 돌아보았다. 저녁 노을마저 사라지고 없었다. 운동장 쪽으로 난 창문도 모두 콘크리트 벽으로 바뀌어 있었다. 나도 모르는 사이에 켜져 있던 형광등이 차갑게 늘어선 책상 표면을 비추고 있었다.

거짓말이지?

옅은 그림자를 바닥에 떨구며 아사쿠라가 천천히 다가온다.

"얘, 그만 포기해. 어차피 결과는 마찬가지라고."

"…넌 대체 뭐냐?"

몇 번을 살펴봐도 벽은 벽일 뿐이었다. 아귀가 잘 안 맞던 문도, 우윳빛 유리창도, 아무것도 없었다. 혹시 문제가 생긴 건 내 머리 쪽인가.

난 천천히 책상 사이를 빠져나가 아사쿠라에게서 조금이라도 멀어지려 했다.

하지만 아사쿠라는 일직선으로 날 향해 다가왔다. 책상이 멋대로 움직이며 아사쿠라의 진로를 방해하지 않도록 움직이고 있는 것에 비해 내가 물러나는 쪽에는 반드시 책상이 무리지어 있었다.

술래잡기는 오래가지 못했고, 나는 이내 교실 구석으로 몰렸다.

이렇게 된 이상.

의자를 들어 있는 힘껏 내던졌다.

의자는 아사쿠라의 코앞에서 방향을 틀더니 옆으로 날아가 떨어졌다. 어떻게 이럴 수가.

"소용없다고 그랬잖아. 지금 이 교실은 모두 내 뜻대로 움직이고 있다니까."

잠깐, 잠깐, 스톱, 정지.

이게 뭐야, 대체 이게 뭐냐고. 농담도 개그도 아니고 나나 아사쿠라의 머리가 이상해진 것도 아니라면 이건 대체 뭐냐 이거지.

널 죽이고 스즈미야 하루히가 어떻게 나올지를 보겠다.

또 하루히냐. 하루히, 인기도 많구나.

"처음부터 이렇게 했어야 했어."

그 말로 나는 몸을 움직일 수 없게 되었다는 것을 깨달았다. 이런 법이 어딨어! 이건 반칙이야.

다리가 바닥에서 자라난 나무라도 된 듯 미동도 하지 않았다. 손도 파라핀으로 고정이라도 시킨 듯 들어올릴 수가 없었다. 손은커녕 손가락 하나도 꼼짝할 수 없었다.

아래를 내려다본 상태에서 고정된 내 시선에 아사쿠라의 실내화가 들어왔다.

"네가 죽으면 반드시 스즈미야 하루히는 어떤 행동을 할 거야. 아마 커다란 정보 폭발을 관측할 수 있겠지. 다시 없는 기회야."

난 모르는 일이다.

"그럼 죽어."

아사쿠라가 나이프를 잡는 기척. 어디를 노리고 있는 걸까. 경동맥인가, 심장인가. 알고 있다면 조금은 마음의 준비라도 할 수 있을 텐데. 적어도 눈이라도 감…을 수가 없잖아. 뭐 이런 경우가 다 있냐.

공기가 움직인다. 나이프가 내게 내려온다.

그때.

천장을 무너뜨리는 소리와 함께 건물 자재 더미가 쏟아졌다. 콘크리트 파편이 내 머리에 부딪혀서 아프잖아, 인마!

쏟아지는 흰 돌무더기의 비가 내 몸을 가루 범벅으로 만들었고, 이 상태라면 아사쿠라도 가루 범벅이 됐겠지만 확인하려고 해봤자 몸이 꿈쩍도…, 아, 움직인다.

고개를 든 나는 보았다. 무엇을?

내 목덜미에 당장에라도 닿으려 하는 칼끝과 칼자루를 거꾸로 쥐고선 놀라는 표정으로 정지한 아사쿠라와, 칼날을 맨손으로 움켜쥐고 있는—맨손이라고, 맨손—나가토 유키의 작은 몸이었다.

"하나하나의 프로그램이 너무 약해."

나가토는 평소와 다름없이 감정 없는 목소리로 말했다.

"천장 부분의 공간 폐쇄도, 정보 봉쇄도 너무 무르다. 그래서 나한테 들킨 거야. 침입을 허락한 거다."

"방해할 생각이야?"

그녀를 대하는 아사쿠라도 태연하긴 마찬가지였다.

"이 인간이 살해당하면 틀림없이 스즈미야 하루히는 움직일 거다. 더 큰 정보를 얻기 위해선 그 방법밖에 없어."

"넌 내 지원 역할이었을 텐데."

나가토는 불경이라도 읊듯이 차분한 목소리로 말했다.

"독단적인 행동은 허락되지 않았다. 내 명령에 따라야 해."

"싫다면?"

"정보 통합을 해제하겠다."

"어디 해보시지? 여기선 내가 유리해. 이 교실은 내 정보 제어 공간이다."

"정보 통합 해제를 신청한다."

말을 마치자마자 나가토가 움켜쥔 나이프의 날이 빛을 발하기 시작했다. 홍차에 들어가는 각설탕처럼 미세한 결정이 되더니 사라락 소리와 함께 칼이 바닥으로 떨어졌다.

"!"

나이프를 놓은 아사쿠라는 갑자기 5미터쯤 뒤로 점프하면서 물러났다. 그 모습을 본 나는,

아아, 이 두 사람은 정말 인간이 아닌가보네 라는 태평스런 생각을 하고 있었다.

단숨에 거리를 번 아사쿠라는 교실 뒤쪽에 가볍게 착지했다. 미소는 여전했다.

공간이 꿈틀거리며 일그러졌다. 이렇게밖에 표현할 길이 없었다. 아사쿠라도, 책상도, 천장도, 바닥도 모조리 일렁이더니 액체 금속과 같이 변화하기 시작했지만 자세히 보이지는 않았다.

다만 그 공간 자체가 창처럼 응축되는가 싶더니 다음 순간엔 나가토가 내민 손바닥 앞에서 결정이 폭발했다는 것을 알았다.

간발의 차이로 나가토의 주위에서 차례로 결정의 가루가 작렬하면서 주위로 흩뿌려졌다.

공간을 응축해서 만든 창 모양의 무기가 눈으로는 파악하기 힘든 속도로 우리를 습격했다. 그리고 나가토의 손이 똑같은 속도로 그

모든 것을 물리쳤다는 사실을 깨달은 것은 조금 뒤의 일이었다.

"떨어지지 마."

나가토는 아사쿠라의 공격을 막아내며 한 손으로 내 넥타이를 잡고선 뒤로 물러났고, 나는 웅크린 나가토의 등 뒤에 올라타는 자세로 무릎을 꿇었다.

"우왓!"

내 머리를 눈에 보이지 않는 무언가가 스쳐 지나가면서 칠판을 산산조각냈다.

나가토가 살짝 위를 올려다봤다. 그 순간 천장에서 빛의 기둥이 생겨나며 아사쿠라의 머리 위로 쏟아졌다. 잔상만을 남기는 고속 이동. 천장과 똑같은 색의 기둥이 바닥에 몇십 개가 생겨나 숲을 만들었다.

"이 공간에서는 내게 이길 수 없어."

완벽하게 여유에 찬 표정으로 아사쿠라는 자리에 서 있었다. 몇 미터 사이를 두고 나가토와 대치. 나로 말하자면 한심하게도 몸에 힘이 빠져 바닥에 달라붙어 있었다.

나가토는 내 머리를 다리 사이에 낀 채로 우뚝 서 있었다. 고지식하게도 실내화 옆에 작게 이름을 써둔 것이 이 녀석다웠다. 소설 낭독이라도 하는 듯한 말투로 나가토는 뭔가를 중얼거렸다. 내 귀엔 이렇게 들렸다.

"Select 시리얼 코드 from 데이터 베이스 where 코드 데이터 order by 공격성 정보 전투 having 터미네이트 모드. 퍼스널 네임 아사쿠라 료코를 적성 분자로 판정. 해당 대상의 유기 정보 연결을 해제한다."

교실 안은 이제 제대로 된 공간이 아니었다.

모든 것이 기하학적 모양으로 바뀌어 일그러지고 소용돌이치며 춤추고 있었다. 보고 있자니 멀미가 날 정도였다. 마치 유원지의 회전 컵을 타고 있는 것만 같은 시각 효과. 눈이 핑글핑글 돈다.

"네 기능이 정지되는 게 더 빠를걸."

극채색의 신기루 그림자에 숨어 있던 아사쿠라의 목소리가 어디서 들려오는지 도통 알 수가 없었다.

피융, 바람을 가르는 소리.

나가토의 뒤꿈치가 날 있는 힘껏 찼다.

"무슨 짓."

이야 라고 말을 하려던 내 코끝을 보이지 않는 창이 통과했고 바닥이 뒤집어졌다.

"그 녀석을 지키면서 언제까지 버틸 수 있을까? 그럼 이런 건 어때?"

다음 순간, 내 앞에 서 있던 나가토의 몸이 한 다스쯤 되는 갈색 창에 꿰뚫렸다.

"……."

그러니까 아사쿠라는 나와 나가토를 향해 동시에 여러 방향에서 공격을 가했고, 나가토는 그중 몇 개가 결정화되는 것을 막긴 했으나 채 막지 못한 창이 날 덮치는 바람에 날 지키기 위해서 몸으로 일단 막았다는 상황이었지만, 이때의 나는 그런 사실을 알 길이 없었다.

나가토의 얼굴에서 안경이 떨어지며 바닥에 맞아 살짝 튀어올랐다.

"나가토!"

"너는 움직이지 않아도 돼."

가슴에서부터 배까지 빼곡하게 박힌 창을 한 번 쳐다보고선 나가토는 태연하게 말했다.

선혈이 나가토의 발 밑에 작은 연못을 만들기 시작하고 있었다.

"괜찮아."

아니, 전혀 괜찮아 보이지 않는다고.

나가토는 눈썹 하나 까딱하지 않고 몸에 박힌 창을 빼내 바닥에 떨어뜨렸다. 건조한 소리를 내며 바닥을 구르던 피투성이의 창이 순식간에 책상으로 바뀌었다. 창의 정체는 그거였냐.

"그렇게 대미지를 입었으면 다른 정보에 간섭할 여유는 없겠지? 그럼 결정타다."

일렁이는 공간 너머에서 아사쿠라의 모습이 나타났다 사라졌다를 반복하고 있었다.

웃고 있었다. 두 손이 조용히 위로 올라갔고―내가 잘못 본 게 아니라면 손끝에서 팔 위쪽까지 눈부신 빛에 감싸이면서 두 배 정도 길게 뻗어 나왔다. 아니, 두 배가 아니라―.

"죽어라."

아사쿠라의 팔이 더 길게 뻗어 나와 촉수처럼 꿈틀거리며 좌우에서 동시에 공격했고, 움직일 수 없는 나가토의 작은 몸이 흔들렸다…. 내 얼굴에 빨갛고 따뜻한 액체가 흩뿌려졌다.

오른쪽 옆구리에 파고든 아사쿠라의 왼팔과 왼쪽 가슴을 꿰뚫은 오른팔이 등을 뚫고 교실 벽까지 꿰뚫은 다음에야 멈춰 섰다.

나가토의 몸에서 뿜어나온 피가 하얀 다리를 타고 바닥에 고인

피 웅덩이의 폭을 더 크게 넓히고 있었다.

"끝났다."

그렇게 중얼거리고선 나가토는 촉수를 잡았다. 아무 일도 일어나지 않았다.

"끝났다니 무슨 소리야?"

아사쿠라는 승리를 확신한 듯한 목소리였다.

"너의 3년 남짓한 인생이?"

"아니."

이 정도의 중상을 입은 상태에서도 나가토는 아무 일도 없었다는 듯 말을 했다.

"정보 연결 해제 개시."

갑작스런 일이었다.

교실의 모든 것이 빛을 발하는가 싶더니 1초 후에는 반짝이는 모래가 되어 무너져내렸다. 내 옆에 있던 책상도 가는 입자로 변해 붕괴되었다.

"이럴 수가…."

천장에서 내려오는 결정 가루를 맞으며, 이번에야말로 아사쿠라는 경악에 찬 모습이었다.

"너는 아주 우수해."

나가토의 몸 속에 꽂힌 창도 모래가 되었다.

"그래서 이 공간에 프로그램을 끌어오는 데 지금까지 시간이 걸렸다. 하지만 이제 끝이야."

"…침입하기 전에 붕괴 인자를 집어넣어놨던 거구나. 어쩐지 네가 너무 약하다 싶었어. 미리 공격성 정보를 다 썼던 거로군…."

마찬가지로 결정화되어 가는 두 팔을 바라보며 아사쿠라는 포기한 듯 말을 내뱉었다.

"그래, 안타깝다. 어차피 난 지원 역할이었다 이건가. 교착 상태를 어떻게든 풀어볼 좋은 기회라 생각했는데."

아사쿠라는 날 보며 반 친구의 얼굴로 돌아왔다.

"내가 졌어. 잘됐네. 목숨을 연명할 수 있어서. 하지만 이건 알아 둬. 통합 사념체는 보다시피 굳건하지 않아. 대립하는 조직을 여러 개 가지고 있지. 뭐, 이건 인간도 마찬가지긴 하지만. 언젠가 다시 나 같은 급진파가 올지 몰라. 아니면 나가토를 조종하는 주인이 마음을 바꿀 수도 있지."

아사쿠라의 가슴에서부터 발까지는 이미 빛나는 결정에 뒤덮여 있었다.

"그때까지 스즈미야와 행복하게 지내. 안녕."

소리도 없이 아사쿠라는 작은 모래 더미가 되었다. 한 알 한 알의 결정은 더욱 잘게 분해되더니 마침내 눈에 보이지 않는 상태가 되었다.

사르륵 소리를 내며 가는 유리가루와 같은 결정이 떨어져내리는 동안 아사쿠라 료코라는 여학생의 존재는 이 학교에서 완전히 소멸되었다.

쿵 하는 가벼운 소리가 나 고개를 돌려보니 나가토가 쓰러져 있었으므로 나는 황급히 자리에서 일어났다.

"야! 나가토, 정신 차려! 지금 구급차를!"

"됐어."

눈을 뜨고 천장을 올려다보며 나가토는 말했다.

"육체의 손상은 별로 대단하지 않아. 정상화해야 하는 건 이 공간이 먼저지."

모래의 붕괴는 멈춘 상태였다.

"불순물을 제거하고 교실을 재구성해야 해."

순식간에 1학년 5반이 친숙한 1학년 5반으로, 원래 모습으로—그래, 마치 비디오의 되감기 같네—평소의 교실로 돌아갔다.

하얀 모래에서 칠판이, 교탁이, 책상이 생겨나 방과 후에 교실을 나갔을 때와 같은 장소에 자리잡는 광경을 뭐라 설명해야 좋을까. 이렇게 직접 보지 못했다면 잘 만든 CG라고 생각했을 거다.

벽이 있던 곳에 창틀이 생겨나고 투명해지더니 창문이 생겼다. 저녁놀이 오렌지빛으로 나와 나가토를 물들였다. 시험삼아 내 책상 안을 살펴보니 원래 들어 있던 물건들이 고스란히 안에 있었다.

내 몸에 흩뿌려져 있던 나가토의 피도 어느 사이엔가 사라지고 없었다. 엄청나다. 마법이라고밖에 볼 수 없었다.

나는 아직 누워 있는 나가토의 옆에 주저앉았다.

"정말 괜찮냐?"

분명히 다친 흔적이 있어 보이진 않았다. 그렇게 꼬치구이가 되었으니 교복도 구멍투성일 거라 생각했는데 그런 건 하나도 보이지 않았다.

"처리 능력을 정보 조작과 변형으로 돌렸으니까 이 인터페이스의 재생은 그 다음이야, 지금 하고 있다."

"도와줄까?"

내가 내민 손에 나가토는 의외로 순순히 몸을 맡겼다. 상체를 일으킨 순간.

"아."

살짝 입이 벌어졌다.

"안경을 재구성하는 걸 잊었다."

"…안 하는 게 더 귀여운 것 같은데 나한텐 안경 취향도 없고 말야."

"안경 취향이 뭐지?"

"아무것도 아냐. 그냥 망언이다."

"그래."

이런 쓰잘데기 없는 대화를 나누고 있을 때가 아니었다. 훗날 나는 땅을 치고 후회하게 된다. 나가토를 남겨두고라도 당장 이 자리를 떠나야 했다고.

"여어."

거칠게 문이 열리며 누군가가 들어왔다.

"깜박깜박 놓고 갔네."

자작곡을 흥얼거리며 나타난 것은 하필이면 타니구치였다.

설마 타니구치도 이런 시간에 교실에 누가 있을 거라고는 생각지 못했는지 우리가 있는 것을 알아차리고 움찔 멈춰 섰다가 이내 입을 바보처럼 쩍 벌렸다.

이때 나는 나가토를 안아 일으키려는 동작에 들어간 상태였다.

그 정지 화면을 본다면 반대로 덮치려는 것이라고 생각하지 못할 것도 없는 자세인 것이다.

"미안."

처음 들어보는 진지한 목소리로 타니구치는 그렇게 말하고는 가재처럼 뒷걸음쳐 나가더니 문도 안 닫고 달려 사라졌다. 쫓아갈 여유도 없었다.

"재미있는 사람이네"라고 말하는 나가토.

나는 성대하게 한숨을 쉬었다.

"어떡하지."

"맡겨둬."

내 손에 기댄 채 움직이지도 않고 나가토는 말했다.

"정보 조작은 특기니까. 아사쿠라 료코는 전학 간 걸로 할게."

그쪽 이야기였냐!

그렇게 따질 때가 아니다. 갑자기 나는 경악에 사로잡혔다. 가만히 생각해보면 나는 엄청난 경험을 한 게 아닌가. 이전에 나가토가 주절주절 떠들어댔던 요상한 이야기, 엉뚱한 망상과도 같은 이야기를 믿느냐 안 믿느냐 하는 문제가 아니다. 반신반의라는 소리도 할 수 없었다.

나가토가 천장에서 떨어지지 않았다면 난 분명 아사쿠라의 손에 의해 강제로 승천했을 것이다. 꾸깃꾸깃 일그러졌던 교실의 모습도, 괴물 같은 모습이 되었던 아사쿠라도, 그걸 어떻게든 소멸시킨 나가토의 감정 없는 모습도 모두가 실제로 내게 닥친 일이었다.

이래선 나가토가 본격적으로 우주인이나 뭐 그런 것의 관계자라는 사실을 납득하지 않을 수가 없다.

게다가 이대로는 난 이 맛간 상황의 당사자가 되고 만다. 앞에서 말한 대로 나는 소극적인 방관자로 존재하고 싶다. 조역으로 충분하다고.

그런데 이건 마치 내가 주인공이 된 것 같잖아. 그래, 우주인 같은 녀석이 나오는 이야기의 등장 인물이 되고 싶다는 생각을 하긴 했었지만, 정말로 내가 그런 캐릭터가 된다면 또 이야기가 달라진다고.

솔직히 말해 이러시면 곤란하다.

어떤 문제에 직면해서 어려워하는 녀석을 옆에서 비웃으며 적당한 충고를 던지는, 그런 역할을 나는 바라고 있었단 말이다. 이런 내 자신이 반 친구의 살인 표적이 되는 부조리한 전개는 사양하고 싶다. 사실 난 아직 삶에 집착하고 있다고.

오렌지색으로 물든 교실에서 나는 잠시 굳어 있었다. 전혀 체중이 느껴지지 않는 나가토의 몸을 받친 채로.

이건… 대체 어떻게 된 걸까. 난 무슨 생각을 하면 좋지? 너무 넋이 나가 있던 바람에 난 이미 예전에 재생인지 뭔지를 마친 나가토가 무표정한 얼굴로 올려다보고 있다는 것도 그만 깨닫지 못했다.

이튿날, 반에 아사쿠라 료코의 모습은 없었다.

당연하다고 하면 당연한 소리지만, 그걸 당연하다고 생각하고 있는 사람은 나 하나뿐인 듯했다.

"아, 아사쿠라 양은 말이지, 아버지 일 때문에, 조금 갑작스럽다고 선생님도 생각한다만 전학을 가게 되었다. 거참, 선생님도 오늘 아침에 이야기를 듣고 놀랐어요. 외국에 간다며 어제 출발했다는구나."

너무나도 거짓말로밖에 안 보이는 소리를 오카베 선생이 조회시간에 했을 때 "네?", "왜요?"라고 주로 여자애들이 소란을 피웠고 남자애들도 서로 고개를 맞대고 웅성거렸다.

담임 오카베도 고개를 갸웃거리고 있었는데 물론 이 여자도 가만히 있지 않았다.

내 등을 주먹으로 툭 때리고선.

"쿈, 이건 사건이야."

완전히 기운을 되찾은 스즈미야 하루히가 눈을 빛내고 있었다.

어쩌지? 사실대로 말을 할까?

사실 아사쿠라는 정보 통합 사념체라는 정체 불명의 존재에 의해 만들어진 나가토의 동료로, 뭐가 어떻게 된건지 잘은 모르겠지만 동료끼리 의견이 갈려서 날 죽이네 마네 하는 상황이 됐고, 왜 내가 걸렸냐 하면 하루히의 정보가 어쩌고저쩌고한 탓이었는데, 결국엔 나가토에 의해 모래로 변하고 말았습니다. 이렇게 말이다.

이런 소릴 어떻게 하냐. 아니, 그보다는 내 입으로 이런 이야기를 하고 싶지는 않다. 차라리 모두 내 환각이었다고 생각하고 싶을 정도다.

"수수께끼의 전학생이 왔나 싶었더니 이번엔 이유도 알리지 않고 전학을 간 여자애까지 나왔잖아. 뭔가 있을 거야."

날카로운 감을 가졌다고 칭찬을 해줘야 하나.

"그러니까 아버지 일 때문이라잖아."

"그런 뻔한 이유는 인정할 수 없어."

"인정하고 말고 자시고 할 게 뭐 있냐. 전학 가는 이유 중에 가장 일반적인 건 그거잖아."

"하지만 이상하잖아. 아무리 그래도 어제까지 아무 이야기 없었다가? 전근 발령이 난 뒤 이사하기까지 하루도 안 걸리다니 대체 어떤 일을 하는 건데?"

"딸한테 이야기를 안 했다거나…."

"그게 말이 되니? 이건 조사해볼 필요가 있겠어."

회사 사정이라는 건 변명이고 사실은 야반도주를 한 게 아닐까라고 말하려다 그만뒀다. 그게 진실이 아니란 건 내가 제일 잘 알고 있으니까.

"SOS단으로서 학교의 기이한 일을 그냥 두고 볼 수는 없지."

제발 그만해라.

어제 벌어진 사건은 내게 철저한 변혁을 요구했다. 무엇보다 진짜 초현실적인 현상을 내 눈으로 직접 보게 되었으니, 그걸 없었던 일로 하는 건 내 눈이나 머리 중에 한 군데가 맛이 갔거나, 이 세계 자체가 사실은 맛이 갔거나, 사실은 난 기나긴 꿈을 꾸고 있는 중이라는 것 중 하나를 선택해야 하는 상황에 처하고 만 것이다.

그리고 나는 이 세계가 비현실적인 존재라고는 도저히 생각할 수 없었다.

게다가 인생의 전환기가 찾아오기에 15년하고 몇 달이라는 시간은 조금 이른 것 같다는 생각이 들지 않냐?

왜 나는 고1의 나이에 세계의 존재라는 철학적인 명제에 직면해야 하는 걸까.

그런 건 내가 생각할 게 아니라고. 더는 괜한 일을 늘리지 말아다오, 제발.

그렇지 않아도 나는 점점 더 많은 현안들을 끌어안고 있단 말이다.

제6장

그 현안은 봉투 모양을 띠고 어제에 이어 내 신발장에 들어 있었다. 뭐지, 신발장에 편지를 넣는 게 요즘 유행인가?

하지만 이번 물건은 뭔가 달랐다. 두 번 접은 노트 조각에 이름도 안 밝힌 그런 물건이 아니었다. 소녀만화의 부록에 나올 법한 봉투 뒤에 꼼꼼히 이름이 적혀 있었다. 또박또박 써내린 그 글자는 내 눈이 맛이 간 것이 아닌 한,

아사히나 미쿠루

라고 읽혔다.

봉투를 재킷 주머니에 넣은 나는 남학생 화장실 칸으로 뛰어 들어가 봉투를 열었고, 인쇄된 소녀 캐릭터 그림이 미소를 짓고 있는 편지지 한가운데 쓰인 글은,

'점심 시간에 동아리방에서 기다리고 있겠습니다. 미쿠루'

어제 그런 일을 당한 덕분에 내 인생관과 세계관과 현실감은 배럴 롤(주7)을 그리며 현재 묘기를 실시 중이다.

얼쑤 좋다 하고 나갔다가 다시 생명의 위기에 직면하게 되는 사태만은 절대 사양하고 싶은 심정이다.

하지만 안 갈 수도 없는 노릇이다. 다른 누구도 아닌 아사히나 선

주7) 배럴 롤 : 통 안을 돌 듯 공중에서 360도 회전하는 비행법 중 하나

배의 호출인데.

이 편지를 쓴 사람이 아사히나 선배라고 단언할 만한 근거는 없지만 난 조금도 의심하지 않았다.

딱 보기에도 이렇게 빙 돌려 하는 간접적인 방법을 쓸 만한 사람이었고 귀여운 편지지 세트에 열심히 펜을 놀리는 광경은 그야말로 그녀에게 딱 어울리는 모습 아닌가. 그리고 점심 시간의 동아리방이라면 나가토도 있을 테니 무슨 일이 생긴다면 그 녀석이 어떻든 도와주겠지.

한심하다고 말하진 말아다오. 난 일개 평범한 남학생에 불과하니까 말이다.

4교시가 끝나자마자 나는 쉬는 시간 동안 의미 불명의 시선을 보내는 타니구치가 말을 걸거나, 같이 도시락을 먹자고 쿠니키다가 접근하거나, 교무실에 가서 아사쿠라가 어디로 전학 갔는지 알아보자고 하루히가 말을 꺼내기 전에 도시락도 내버려두고 교실에서 탈출해 동아리방까지 달려갔다.

아직 5월인데도 밝은 햇살은 이미 여름의 열기를 띠고 있었고, 태양은 특대 석탄과 경쟁이라도 하는지 신이 나서 열에너지를 지구로 쏟아붓고 있었다. 벌써부터 이런데 진짜 여름이 되면 일본은 천연 사우나 열도가 되지 않을까. 걷기만 해도 땀으로 바지 고무줄이 젖는다.

3분도 채 걸리지 않아 나는 문예부 동아리방 앞에 섰다. 일단 노크.

"아, 네."

분명히 아사히나 선배의 목소리였다. 틀림없다. 내가 아사히나 선배의 목소리를 잘못 들을 리가 없지. 아무래도 진짜인가보다. 안심하고 들어섰다.

나가토는 없었다. 아니, 아사히나 선배도 없었다.

운동장을 향해 난 창문에 한 여자가 기대어 서 있었다. 긴 머리에 하얀색 블라우스와 검정 미니 타이트 스커트 차림. 발에는 손님용 슬리퍼.

그 사람은 날 보더니 만면에 희색을 띠며 달려와 내 손을 와락 움켜쥐었다.

"쿈…, 오랜만이에요."

아사히나 선배가 아니었다. 아사히나 선배와 아주 닮기는 했지만. 본인이 아닐까 착각할 만큼 닮았지만. 사실 본인이라고 해도 믿을 정도로 똑같이 생기긴 했다.

하지만 그건 아사히나 선배가 아니었다. 나의 아사히나 선배는 이렇게 키가 크지 않다. 이렇게 어른스러운 얼굴이 아니다. 블라우스 천을 바짝 치켜올린 가슴이 하루 사이에 세 배는 더 커진 듯했다.

내 손을 가슴 앞에 떠받들 듯 쥐고선 미소짓고 있는 이 사람은 아무리 봐도 20대 전후반으로 보였다. 중학생 같은 아사히나 선배와 분위기가 다르다. 하지만 그러면서도 아사히나 선배와 똑같았다. 모든 것이.

"저어…."

나는 순간적으로 떠오른 생각을 말했다.

"아사히나 선배의 언니…되십니까?"

그 사람은 재미있다는 듯 미소를 지으며 어깨를 떨었다. 웃는 얼굴까지 똑같다.

"우훗, 나는 나예요"라고 그녀가 말했다.

"아사히나 미쿠루 본인입니다. 단, 당신이 알고 있는 나보다 훨씬 더 미래에서 왔어요. …만나고 싶었답니다."

난 분명 바보 같은 얼굴을 하고 있을 것이다. 그렇다. 분명히 눈앞의 여성이 지금으로부터 몇 년 후의 아사히나 선배라고 한다면 가장 쉽게 모든 의문이 해결된다.

아사히나 선배가 어른이 된다면 이런 분위기의 미인이 될 거라는 예상 그대로의 사람이 서 있었다. 참고로 말하자면 키도 커지고 글래머 레벨이 훨씬 업그레이드되어 있다. 설마 이 정도까지 발전할 줄이야.

"아, 안 믿는군요?"

그 비서 스타일의 아사히나 선배는 장난기어린 목소리로 말하고선,

"증거를 보여줄게요."

천천히 블라우스 단추를 풀기 시작했다. 두 번째 단추까지 풀고선 어리벙벙한 상태인 날 향해 가슴을 보여주며,

"봐요, 여기에 별 모양의 점이 있죠? 이건 그린 게 아니에요. 만져볼래요?"

왼쪽 가슴의 아슬아슬한 위치에 확실히 그런 모양의 점이 요염하게 자리잡고 있었다. 하얀 살결에 딱 하나만 선명하게 위치한 악센트.

"이제 믿겠어요?"

믿고 자시고 난 아사히나 선배의 점 위치는 모르는데. 그런 아슬 아슬한 부분까지 볼 수 있었던 건 바니걸 코스튬을 했을 때와 불가항력적으로 옷을 갈아입는 모습을 훔쳐보게 되었을 때가 다인데, 두 상황 다 그렇게 자세한 부분까지는 관찰하지 못했다. 내가 그 이야기를 하자 매혹적인 성인 아사히나 선배는,

"어머? 하지만 여기에 점이 있다고 말한 건 쿈이었잖아요. 나도 몰랐는데."

의아한 듯 고개를 갸웃거리다 그녀는 놀라움에 눈을 커다랗게 뜨고는 급격히 얼굴을 붉게 물들였다.

"아…, 어머나, 지금…, 아, 그렇구나. 이때는 아직…, 우왓, 어쩜 좋아."

셔츠 앞자락을 벌린 채로 그 아사히나 선배는 양손으로 뺨을 감싸며 고개를 저었다.

"내가 엄청난 착각을…. 미안해요! 지금 일은 잊어줘요!"

잊으라고 하셔도 어디 잊겠습니까. 그보다 빨리 단추 좀 잠가주시지 않겠어요? 어디를 봐야 좋을지 당혹스럽습니다.

"알겠어요. 아무튼 믿을게요. 지금의 나는 웬만한 일은 다 믿어버릴 것 같은 상태거든요."

"네?"

"아니, 그냥 제 혼잣말입니다.'

아직 빨간 뺨을 감싸고 있던 연령 미상의 아사히나 선배는 아무리 노력해도 자꾸 그리로 향하는 내 시선을 깨닫고 황급히 단추를 채웠다. 자세를 바로 하고 마른 기침을 한 번 한 뒤,

"이 시간 평면상에 있는 내가 미래에서 왔다는 얘길 정말로 믿어

주는 거예요?"

"물론이죠. 어라, 그럼 지금 두 명의 아사히나 선배가 이 시대에 와 있는 게 되는 건가요?"

"네. 과거의… 내 입장에서 본다면 과거의 나는 현재 교실에서 반 친구들과 도시락을 먹고 있는 중이에요."

"그쪽 아사히나 선배는 당신이 온다는 걸…."

"모릅니다. 실제로도 몰랐고요. 그건 나의 과거니까요."

그렇군.

"당신에게 딱 하나 말해두고 싶은 게 있어서 이 시간으로 보내달 라고 졸랐어요. 아, 나가토 씨에겐 자리를 비켜달라고 부탁했답니 다."

나가토의 성격으로는 분명 이 아사히나 선배를 보고도 눈 하나 깜짝 하지 않았겠지.

"…아사히나 선배는 나가토를 알고 있나요?"

"죄송해요. 금지 사항입니다. 아, 이 말을 하는 것도 오랜만이네 요."

"전 불과 며칠 전에 들었는데요."

그랬군요 라며 자기 머리를 툭 치더니 아사히나 선배는 혀를 날 름 내밀었다. 이런 모습은 의심할 여지 없는 아사히나 선배다.

하지만 갑자기 진지한 표정을 짓더니,

"이 시간엔 오래 머무를 수 없어요. 그러니까 짧게 말할게요."

뭐든지 말하시지요. 다 들어드리겠습니다.

"백설공주라고 알아요?"

난 지금은 나와 키 차이도 별로 안 나는 아사히나 선배를 바라보고 있다. 약간 촉촉하게 젖은 검은 눈동자.

"그야 알고는 있습니다만….'"

"이제부터 당신이 무슨 곤란한 상태에 처하게 됐을 때 그 말을 떠올려줬으면 좋겠어요."

"일곱 난쟁이랑 마녀랑 독사과가 나오는 그거요?"

"그래요. 백설공주 이야기요."

"곤란한 상태라면 바로 어제 겪었는데요."

"그런 게 아니에요. 더…, 뭐랄까, 그러니까 더 자세하게는 이야기할 수 없지만 그때 당신의 옆에는 스즈미야 씨도 있을 겁니다."

나랑? 하루히가? 세트로 귀찮은 일에 휘말리게 된다고? 언제, 어디서?

"…스즈미야 씨는 곤란한 일이라고 생각하지 않을지도 모르지만…, 당신뿐만 아니라 우리 모두에게 그건 곤란한 일이 될 거예요."

"자세하게 가르쳐줄 수는—없겠죠?"

"죄송해요. 하지만 힌트만이라도 전하고 싶었어요. 이게 내가 전할 수 있는 최대한의 정보예요."

어른 아사히나 선배는 울먹일 듯한 표정을 지었다. 아아, 확실하게 아사히나 선배로군, 이 모습은.

"그게 백설공주라는 겁니까?"

"네."

"기억해두죠."

내가 고개를 끄덕이자 아사히나 선배는 조금 더 시간이 있다며 그리운 듯 동아리방을 돌아보더니 옷장에 걸려 있던 메이드 복을 손에 들고 사랑스러운 듯 쓰다듬었다.

"용케 이런 걸 입었었네요. 지금은 절대로 무리일 텐데."

"지금 모습도 직장 여성 코스튬을 한 것 같아요."

"후훗, 제복을 입을 수 없어서 약간 선생님 같은 복장을 해봤어요."

뭘 입어도 잘 어울리는 사람이 정말 있긴 한가보디. 혹시나 싶어 물어보았다.

"하루히가 또 어떤 의상을 입히던가요?"

"비밀이에요. 부끄러우니까요. 그리고 곧 알게 될 거잖아요?"

슬리퍼를 파닥파닥 울리며 아사히나 선배는 내 눈앞에 서서는 묘하게 촉촉한 눈과 아직까지 상기된 뺨으로 말했다.

"그럼 이제 가겠습니다."

뭔가 묻고 싶은 게 있는 듯 아사히나 선배는 나를 가만히 응시했다. 입술이 뭔가를 원하듯 움직였고, 나는 키스라도 하는 게 좋을까 싶어 아사히나 선배의 어깨를 안으려고 했지만—그녀가 피했다.

슬쩍 몸을 돌린 아사히나 선배는,

"마지막으로 하나만 더 말할게요. 나와는 너무 친해지지 말도록 하세요."

풀벌레가 한숨을 쉬는 것 같은 목소리였다.

입구로 달려간 아사히나 선배에게 말을 걸었다.

"저한테도 하나만 가르쳐주세요!"

문을 열려다 멈칫하는 아사히나 선배의 뒷모습.

"아사히나 선배, 지금 몇 살이에요?"

곱슬머리를 출렁이며 아사히나 선배는 뒤를 돌아보았다. 쳐다보는 모든 사람을 사랑에 빠지게 만들 법한 미소였다.

"금지 사항입니다."

문이 닫혔다. 아마 쫓아가도 소용없겠지.

하아, 그런데 아사히나 선배가 그렇게 미인이 될 줄이야. 그런 생각을 하다 난 좀 전에 그녀가 맨 처음 했던 말을 떠올렸다. 뭐라고 그랬지?

"오랜만이에요."

이 말이 의미하는 바는 하나밖에 없다. 그러니까 아사히나 선배는 나와 오랫동안 만나지 못했던 것이다. 그렇다는 건.

"그래, 그렇겠지."

미래에서 온 자인 아사히나 선배는 머지않아 원래 있던 시대로 돌아가는 것이다. 그리고 몇 년이나 지나 다시 재회를 한 것이 바로 방금의 상황이다.

대체 그녀에게 얼마나 오랜 시간이 지난 것일까. 그 성장한 모습으로 보아 5년…, 3년 정도?

여자란 고등학교를 졸업하면 극적으로 변하니까.

원래 수재 타입에 눈에 띄지 않다가 대학교에 들어가자마자 애벌레에서 브라질 나비가 된 것처럼 화려하게 변신했던 사촌 누나를 떠올리다가, 그러고 보니 아사히나 선배의 실제 나이를 모른다는 사실을 깨달았다.

정말로 열일곱 살인 건 아니겠지만.

배가 고팠다. 교실로 돌아가자.

"……."

나가토 유키가 냉동보존이라도 해놓은 게 아닐까 싶은 평소와 같은 얼굴로 들어왔다.

안경은 없군. 유리 너머가 아닌 맨 시선이 직접 나를 쏘아본다.

"여어, 올 때 아사히나 선배랑 비슷하게 생긴 사람하고 만나지 않았냐?"

반은 농담삼아 던진 말에 나가토의 대답.

"아사히나 미쿠루의 이(異)시간 동위체? 아침에 만났어."

천이 스치는 소리도 내지 않고 나가토는 철제 의자에 앉아 테이블 위에 책을 펼쳤다.

"지금은 없다. 이 시공에서 사라졌으니까."

"혹시 너도 시간 이동 같은 거 할 줄 아냐? 그 정보 어쩌고 하는 것도."

"나는 못 해. 하지만 시간 이동은 그렇게 어려운 게 아니야. 지금 시대의 지구인은 그걸 깨닫지 못하고 있을 뿐이지. 시간은 공간과 마찬가지야. 이동하는 건 간단하다."

"요령을 가르쳐줬으면 하는데."

"말로는 개념을 설명할 수 없고 또 이해도 못 해."

"그러냐."

"그래."

"그럼 방법이 없네."

"없어."

메아리와 대화를 나누는 것처럼 허무해서 나는 진짜 교실로 돌아가기로 했다. 밥 먹을 시간이 있을까.

"나가토, 어제는 고마웠다."

무감각한 표정이 희미하게 움직였다.

"인사는 됐어. 아사쿠라 료코의 이상 동작은 이쪽의 책임이다. 실수였어."

앞머리가 살짝 움직였다.

혹시 머리를 숙인 건가?

"역시 안경은 없는 편이 더 낫다."

대답은 없었다.

겨우겨우 초특급으로 반찬만이라도 먹어볼까 싶어 달려간 도시락이 기다리는 교실 앞에서, 나는 하루히의 방해를 받아 결국 아무것도 먹을 수 없었다.

이것도 운명이란 거겠지.

이미 체념의 영역을 초월하고 있는 나였다.

복도에서 날 기다리고 있었는지 하루히는 짜증 섞인 목소리로 말했다.

"어디 갔었어! 금방 돌아올 줄 알고 밥도 안 먹고 기다리고 있었는데!"

그렇게 진심으로 화내지 말고 소꿉친구가 쑥스러운 감정을 숨기기 위해 화를 내는 분위기로 좀 부탁한다.

"바보 같은 소리 닥치고 이리 좀 와봐."

내 팔을 잡고 관절 기술을 펼친 하루히는 다시 나를 컴컴한 계단가로 납치해갔다.

정말 배가 고팠다.

"아까 교무실에서 오카베한테 들은 말인데, 아사쿠라가 전학 가는 거 아침까지 아무도 몰랐대. 아침 일찍 아사쿠라네 아버지라는 사람이 전화를 해서 갑자기 이사를 가게 되었다고 했다는 거야. 그것도 어딘 줄 아니? 캐나다야, 캐나다. 그게 말이 되니? 너무 수상쩍어."

"그러냐?"

"그래서 내가 캐나다의 연락처를 가르쳐달라고 했거든. 친구니까 연락을 하고 싶다고."

제대로 이야기도 해본 적 없는 주제에.

"그랬더니 뭐랬는 줄 알아? 그것도 모른다는 거야. 보통 이사 가는 데 연락처 정도는 남겨놓고 가잖아. 이건 뭔가 있는 게 분명해."

"없어."

"그래도 혹시 싶어 이사 가기 전의 아사쿠라네 집 주소를 확인해놨어. 학교 마치면 바로 가보기로 하자. 뭔가 알아낼 수 있을지도 몰라."

여전히 남의 말을 들을 줄 모르는 녀석이다.

뭐, 말리지 않기로 했다. 헛걸음을 하는 건 하루히지 내가 아니니까.

"너도 가야 돼."

"왜?"

하루히는 분노로 어깨를 떨며 화염을 뿜기 직전의 괴수같이 크게 심호흡을 하고선 복도까지 울려 퍼질 만한 큰 소리로 외쳤다.

"그래도 네가 SOS단의 일원이냐!"

하루히의 메시지를 받자마자 나는 그 자리를 황급히 빠져나와 동아리방에 들러 나가토에게 오늘은 나와 하루히 둘 다 동아리방에 안 올거라고 전하고선, 방과 후에 올 아사히나 선배와 코이즈미에게도 전해달라고 말한 뒤, 이 과묵한 우주인의 성격상 어떤 메시지 전달 게임이 될지 알 수 없었기 때문에 동아리방에 남아 있던 갱지 전단지 뒤에 'SOS단, 금일 자체 휴일─하루히'라고 매직으로 써서 문에다 압정으로 붙여놓았다.

코이즈미는 몰라도 아사히나 선배가 메이드복으로 갈아입을 수고라도 줄여야지.

그런 일을 하는 바람에 나는 철저한 공복을 유지한 채 5교시 시작을 알리는 종소리를 듣게 되었다. 쉬는 시간에 먹긴 했지만.

여자와 나란히 하교한다, 이건 정말 학창시절을 그린 청춘 드라마의 한 장면으로, 나도 그런 생활을 꿈꾸지 않았다면 거짓말이 될 것이다. 그런데 현재 그 꿈을 실현시키고 있는 내가 조금도 재미있지 않은 건 대체 어째서일까.

"방금 뭐라고 말하지 않았어?"

내 왼편에서 한 손에 메모를 들고 성큼성큼 걸음을 옮기고 있던 하루히가 말했다. 내겐 "뭐 할 말이라도 있어?" 라고 한 것처럼 들렸다.

"아니."

언덕길을 힘차게 내려가 전철 선로를 따라 걸어갔다. 조금만 더 가면 코요엔 역이다.

슬슬 나가토가 사는 아파트가 나오겠다 생각하고 있는데 하루히는 정말 그 방향을 목표로 걸어갔고, 마침내 익숙한 신축 분양 아파트 앞에 멈춰 섰다.

"여기 505호실에 살고 있었대."

"그렇군."

"뭐가 그렇군이야?"

"아무것도 아냐. 그보다 어떻게 들어가려고? 현관도 잠겨 있는데."

라는 말로 나는 인터폰 옆의 인증 시스템의 존재를 가르쳐주었다.

"저기다 숫자를 입력해서 여는 구조잖아. 너 번호 아니?"

"모르지. 이럴 때는 지구전이 되겠군."

뭘 기다려야 되는 건가 생각을 했지만 그렇게 오래 기다릴 것도 없었다. 쇼핑 가는 길로 보이는 아줌마가 안에서 문을 열고 선 멍하니 서 있는 우리들을 수상쩍다는 눈길로 쳐다보며 나갔고, 그 문이 닫히기 전에 하루히가 발끝을 밀어넣어 막았다.

그다지 깔끔한 방법이라고는 할 수 없군.

"어서 와."

끌려 들어가듯 질질 걸어간 나는 아파트 현관 홀에 섰다. 마침 1층에 멈춰 서 있던 엘리베이터에 올라탔다. 묵묵히 층수 표시를 바라보는 것이 매너겠지.

"아사쿠라 말인데."

아무래도 하루히는 그런 매너 따윈 신경도 안 쓰나보다.

"이상한 점이 또 있어. 아사쿠라는 이 시내 중학교에서 우리 고등학교로 온 게 아닌 것 같아."

그야 그렇겠지.

"조사해봤더니 시의 중학교에서 이쪽으로 입학을 한 거야. 이건 너무 이상해. 우리 학교는 유명한 진학교도 아니고 그냥 평범한 현립 고등학교잖아. 왜 굳이 그런 짓을 한 걸까?"

"모르지."

"하지만 집은 이렇게 학교랑 가까워. 게다가 이 아파트는 분양 아파트라고. 임대가 아니라. 입지 조건도 좋고 비싸단 말야, 여긴, 시외 중학교를 여기서 다닌 건가?"

"그러니까 난 모른다고."

"아사쿠라가 언제부터 여기서 살았는지 조사해볼 필요가 있겠어."

5층에 도착해 505호실 앞에 선 우리들은 한동안 침묵을 지키고 있는 문을 바라보았다. 존재하고 있었을지도 모르는 문패는 지금은 제거되어 있어 빈방이라는 점을 묵묵히 보여주고 있었다.

하루히가 손잡이를 돌려보았지만 당연히 열릴 턱이 없었다.

어떻게 안으로 들어갈 방법이 없을까 팔짱을 끼고 고민하는 하루히의 옆에서 나는 하품을 억지로 참고 있었다. 아무리 봐도 시간 낭비로밖에 안 보인다.

"관리인실에 가보자."

"열쇠를 빌려줄 것 같진 않은데."

"그게 아니라 아사쿠라가 언제부터 여기서 살았는지 물어봐야지."

"그만 포기하고 가자. 그런 걸 알았다고 뭐가 달라지냐."

"안 돼."

우리는 엘리베이터를 타고 1층으로 돌아가 로비 옆의 관리인실로 향했다. 유리문 너머엔 아무도 없었지만 벽에 달린 종을 울리자 잠시 뒤에 백발이 성성한 작은 몸집의 할아버지가 천천히 모습을 드러냈다.

할아버지가 입을 열기도 전에 먼저.

"저희는 여기에 살던 아사쿠라 료코의 친구인데요, 걔가 갑자기 이사를 갔는데 연락처도 안 남기고 가서 참 당황했거든요. 어디로 이사 갔는지 혹시 못 들으셨나요? 그리고 언제부터 아사쿠라가 여기서 살았는지도 좀 가르쳐주세요."

이런 상식적인 말도 할 줄 아는구나 감탄하고 있는데 귀가 좀 안 좋은지 관리인은 연신 "응? 응?" 하고 되물었고, 하루히는 아사쿠라 일가의 갑작스런 이사는 관리인인 자신에게 있어서도 아닌 밤중에 홍두깨라는 사실(이사업체가 오지도 않았는데 방이 텅 비어서 깜짝 놀랐지), 아사쿠라가 산 지는 3년쯤 됐다는 것(귀엽게 생긴 아가씨가 나한테 과자 선물 세트를 가져와 기억하고 있지), 할부가 아니라 현금으로 일시불로 지불했다는 것(무지 부자인가 했지)이라는 이야기를 끌어냈다. 탐정이라도 되지 그러냐.

할아버지는 젊은 처자와 이야기를 나누는 게 무척 기분이 좋았는지,

"그러고 보니 그 아가씨는 종종 봤는데 부모님하고는 인사한 적이 없는 것 같네."

"료코라고 했나, 그 아가씨가? 예의도 바르고 아주 좋은 애였어."

"작별인사라도 한 마디 하고 싶었는데 참 아쉽구먼. 그런데 자네도 아주 귀엽게 생겼네그래."

등등 노인네의 푸념 소리를 한동안 들은 뒤 하루히도 더 이상 캐낼 정보가 없다고 판단했는지,

"친절하게 가르쳐주셔서 감사합니다."

라는 모범적인 인사를 했다. 나도 고개를 숙였다. 하루히의 재촉을 받을 필요도 없이 나는 하루히의 뒤를 이어 아파트를 나왔다.

"젊은이, 저 아가씨는 분명히 미인이 될 걸세. 절대로 놓치면 안 돼.

뒤따라오는 할아버지의 목소리가 쓸데없는 말을 남긴다. 분명 하루히의 귀에도 들어갔을 테니 뭔가 반응을 보이지 않을까 안절부절 못했지만 하루히는 아무런 말도 없이 성큼성큼 걸음을 옮겼고, 그 모습을 본받아 나도 노코멘트를 선택하고 현관에서 몇 걸음 나선 순간 편의점 비닐봉투와 학생가방을 든 나가토와 마주쳤다. 평소엔 하교 시간까지 동아리방에 남아있었지만, 이 시간에 여기에 있다는 건 그 뒤로 바로 이 녀석도 학교를 나왔다는 거겠지.

"어머, 혹시 너도 이 아파트에 사니? 우연이구나."

백짓장 같은 표정으로 나가토가 고개를 끄덕인다. 이게 어딜 봐서 우연이냐.

"그럼 아사쿠라에 대해 뭐 들은 이야기 없어?"

부정하는 동작.

"그래. 혹시 아사쿠라에 대해 뭐 알아낸 게 있으면 가르쳐줘. 알았지?"

긍정하는 동작.

난 통조림과 야채 팩이 든 편의점 봉투를 보며 이 녀석도 밥을 먹기는 하는구나 하는 생각을 했다.

"안경은 어떻게 된 거야?"

그 질문에 바로 대답하지 않고 나가토는 나를 쳐다보았다. 그렇

게 보셔도 곤란한데요. 하루히도 제대로 된 대답이 돌아올 거라고
는 처음부터 생각하지 않았는지 어깨를 으쓱하곤 뒤도 돌아보지 않
고 걸어갔다. 한 손을 들어 나가토에게 작별 인사를 하고선 지나가
려는데 나가토가 내게만 들리는 작은 목소리로 말했다.

"조심해."

이번엔 뭘 조심해야 되는 건지 물으려고 돌아보기도 전에 벌써
나가토는 아파트 안으로 빨려 들어가버렸다.

지역 전철 선로를 따라 걸어가는 하루히의 두세 걸음 뒤에서 나
는 목적지를 알 수 없는 도보 여행의 동반자가 되어 있었다. 이대로
가다간 집에서 점점 멀어지게 될 것이기 뻔했기에 하루히에게 행선
지를 물어보았다.

"그냥."

대답이 돌아왔다. 나는 하루히의 뒤통수를 바라본 채 물었다.

"나 그만 가봐도 되냐?"

갑자기 멈춰 서는 바람에 자칫 앞으로 고꾸라질 뻔했다. 하루히
는 나가토와 같은 감정 없는 하얀 얼굴을 내게 돌리며,

"너 말야, 자신이 이 지구에서 얼마나 작은 존재인지 자각해본 적
있니?"

뭔 소리를 하는 거야?

"난 있어. 잊을 수도 없는 일이지."

노선을 따라 난 지방 도로, 그 옆의 보도 위에서 하루히는 이야기
를 시작했다.

"초등학교 6학년 때 식구들이 다 같이 야구를 보러 야구장에 갔어. 난 야구 따윈 관심도 없었지만 도착해서 깜짝 놀랐지. 눈에 들어오는 시야 가득 사람들로 꽉 찬 거야. 야구장 안에 쌀알 같은 크기의 사람들이 우글거리고 있더라고. 일본인 전부가 하나도 빠짐없이 이 공간에 모인 건 아닌가 싶었어.

그래서 아버지한테 물어봤어. 여기엔 대체 얼마나 많은 사람들이 있냐고. 만원이니까 5만 명쯤 될 거라고 아버지가 가르쳐 주셨지. 시합을 마치고 역까지 가는 길에도 사람들이 넘쳐나고 있었어.

나는 깜짝 놀랐지. 이렇게 많은 사람들이 있는 것처럼 보이지만 사실 이건 일본 전체로 따지면 일부분에 불과하다는 사실에 말야. 집에 돌아와 전자계산기로 계산을 해봤어. 일본의 인구가 1억 몇천 명이라는 건 사회 시간에 배웠으니까 그걸 5만 명으로 나눠보니까 겨우 2천 분의 1인 거야.

난 또다시 놀랐지. 나란 존재는 그 구장에 있던 사람들 가운데 겨우 한 명에 불과하고, 그렇게 많아 보였던 구장의 사람들도 사실은 한 줌밖에 안 된다는 사실에 말야.

그때까지 나는 내가 특별한 인간이라고 생각했었어. 가족들과 있는 것도 즐거웠고, 무엇보다 내가 다니는 학교의 우리 반은 세계 어디보다 재미있는 사람들이 모여 있는 곳이라고 생각했으니까. 하지만 그렇지 않다는 걸 그때 깨달은 거야. 내가 세계에서 가장 재미있다고 생각했던 우리 반에서 일어난 일도 이런 일본의 어느 학교에서나 흔히 일어나는 일에 불과한 거야. 일본 전국의 모든 인간들 입장에서 본다면 평범한 일에 불과해. 그 사실을 깨달았을 때 난 갑자기 내 주위의 세계가 빛이 바랜 것처럼 느껴졌어.

밤에 양치질을 하고 자는 것도, 아침에 일어나 아침을 먹는 것도 어디에나 존재하는 모두가 하는 평범한 일상이라 생각하니 갑자기 모든 게 재미없어졌어. 그리고 세상에 이렇게 많은 사람들이 있다면 그중에는 전혀 평범하지 않고 재미있는 인생을 사는 사람도 있을 거다, 분명히 그럴 거라 생각했지.

그게 내가 아니라니 대체 어째서? 초등학교를 졸업할 때까지 나는 줄곧 그런 생각을 해왔어. 생각하다가 깨달았지. 재미있는 일은 기다린다고 해서 찾아오지 않는다는 걸 말야.

중학교에 들어가면 난 나 자신을 바꾸리라 생각했어.

기다리기만 하는 여자가 아니라는 걸 세상에 알리고자 했어.

실제로 나 나름대로 그렇게 했다고 생각해. 하지만 결국 아무것도 없어. 그렇게 나는 어느 사이엔가 고등학생이 되어버렸지. 조금은 뭔가가 바뀌지 않을까 생각했었어."

마치 웅변대회에 출전한 선수처럼 하루히는 단숨에 말을 토해내고선, 이야기를 마치자마자 괜히 말했다는 듯한 표정을 지으며 하늘을 올려다보았다.

전철이 노선을 지나갔고, 그 굉음 덕분에 나는 이건 농담으로 받아쳐야 하나, 철학적인 인용구라도 써서 대충 둘러대야 하나 생각할 시간을 얻었다. 도플러 효과를 남긴 채 멀리 사라지는 전철을 쓸데없이 바라보며,

"그래."

이런 소리밖에 할 줄 모르는 내 자신이 좀 우울하다. 하루히는 전철이 일으킨 돌풍으로 흐트러진 머리를 쓰다듬으며,

"갈래."

라고 말한 뒤 왔던 방향으로 걸음을 옮겼다. 나도 그쪽 길이 더 빠르긴 했지만 하루히의 등이 말없이 "따라오지 마!" 라고 말하고 있는 것 같아 난 그저 하루히의 모습이 보이지 않을 때까지—그 자리에 서 있었다.

내가 지금 대체 무슨 짓을 하는 건지.

집으로 돌아오자 문 앞에서 코이즈미 이츠키가 나를 기다리고 있었다.

"안녕하세요."

10년 전부터 친구였다는 듯한 미소가 빤히 들여다보인다. 교복에 가방이라는 완벽한 하교 스타일로 친한 척 손을 흔들며,

"며칠 전에 했던 약속을 지키려고요. 돌아오길 기다리고 있었습니다. 생각보다 빨리 오셨네요."

"내가 어디 갔었는지 알고 있는 듯한 말이네."

대출 광고 사진 같은 미소를 지은 코이즈미는,

"잠시 시간을 내주실 수 있을까요? 안내하고 싶은 곳이 있습니다."

"스즈미야 문제로?"

"스즈미야 씨 문제로요."

나는 현관문을 열어 현관 옆에 가방을 놓고는 마침 안에서 나타난 여동생에게 조금 늦을지도 모른다는 말을 전하고선 코이즈미에게로 돌아갔고, 몇 분 뒤에는 차에 올라타 있었다.

불가능할 정도의 절묘한 타이밍으로 지나가던 택시를 코이즈미가 잡은 뒤, 나와 녀석을 태운 차는 동쪽을 향해 국도를 달리고 있었다.

탈 때 코이즈미가 입에 담은 지명은 현 밖에 있는 대도시로, 전철로 가는 편이 훨씬 더 싸게 먹힐 게 분명했지만, 어차피 돈을 내는 건 이 녀석이다.

"그런데 며칠 전에 했던 약속이라니 뭐지?"

"초능력자라면 그 증거를 보이라고 하셨잖아요? 마침 좋은 기회가 찾아왔으니 같이 가주셨으면 했죠."

"일부러 멀리 나갈 필요가 있는 건가?"

"네. 제가 초능력자의 힘을 발휘하려면 어떤 장소와 조건이 갖춰져야 합니다. 오늘 가는 곳은 적절하게 조건을 충족시키고 있답니다."

"아직도 하루히가 신이라고 생각하고 있냐?"

뒷좌석에 나란히 앉은 코이즈미는 날 슬쩍 쳐다보았다.

"인간 원리라는 말을 알고 계십니까?"

"알고 계시지 못한데."

훗 하고 숨을 토해내는 듯한 웃음소리와 함께 코이즈미가 말했다.

"간단하게 말하자면 '우주가 존재 의미를 갖고 있는 건 인간이 관측함으로써 비로소 그렇다는 것을 알았기 때문이다'라는 이론입니다.

도통 모르겠군.

"관측한다, 고로 우주이다. 이렇게 바꿔서 표현해볼까요. 그러니까 이 세계에 인간이라는 지적 생명체가 물리법칙이나 정수를 발견하고 우주는 이렇게 이루어져 있다고 관측하게 된 뒤에야 비로소 우주 자체의 존재가 알려지게 된 거죠. 그렇다면 우주를 관측하는 인류가 만약 지구에서 이렇게까지 진화하지 않았다면 관측하는 자가 없는 이상 우주라는 그 존재는 그 누구에게도 알려지지 않았겠죠. 결국 있으나 없으나 마찬가지가 되어버립니다. 인류가 있기 때문에 우주는 존재를 인정받고 있다, 이건 인간 중심적인 이론이죠."

"그런 터무니없는 이야기가 어딨냐. 인류가 있든 없든 우주는 우주지."

"그렇습니다. 그래서 인간 원리는 과학적이라고는 할 수 없습니다. 사색적인 이론에 불과하죠. 하지만 재미있는 사실이 바로 여기서부터 떠오르게 됩니다."

택시가 신호를 받아 정지했다. 운전사는 앞을 본 채 우리를 쳐다보지도 않는다.

"왜 우주는 이렇게나 인류의 존재에 적합한 형태로 창조되었는가. 중력 정수가 조금이라도 작거나 크기라도 했다면 우주는 이러한 세계가 될 수는 없었을 겁니다. 플랑크 상수, 혹은 입자의 질량비가 그야말로 인간에게 안성맞춤이라고밖에 할 수 없는 수치를 기록하고 있기 때문에 세계는 존재하고 인류도 존재하는 겁니다. 신기하다고 생각하지 않습니까?"

등이 근질거렸다. 과학을 빙자한 신흥 종교의 소책자에나 등장할 법한 글귀다.

"안심하십시오. 전 전지전능한 절대신이 인간의 창조주라는 신앙을 갖고 있지 않습니다. 제 동료들도요. 그저 의심은 하고 있습니다만."

뭘 말야?

"우리는 벼랑 끝에서 까치발로 서 있는 꼭두각시 같은 존재가 아닐까 하는 거죠."

내가 꽤나 특이한 얼굴을 하고 있었나보다. 코이즈미는 천식에 걸린 수탉 같은 웃음소리를 냈다.

"농담이에요."

"네가 하는 말은 뭐 하나 이해가 안 간다."

단, 확실하게 말했다. 웃기지도 않는 개그에 맞춰주고 있을 시간은 없다. 여기서 날 내려주거나 유턴을 해라. 가능하다면 후자가 좋겠지만.

"인간 원리를 꺼낸 건 그냥 예를 든 겁니다. 스즈미야 씨 이야기는 아직 멀었어요."

그러니까 너도 그렇고 나가토도 그렇고 아사히나 선배도 그렇고 어째서 하루히를 그렇게 좋아하는 건데.

"매력적인 인간이라고 생각합니다만 그건 나중에 이야기하도록 하죠. 기억하고 계십니까? 제가 세계는 스즈미야 씨에 의해 만들어졌을지도 모른다고 한 말을요."

저주스런 기억이지만 기억 속에 남아 있기는 한 것 같다.

"그녀에겐 바람을 실현시키는 능력이 있어요."

그런 말을 그렇게 진지하게 단언하지 말라고.

"단언하지 않을 수가 없죠. 사태는 거의 스즈미야 씨의 생각대로 나아가고 있으니까요."

그럴 리가 있냐.

"스즈미야 씨는 우주인은 분명히 있다고 단언하고 그렇게 되기를 바랐습니다. 그래서 나가토 유키가 존재하죠. 마찬가지로 미래에서 온 자도 있기를 바랐어요. 그래서 아사히나 미쿠루가 있는 겁니다. 그리고 저도, 그녀가 바랐기 때문에 단지 그 이유만으로 여기에 존재하는 거죠."

"그러니까~ 그걸 어떻게 알 수 있는 건데!"

"3년 전의 일입니다."

3년 전은 이제 그만해라. 귀에 못이 박히겠다.

"어느 날 갑자기 전 제게 어떤 능력이 있다는 사실을 깨달았죠. 그 힘을 어떻게 써야 할지도 무슨 연유에선지 알고 있었습니다. 저와 같은 힘을 가진 인간이 저와 마찬가지로 힘을 자각했다는 것도요. 참고로 그것이 스즈미야 하루히에 의해 초래되었다는 것도 말입니다. 이건 설명할 수 없습니다. 그냥 알게 된 거니까 달리 설명할 길이 없다고밖에요."

"1억만 보 양보해도 하루히가 그런 일을 할 수 있을 거라고는 믿어지지가 않는데."

"그렇겠죠. 우리도 믿을 수 없었습니다. 한 소녀에 의해 세계가 변화, 아니 어쩌면 창조되었을지도 모른다는 것을요. 게다가 그 소녀는 이 세계를 자신에게는 재미없는 곳이라고 생각하고 있어요. 이건 공포입니다."

"왜지?"

"말했잖습니까. 세계를 자유로이 창조할 수 있다면 지금까지 존재했던 세계를 없었던 것으로 만들고 자신이 바라는 세계를 다시 만들면 그만입니다. 그렇게 되면 말 그대로 세계의 종말이 찾아오게 되죠. 우리들이 그걸 알 길은 없겠지만요. 오히려 우리가 유일무이하다고 생각하고 있는 이 세계도 사실은 몇 번이나 재창조된 결과인지도 모르죠."

그걸 어떻게 믿냐는 말 대신 나는 다른 말을 했다.

"그렇다면 하루히한테 자신의 정체를 알려주면 되잖아. 초능력자가 실존한다는 걸 알면 그 녀석 무지 기뻐할걸. 세계를 어떻게 해볼까 하는 생각도 안 할지도 모르지."

"그건 또 그것대로 곤란합니다. 스즈미야 씨가 초능력이란 게 일상에 존재하는 게 당연하다고 생각했다면 세계는 정말 그렇게 될 겁니다. 물리 법칙이 모조리 틀어지고 말아요. 질량 보존의 법칙도, 수역학의 제2법칙도요. 우주 전체가 엉망이 되어버립니다."

"아무래도 이해가 안 가는 게 있는데."

나는 말했다.

"하루히가 우주인이니 미래에서 온 자이니 초능력자 같은 걸 바랐기 때문에 너랑 나가토랑 아사히나 선배가 존재한다고 그랬지?"

"그렇습니다."

"그렇다면 왜 하루히 자신은 그걸 깨닫지 못하고 있는 거지? 너희랑 나까지 알고 있는데 말야. 이상하잖아."

"모순된다고 생각하시나요? 그런데 그게 그렇지가 않습니다. 모순된 건 스즈미야 씨의 마음입니다."

알기 쉽게 이야기해라.

"요컨대 우주인, 미래에서 온 자, 초능력자가 존재하길 바라는 희망과 그런 건 존재할 리가 없다는 상식론이 그녀의 내면에서 싸우고 있는 겁니다. 그녀는 말이나 행동은 독특하지만 사실 제대로 된 사고 형태를 가진 일반적인 인간입니다. 중학교 때는 모래 폭풍 같았던 정신도 요 몇 개월 사이에 많이 안정되었고, 개인적으로는 이대로 안정을 유지했으면 하고 바라고 있습니다만 이제 와서 다시 토네이도가 발생하고 있습니다."

"무슨 소리야?"

"당신 때문이에요."

코이즈미는 입가에만 미소를 지었다.

"당신이 스즈미야 씨에게 묘한 생각을 불러일으키지 않았다면 우리들은 지금도 그녀를 멀리서 관찰만 하고 있었을 겁니다."

"내가 뭘 어쨌는데?"

"괴상한 동아리를 만들라고 바람을 넣은 건 당신입니다. 당신과의 대화를 통해 그녀는 기묘한 인간들만 모은 동아리를 만들 생각을 갖게 되었으니까 책임은 당신에게 귀결됩니다. 그 결과 스즈미야 하루히에게 관심을 갖고 있는 세 개의 세력의 말단이 한곳에 모이게 되고 말았죠."

"…억울해."

내가 들어도 참 맥 빠지는 반론이다. 코이즈미는 희미한 미소를 지으며,

"뭐 그게 모든 이유는 아닙니다만."

그 말만을 한 채 입을 다물었다. 내가 계속 말하라고 하기도 전에 운전사가 말했다.

"다 왔습니다."

차가 멈추고 문이 열렸다. 나와 코이즈미는 번화가 한가운데에 내렸다. 요금을 받지도 않고 택시는 사라졌지만 나는 조금도 놀라

지 않았다.

　우리 동네 사는 인간이 시내에 나간다고 하면 대개는 이 근처를 말한다. 전철과 JR 터미널이 복잡하게 교차되고, 백화점과 복합 건물들이 줄지어 늘어선 일본 유수의 지방 도시. 저녁 노을이 연신 지나가는 사람들을 밝게 물들이는 교차로. 어디에서 쏟아져나왔는지 수많은 인간들이 파란 신호가 떨어짐과 동시에 걸음을 재촉한다. 그 기다란 횡단보도 끝에서 내린 우리 두 사람은 이내 사람들 사이로 섞여들어갔다.

　"여기까지 데리고 와서 이렇게 말하기는 뭐합니다만."

　천천히 횡단보도를 건너던 코이즈미가 앞을 바라보며 말했다.

　"지금이라면 아직 되돌릴 수 있습니다."

　"이제 와서 뭘."

　바로 옆에서 걸어가는 코이즈미의 손이 내 손을 잡았다. 무슨 짓이야, 기분 나쁘게.

　"죄송하지만 잠시 눈을 감아주시겠습니까? 금방 끝날 겁니다. 몇 초 만에요."

　회사원으로 보이는 양복 차림의 사내와 어깨를 부딪힐 뻔해 몸을 틀어 피했다. 파란 신호가 깜박거리기 시작한다.

　그래, 알았어. 나는 순순히 눈을 감았다. 수많은 발소리, 자동차의 엔진 소리, 한시도 끊길 줄 모르는 사람들의 목소리, 소음.

　코이즈미의 손에 이끌려 한 걸음, 두 걸음, 세 걸음. 정지.

　"이제 됐습니다."

　나는 눈을 떴다.

세계가 잿빛으로 물들어 있었다.

어둡다. 반사적으로 하늘을 올려다보았다. 그렇게나 눈부신 오렌지색 불을 내뿜고 있던 태양이 어디에도 보이지 않았고 하늘은 암회색 구름에 막혀 있었다. 구름인가? 어디에도 끊긴 선이 보이지 않는 평면적인 공간이 한없이 펼쳐져 주위를 그 그림자로 뒤덮고 있었다. 태양이 없는 대신 회색 하늘이 흐릿한 빛을 내뿜으며 세계를 암흑에서 구해주고 있었다.

아무도 없다.

교차로 한가운데에 서 있는 나와 코이즈미 외에 횡단보도를 가득 메웠던 사람들의 무리는 존재했던 흔적도 없이 사라졌다. 어두컴컴한 가운데 신호기만이 허무하게 깜박거리다 이내 빨간 신호로 바뀌었다. 차도 쪽 신호가 파랑으로 바뀌었다. 하지만 달려가는 차도 한 대 없다. 지구의 자전마저 멈춰버린 게 아닐까 싶을 정도의 엄청난 정적.

"차원 단층의 틈, 우리의 세계와는 단절된 폐쇄 공간입니다."

코이즈미의 목소리가 정적에 감싸인 대기 속에서 묘할 만큼 선명하게 울려 퍼진다.

"바로 이 횡단보도 한가운데가 이 폐쇄 공간의 '벽'이거든요. 여길 보시죠."

앞으로 뻗은 코이즈미의 손이 저항을 받은 듯 멈췄다. 나도 따라해보았다. 차가운 우무 같은 감촉. 탄력을 지닌 눈에 보이지 않는 벽은 희미하게 내 손을 받아들였지만 10센티미터도 못 가 꿈쩍도 할 수 없었다.

"반경은 약 5킬로미터입니다. 통상적인 물리 수단으로는 출입이 불가능하죠. 제가 가진 힘 가운데 하나가 이 공간에 침입하는 것입니다."

죽순처럼 지면에서 솟아난 수많은 건물에선 불빛 하나 새어나오지 않고 있었다. 상점가에 늘어선 가게에도 인공적인 불빛을 발하고 있는 것은 이따금 켜지는 신호와 희미하게 빛나고 있는 가로등뿐이다.

"여긴 어디지?"

아니, 뭐냐고 물어야 하는 걸까.

걸어가며 설명하죠, 이렇게 말하며 코이즈미는 마치 별일 아니라는 듯,

"자세한 건 모르지만 우리들이 사는 세계와는 아주 조금 틀어져 있는 곳에 존재하는 다른 세계…라고나 할까요. 좀 전의 장소에서 차원 단층이 발생해 우리는 그 틈으로 들어온 상태입니다. 지금 이 시간에도 바깥에는 무엇 하나 변한 것 없는 일상이 펼쳐지고 있습니다. 일반인이 여기에 들어오게 되는 일은… 거의 없죠."

도로를 가로지른 코이즈미는 목적지가 정해져 있는지 흔들림 없는 발걸음으로 나아갔다.

"지상에 발생한 돔 형태의 공간을 상상해보세요. 밥그릇을 뒤집어놓은 듯한 모양이라고나 할까요. 여기는 그 안입니다."

사무실 건물 안으로 들어갔다. 인기척은커녕 먼지 하나 없다.

"폐쇄 공간은 완벽하게 불규칙적으로 발생합니다. 하루 걸러 나타날 때도 있고 몇 달이나 아무 기미도 보이지 않을 때도 있죠. 한

가지 확실한 건."

계단을 올라간다. 너무 어둡다. 앞을 걸어가는 코이즈미의 모습이 희미하게 보이지 않았다면 발을 헛디뎠을 것이다.

"스즈미야 씨의 정신이 불안정해지면 이 공간이 생겨난다는 것입니다."

4층 건물의 옥상으로 나갔다.

"저는 폐쇄 공간의 출현을 탐지할 수 있습니다. 제 동료들도요. 어떻게 그걸 아는가는 저희들도 알 수 없습니다. 어떤 연유에선지 출몰하는 장소와 시간을 알게 되죠. 동시에 여기에 들어오는 방법도요. 이 감각은 말로는 설명할 수 없습니다."

옥상 난간에 기대어 하늘을 올려다보았다. 산들바람조차 불지 않는다.

"이런 걸 보여주기 위해 일부러 날 여기로 데리고 온 거야? 아무도 없잖아."

"아뇨, 핵심은 이제부터입니다. 이제 곧 시작될 거예요."

그만 빼고 어서 말해봐. 하지만 코이즈미는 내 무뚝뚝한 표정을 못 본 척,

"제 능력은 폐쇄 공간을 탐지하고 여기에 들어오는 게 다가 아닙니다. 말하자면 제겐 스즈미야 씨의 이성을 반영한 능력이 주어져 있습니다. 이 세계가 스즈미야 씨의 정신에 생겨난 여드름이라면 저는 여드름 치료약이죠."

"네 비유는 알아먹기 힘든데."

"그런 소리 자주 듣습니다. 하지만 당신도 참 대단해요. 이 상황을 보고도 거의 놀라는 기색이 없군요."

나는 사라진 아사쿠라와 초호화 이미지의 아사히나 선배를 떠올렸다. 이미 여러 가지 일들이 있었으니까, 뭐.

갑자기 코이즈미가 고개를 들었다. 맞은편에 서 있던 내 머리 너머로 저 멀리에 초점을 맞추고 뭔가를 보고 있었다.

"시작된 것 같군요. 뒤를 봐주세요."

봤다.

멀리 서 있는 고층 건물 사이로 파랗게 빛나는 거인의 모습이 보였다.

30층 높이의 회사 건물보다 머리 하나는 더 컸다. 칙칙한 코발트 블루 빛깔 몸뚱이는 발광물질로 이루어지기라도 한 듯 내부로부터 빛을 발하고 있었다. 윤곽도 선명하지 않았다. 눈, 코, 입이라고 볼 만한 것도 없었다. 눈과 입이 있음직한 부분이 어둡다는 것 외엔 몽달 귀신 같았다.

저게 뭐야?

인사라도 하듯 거인은 한 손을 천천히 들더니 손도끼처럼 휘둘렀다.

한쪽에 있던 건물을 옥상에서부터 반 정도 높이까지 부수며 팔을 휘둘렀다. 콘크리트와 철근 더미가 슬로 모션으로 낙하했고 굉음과 함께 아스팔트로 쏟아졌다.

"스즈미야 씨가 짜증이 나면 저런 것이 구체화가 되어 나타나는 것 같습니다. 마음속의 응어리가 한계에 달하면 저 거인이 나타나는 거죠. 저렇게 주위를 부수는 행위로 스트레스를 해소하는 걸까요? 그렇다고 현실 세계에서 난동을 부리게 할 수는 없죠. 대형 참사가 벌어질 테니까요. 그래서 이렇게 폐쇄 공간을 만들어서 그 내부에서만 파괴 행동을 하는 거죠. 아주 이성적이지 않습니까?"

파란빛의 거인이 팔을 휘두를 때마다 건물들은 반 정도 높이에서 확 꺾여 붕괴했고, 붕괴한 건물의 잔해를 짓밟으며 거인은 발을 내디뎠다. 건물이 짓밟히는 둔탁한 소리는 들려도 신기하게 거인의 발소리는 들리지 않았다.

"저 정도의 거대한 사이즈가 되면 물리적으로는 자신의 무게에 눌려 서지도 못할 텐데 저 거인은 마치 중력이 존재하지 않기라도 하듯 마음껏 돌아다닙니다. 건물을 부수는 걸로 볼 때는 질량을 갖고 있는 것 같습니다만 어떠한 이치도 저것엔 통용되지 않아요. 군대를 동원한다 해도 막을 수는 없을 겁니다."

"그럼 저건 계속 난동만 부리는 거야?"

"아뇨. 제가 있는 건 바로 그 때문이죠. 보고 계십시오."

코이즈미는 손가락을 거인에게 향했다. 나는 눈을 부릅떴다. 조금 전까지는 없었던 빨간 광점 몇 개가 거인의 주위를 선회하고 있었다. 고층 건물과 비슷한 크기의 푸른 거인에 비하면 깨알만한 왜소한 공 모양의 붉은빛. 다섯 개까지는 셌는데 움직임이 너무 빨라 눈이 따라갈 수가 없다. 위성처럼 거인의 주위를 돌던 빨간 점은 마치 거인이 가는 길을 막아서는 듯한 움직임을 보이고 있었다.

"제 동지입니다. 저와 마찬가지로 스즈미야 씨에게서 힘을 받아 거인을 사냥하는 자죠."

빨간 구슬은 묵묵히 거리를 파괴하는 파란 거인이 휘두르는 두 팔을 교묘하게 피하면서 급격하게 궤도를 틀어 거인의 몸에 돌격했다. 거인의 몸은 마치 기체로 이루어진 것 같았다. 너무나도 쉽게 관통당했다.

하지만 거인은 얼굴 앞을 날아다니는 빨간 구체 따위는 눈에 들어오지도 않는지 무시하고 또 다른 백화점 건물에 수도를 휘둘렀다.

여러 개의 빨간 빛이 일제히 공격을 해도 그 움직임은 변함이 없었다. 너무 빨라 레이저로만 보이는 빨간빛이 거인의 몸 속을 꿰뚫고 있었지만, 멀리서 봤을 때는 어떤 대미지를 입었는지 도통 파악이 되지 않았다. 거인의 몸에는 구멍도 안 뚫린 것 같았다.

"저도 가세해야겠네요."

코이즈미의 몸에서 빨간빛이 스며나왔다. 아우라가 가시광선이라면 바로 이런 것이겠지. 빛을 내는 코이즈미의 몸은 순식간에 붉은색 구체에 삼켜졌고, 이제 내 눈앞에 서 있는 것은 인간의 모습이 아닌 그저 커다란 빛의 구슬이었다.

정말 이런 엉터리가 어딨냐.

둥실 떠오른 빨간 구체는 내게 인사라도 하듯 두세 번 좌우로 흔들리더니 잔상조차 남지 않을 속도로 날아갔다. 일직선으로 거인을 향해.

변신한 코이즈미를 포함한 빨간빛의 무리는 일 초도 가만히 있지 않았기 때문에 모두 몇 개인지 셀 수조차 없었지만 몇십 개까지는 안 되이 보였다.

과감하게 거인에게 몸통박치기를 가하고는 있지만 그냥 통과하기만 할 뿐 아무런 효과도 없어 보이는군, 그렇게 생각하며 방관하고 있는데 빨간 구슬 가운데 하나가 거인의 파란 팔꿈치 부근에 달라붙어 그대로 팔을 따라 한 바퀴를 돌았다.

천천히 거인의 한쪽 팔이 팔꿈치에서부터 절단되더니 주인을 잃은 거대한 팔이 지면으로 낙하되는구나 싶었는데, 파란빛이 모자이크 모양으로 광선을 발하자 팔은 두께를 잃고 햇살을 받은 눈 결정처럼 사라졌다.

팔이 사라진 절단 부위에서 기체처럼 천천히 흘러내리는 파란 연기는 거인의 피일까. 환상적이라 표현할 수 있을 법한 광경이다.

빨간 구슬들은 저돌적인 돌진 공격에서 베기 공격으로 방향을 선회한 듯, 개에게 덤비는 벼룩같이 일제히 거인의 몸에 붙어선 파란빛을 베기 시작했다. 거대한 얼굴에 붉은 선이 비스듬하게 그어지는 듯 하더니 머리가 스르륵 미끄러졌다. 어깨가 무너지고 잠시 후에 상체가 기괴한 조각으로 바뀌었다. 절단된 부위는 모자이크가 되어 퍼져갔고 결국은 소멸되었다.

파란빛이 서 있는 주변 일대가 황야인 덕분에 시야를 가로막는 물건이 없어 나는 그 모든 모습을 처음부터 끝까지 관찰할 수 있었다. 몸의 반 이상을 잃은 것과 동시에 거인은 붕괴하여 먼지보다 작게 분해되었고 그 뒤에 남은 것은 폐허 더미뿐이었다.

상공을 선회하던 빨간 점들은 그 모습을 지켜보더니 사방으로 흩어졌다. 대부분은 이내 사라졌지만 그중 하나가 내게로 날아와 건물 옥상에 부드럽게 착륙했다. 빨간빛이 순찰차 회전등 수준에서 난로 최대 출력, 그런 다음 최소 출력 레벨로 점점 약해지더니 완전히 빛의 방출을 멈추었을 때 그곳에 서 있는 것은 우아한 동작으로 머리카락을 가다듬으며 평소와 같은 미소를 짓고 있는 코이즈미였다.

"오래 기다리셨죠."

숨도 헐떡이지 않았다.

"마지막으로 한 가지 더 재미있는 걸 볼 수 있을 겁니다."

하늘을 가리켰다. 또 뭐가 있나 싶어 암회색으로 물든 하늘로 고개를 든 나는 그것을 봤다.

최초에 거인을 봤던 부근, 그 상공에 균열이 가 있었다. 알에서 부화하려는 병아리가 쫀 듯한 가느다란 금, 균열은 거미집 모양으로 성장해갔다.

"저 파란 괴물이 소멸됨과 동시에 폐쇄 공간도 소멸하게 됩니다. 조금 스펙터클하죠."

코이즈미의 설명이 채 끝나기도 전에 균열이 세계를 뒤덮었다. 마치 거대한 금속 바구니를 뒤집어쓴 듯한 기분이다. 망의 눈이 점점 가늘어졌고 거의 새까만 포물선으로 바뀐 직후,

쩌억.

소리는 나지 않았다. 하지만 나는 유리가 깨지는 듯한 소리를 뇌리에 느꼈다. 천장의 한 부분을 통해 들어온 밝은 빛이 순식간에 원 모양으로 퍼져갔다. 빛이 쏟아진다. 그렇게 생각한 건 잘못된 비유다. 돔 구장의 개폐식 지붕이 몇 초 사이에 활짝 열렸다는 게 더 비슷할 것이다. 다만 이 경우에는 지붕이 아니라 건물 전체였지만.

귀청을 찢는 소음이 고막을 때려 나는 반사적으로 귀를 막았다. 하지만 그 소리는 무음의 세계에서 한동안 시간을 보냈기 때문에 생기는 단순한 착각으로 이것은 일상의 소음이었다.

세계는 원래의 모습을 되찾았다.

무너졌던 고층 건물도, 잿빛 하늘도, 하늘을 나는 빨간빛도 어디

에도 보이지 않았다. 도로는 차와 사람들의 무리로 북적대고 있었고, 건물 사이에는 친숙한 오렌지색 태양이 빛나고 있었다. 세계를 구석구석 비추는 그 빛은 그 은혜를 입는 물체 모두에 긴 그림자를 만들어주고 있었다.

바람이 불고 있었다.

"이제 이해하셨습니까?"

건물을 뒤로한 우리의 앞에 거짓말처럼 멈춰 선 택시에 올라타며 코이즈미가 물었다. 낯설지 않은 과묵한 운전사.

"아니." 나는 대답했다. 진심으로.

그렇게 말할 줄 알았습니다 라며 코이즈미는 미소띤 목소리로 말했다.

"저 파란 괴물―우리는 '신인(神人)'이라고 부르고 있습니다만― 은 이미 이야기한 대로 스즈미야 씨의 정신 활동과 연동하고 있습니다. 그리고 우리들도 그렇습니다. 폐쇄 공간이 생겨나고 '신인'이 태어날 때에만 우리는 특별한 힘을 발휘할 수 있습니다. 그것도 폐쇄 공간 안에서만 쓸 수 있는 힘이죠. 지금 제게는 아무런 힘도 없어요."

나는 조용히 운전사의 뒤통수를 바라보고 있었다.

"왜 우리에게만 이런 힘이 주어졌는지는 알 수 없지만 아마 어느 누구라도 상관없었을 겁니다. 복권 당첨과 같은 거죠. 지극히 낮은 확률이라도 누군가는 당첨이 됩니다. 우연히 제게 그 화살이 날아 온 것뿐이죠."

업보인 거죠, 이런 말을 하며 코이즈미는 희미한 미소를 지었고 나는 여전히 침묵을 지켰다. 뭐라 말해야 좋을지 알 수 없었다.

"'신인'의 활동을 방치해둘 수는 없습니다. 왜냐면 '신인'이 파괴하면 할수록 폐쇄 공간도 확대되기 때문입니다. 당신이 아까 본 그 공간은 그래도 아직 작은 규모인 편입니다. 내버려두면 점점 넓어져서 일본 전국뿐만 아니라 전 세계를 뒤덮을 겁니다. 그렇게 되면 끝이에요. 그쪽의 회색 공간이 우리의 이 세계와 뒤바뀌는 거죠."

나는 마침내 입을 열었다.

"어떻게 그걸 알 수 있지?"

"그러니까 그냥 알게 되는 거니 어쩔 수 없는 일인 거죠. '기관'에 소속된 인간은 모두 그렇습니다. 어느 날 갑자기 스즈미야 씨와 그녀가 세계에 미치는 영향에 대한 지식과 묘한 능력이 자신에게 있다는 사실을 알게 된 겁니다. 폐쇄 공간의 방치가 어떠한 결과를 초래할지도요. 알게 된 이상 아무것도 안 하고 있을 수는 없는 법이죠. 우리들이 하지 않으면 분명히 세계는 붕괴될 테니까요."

참 곤란하다고 중얼거리며 코이즈미도 입을 다물었다.

그 후로 우리 집에 도착할 때까지 우리는 창 밖을 흘러가는 일상의 풍경을 바라보고 있었다.

차가 멈추고 내가 내릴 때가 되어서,

"스즈미야 씨의 동향에 주의해주십시오. 한동안 안정되어 있던 그녀의 정신이 활성화를 띨 징조를 보이고 있습니다. 오늘 그것도 오랜만에 있는 일이에요."

내가 주의를 한다고 뭐가 변하는 것도 없잖아.

"글쎄요, 그건 어떨까요. 제 개인적인 생각으론 당신에게 모든 것을 맡겨도 괜찮을 것 같습니다만. 우리들도 다양한 생각들이 뒤

얽혀 있어서 말입니다."

반쯤 열린 문을 통해 몸을 내밀고 있던 코이즈미는 내가 뭐라고 말을 하기도 전에 재빨리 몸을 안으로 당겼다. 문이 닫힌다. 이야기 속에나 나올 법한 유령 택시처럼 사라지는 차를 지켜보는 것도 바보같이 느껴져 나는 재빨리 집으로 들어갔다.

제7장

자칭 우주인에 의해 만들어진 인조인간. 자칭 시간을 초월하는 소녀. 자칭 에스퍼 소년으로 이루어진 전대. 그 모두가 참 예의도 바르게 자칭이란 단어를 떼어버릴 증거를 내게 보여주었다. 3인 3색의 이유로 세 명은 스즈미야 하루히를 중심으로 활동하고 있다는데, 그건, 그래, 좋다. 조금도 좋지는 않지만, 아무튼 백 광년쯤 양보를 한다 해도 도저히 이해가 안 가는 부분이 있다.

왜 난데?

대체 왜 나는 이런 기묘한 일에 말려든 거지? 백 퍼센트 평범한 인간이라고. 갑자기 기묘한 전생을 각성하지 않는 한, 이력서에 쓸 신비한 힘도 없는 아주 보편적인 남학생이라고.

이건 대체 누가 쓴 시나리오야?

아니면 누가 요상한 약이라도 먹여서 내가 환각을 보고 있기라도 하는 걸까? 독 전파를 수신하고 있는 것 아냐? 날 가지고 노는 건 대체 누구냐.

너냐, 하루히?

웃기시네.

그딴 건 내 알 바 아니라고.

왜 내가 고민해야 하는데. 모든 원인이 하루히에게 있다고 한다. 그렇다면 고민해야 하는 건 내가 아니라 하루히잖아. 내가 그 문제를 대신 고민해야 되는 이유가 대체 어디에 있는데? 없다. 없다면 없는 거야. 내가 그렇게 정했다. 나가토도, 코이즈미도, 아사히나 선배도, 나한테 그런 이야기를 고백할 거라면 차라리 본인한테 직접 이야기를 하라고 그래. 그 결과로 세계가 어떻게 된다면 그건 하루히의 책임이지 나랑은 상관없는 일이니까.

나 이외의 인간이 열심히 사방팔방 뛰어다니면 그만이지.

계절은 본격적인 여름이 찾아온다는 소식을 알리기로 작정한 게 틀림없다. 나는 땀을 줄줄 흘리며 언덕길을 올라가면서 벗어버린 재킷으로 땀을 닦고 넥타이도 풀고 셔츠도 세 번째 단추까지 풀면서 느릿느릿 다리를 움직이고 있었다. 아침에 이렇게 더우면 오후가 되면 얼마나 더워질지 알 수 없을 정도로 더웠다. 천연 하이킹 코스가 학교로 가는 통학로라는 사실에 허무함을 맛보는 내 어깨를 누가 뒤에서 쳤다. 만지지 마, 더 더워지잖아 라며 돌아보자 타니구치의 실실 쪼개는 얼굴이 있었다.

"여어."

내 옆에 나란히 자리를 잡은 타니구치도 땀범벅이었다. 짜증나지도 않냐, 애써 만진 머리도 땀으로 엉망이 됐잖아, 그런 소리를 하면서도 기운 넘치는 녀석이다.

"타니구치."

관심도 없는 자기네 애완견 이야기를 일방적으로 시작한 녀석의 말을 자르고 물었다.

"나 평범한 남학생 맞지?"

"뭐?"

그런 재미있는 농담은 처음 듣는다는 듯 과장되는 표정을 짓는 타니구치.

"일단 평범의 정의를 내려봐라. 그게 먼저지."

"그러냐?"

차라리 묻지 말 걸 그랬다.

"아냐, 아냐, 농담이다. 네가 평범하냐? 야, 평범한 남학생이란 아무도 없는 교실에서 여자를 쓰러뜨리거나 하진 않는다고."

당연하지만 기억하고 있었나보다.

"나도 남자니까. 괜히 캐묻고 따지지 않을 만한 분별과 프라이드를 갖고 있지. 하지만 알지?"

뭘.

"대체 언제 어떻게 해서 그렇게 된 거냐? 응? 게다가 이 몸의 미적 수준 A마이너스에 속하는 나가토 유키랑 말야."

A마이너스였냐. 그보다,

"그건 말야…."

난 해명을 했다. 타니구치가 생각하고 있을 스토리는 망상, 몽상, 완전한 허구이다. 나가토는 가엾게도 그녀가 속한 동아리방을 근거지로 삼은 하루히의 피해자로서, 문예부 활동에 지장을 받게 되자 고민 끝에 내게 상담을 했다. 어떻게든 스즈미야를 거기서 없앨 방법이 없을까 하고 말이다. 진지한 호소에 크게 동조한 나는 가없은 그녀를 구하기 위해 하루히의 시선이 닿지 않는 곳에서 함께 좋은 방법을 협의하기로 했고, 하루히가 돌아간 교실에서 아이디어를 나누고 있다가 나가토가 지병인 빈혈을 일으켜 쓰러졌는데, 반사적으로 내가 그녀와 바닥이 충돌하는 걸 막기 위해 노력하는 순간에 침입한 사람이 바로 너, 타니구치다. 정말 사실대로 말하면 별거 아닌 일이지.

"뻥까네."

가볍게 무시당했다. 젠장, 부분부분 진실을 섞어 완벽하게 만들어낸 이야기라고 생각했는데.

"그런 거짓말을 믿는다 치더라도 그 누구와도 접점을 갖지 않는 나가토 유키가 먼저 상담을 해왔다는 시점에서 너는 이미 평범하지가 않아."

그렇게 유명했냐, 나가토.

"무엇보다 스즈미야의 부하이기도 하고 말이지. 네가 평범한 남학생이라면 나는 물벼룩 차원의 평범한 학생이다."

묻는 김에 같이 물어보자.

"야, 타니구치, 너 초능력 쓸 줄 아냐?"

"뭐어—?"

바보 같은 얼굴이 제2단계로 진행된다. 여자 낚기에 성공한 미소녀가 위험한 신흥 종교 전도사였다는 사실을 알았을 때 같은 표정을 지으며 타니구치는 말했다.

"…그래. 너 드디어 스즈미야의 독에 물들고 있구나…. 짧은 시간이었지만 넌 참 좋은 녀석이었다. 너무 가까이 오지 마라. 스즈미야가 옮는다."

내가 툭 밀치자 타니구치는 푸풋 웃음을 터뜨린 뒤 이내 큰 소리를 내며 웃었다. 이 녀석이 초능력자라면 나는 오늘부터 UN 사무

국장이다.

교문에서 건물로 이어지는 돌길을 걸어가며 일단 감사했다. 적어도 이야기를 나누는 동안 더위를 조금은 잊을 수 있었으니까.

그 위대한 하루히도 열기만큼은 어찌할 수 없는지 책상에 축 엎드려 우울하게 저 멀리 산등성을 바라보고 있었다.

"쿈, 더워."

그렇겠지, 나도 그래.

"부채질 좀 해줄래?"

"남한테 부쳐주느니 차라리 날 부치겠다. 널 위해 쓸 여분의 에너지가 아침부터 남아돌 리가 없잖아."

축 처져 있는 하루히에게서는 어제의 시원스런 달변의 흔적따위 찾아볼 수 없었다.

"미쿠루의 다음 의상은 뭐가 좋아?"

바니걸, 메이드였으니까 다음엔…, 아니 계속하게?

"고양이 귀? 간호사복? 아니면 여왕님이 좋을까?"

난 머릿속에서 아사히나 선배를 가지고 차례로 옷을 갈아입혀 보았고, 부끄러운 듯 얼굴을 붉히는 작은 몸을 상상하며 현기증을 느꼈다. 너무 귀엽잖아.

내가 진지하게 고민을 하자 하루히는 눈썹을 찡그리며 노려보다가 귀 뒤로 머리카락을 쳐내며,

"멍청해 보여."

라고 단정지었다. 네가 먼저 이야기 꺼냈잖아. 분명 그런 얼굴이었을 게 분명하니 항의할 생각은 없다만. 세일러복의 가슴팍에 교

과서로 바람을 보내며,

"정말 따분하다."

하루히는 완벽하게 입을 뚱하니 일그러뜨렸다. 마치 만화 캐릭터처럼.

복사열로 이글거리는 오후 시간을 통째로 쓴 지옥의 체육 시간이 끝났는데도 그 다음 시간까지 연장해서 마라톤을 하는 법이 어딨냐, 바보 오카베 등등의 저주를 퍼부으며 우리는 6반에서 젖은 걸레가 되어버린 체육복을 갈아입고선 5반으로 돌아왔다.

빨리 체육 수업을 마친 여학생들은 다 옷을 갈아입고 있었지만 이제 남은 건 종례뿐이었기에 운동부로 직행하는 몇 명은 체육복을 입고 있었는데, 운동부와는 인연이 없는 하루히도 무슨 연유에서인지 여전히 체육복을 입고 있었다.

"더우니까."

라는 게 그 이유다.

"괜찮다. 어차피 동아리방에 가면 다시 갈아입을 거니까. 이번 주는 청소 당번이니까 이게 훨씬 움직이기 편해."

턱을 괸 달걀형 얼굴을 창 밖으로 돌린 채 하루히는 흘러가는 뭉게구름을 눈으로 좇고 있었다.

"그거 합리적이네."

아사히나 선배의 코스튬은 체육복도 나쁘지 않겠다. 그건 코스튬이라고 할 수 없나? 정체는 알 수 없지만 일단 현재는 고등학생이니까.

"망상에 빠져있지, 지금?"

마음을 읽었다고밖에 볼 수 없는 정확한 지적을 던지며 날 흘낏 노려본다.

"내가 동아리방에 갈 때까지 미쿠루랑 야한 짓 하면 안 돼."

네가 온 다음엔 되고? 라는 말을 삼키고 나는 권총을 든 신참 보안관에게 잡힌 서부 시대의 지명 수배범처럼 거만하게 두 손을 치켜올렸다.

평소와 같이 노크를 하고 대답이 들리길 기다렸다 안으로 들어갔다. 인형처럼 다소곳이 의자에 앉은 메이드가 풀밭의 해바라기와 같은 미소를 지으며 날 맞아주었다. 아, 훈훈해지는 이 마음.

테이블 구석에서 책장을 넘기고 있는 나가토는 아마 무슨 착각으로 인해 봄에 피고 만 산다화 같다. 아니, 나도 지금 내가 무슨 비유를 하는 건지 모르겠네.

"차 내올게요."

메이드 머리장식을 살짝 고치고선 아사히나 선배는 실내화 소리를 내며 잡동사니로 넘치고 있는 테이블로 달려갔다. 신중한 손길로 주전자에 찻잎을 넣는다.

난 단장 책상에 털썩 걸터앉아 서둘러 차를 준비하는 아사히나 선배를 바라보며 혼자 기쁨에 차 있었다. 그리고 그 모습을 보는 동안 하늘의 계시가 내 머리에 내렸다.

컴퓨터 스위치를 켜고 OS가 돌아가길 기다렸다. 포인터에서 모래시계 표시가 사라진 것을 확인한 다음 나는 프리 소프트웨어 뷰어를 켜고선 직접 설정한 패스워드를 입력해 폴더 'MIKURU'의 내용을 불러왔다. 과연 컴퓨터 연구부가 눈물을 머금고 포기했던 신기종인 만큼 즉시 미리보기가 표시되면서 아사히나 선배의 메이드 사진 컬렉션이 열렸다.

아사히나 선배가 차를 준비하는 모습을 한쪽 눈으로 확인하며 나는 그중 한 장을 확대했고, 더 크게 확대했다.

하루히에 의해 억지로 취해야 했던 암표범 자세. 크게 벌어진 가슴팍으로 풍만한 계곡이 아슬아슬하게 보인다. 왼쪽의 흰 언덕에 검은 점이 있었다. 한 단계 더 확대 표시. 망점이 많이 깨지긴 했지만 그것은 분명히 별 모양을 띄고 있었다.

"아하, 이거로구나."

"뭐 알아낸 게 있나요?"

책상에 주전자가 놓이는 것보다 조금 먼저 나는 재빨리 화상을 닫았다. 이런 점에서는 절대 실수가 없지. 아사히나 선배가 모니터를 훔쳐본다. 아무것도 아니랍니다요.

"응, 이게 뭐죠? 이 MIKURU란 폴더요."

크읔, 실수했다.

"어째서 내 이름이 붙어 있는 건가요? 네? 안에 뭐가 들어있는데요? 보여줘요."

"아니, 이건, 저기 뭐랄까, 글쎄요, 뭘까요. 분명 아무것도 아닐 겁니다. 네, 그럼요. 아무것도 아니에요."

"거짓말 같은데요."

아사히나 선배는 즐거운 미소를 지으며 마우스에 손을 뻗어 뒤에서 덮치듯이 내 오른손을 잡으려 했다. 그렇게는 안 된다며 마우스를 움켜쥐는 나. 등 뒤에서 부드러운 몸으로 눌러대며 아사히나 선배는 내 어깨 위로 얼굴을 내밀었다. 달콤한 한숨이 뺨에 스친다.

"저어, 아사히나 선배, 조금 떨어…."

"보여주세요!"

왼손을 내 어깨에 얹고 오른손으로 마우스를 노리는 아사히나 선배의 상체가 등에 눌려 그 감촉에 나는 거의 제정신이 아니었다.

킥킥거리는 낮은 웃음소리가 귓가를 때리고, 너무나도 기분 좋은 그 느낌에 나는 그만 마우스를 놓을 뻔 했는데—.

"너희들, 뭐 하는 거야?"

섭씨 마이너스 273도는 될 법한 차가운 목소리가 나와 아사히나 선배를 얼어붙게 만들었다. 가방을 어깨에 걸친 체육복 차림의 하루히가 아버지의 치한 변신 현장을 목격이라도 한 듯한 얼굴을 하고 서 있었다.

정지했던 아사히나 선배의 시간이 움직였다. 메이드복의 치마를 어색하게 흔들며 내 등에서 떨어진 아사히나 선배는 로봇처럼 어색한 걸음걸이로 뒤로 물러나 배터리가 끊기기 직전의 ASIMO(주8)처럼 털썩 의자에 주저앉았다. 창백한 얼굴이 당장에라도 울음을 터뜨릴 것 같았다.

흥 하고 콧방귀를 뀌며 하루히는 발소리도 요란하게 책상으로 다가와 날 내려다보며,

"너, 메이드 모에였냐?"

"무슨 소리야?"

"옷 갈아입을 거야."

마음대로 하지 그래. 아사히나 선배가 타주는 차를 마시며 안정을 찾는 나.

"옷 갈아입을 거라고 그랬잖아."

주8) ASIMO : 일본 혼다에서 개발한 2족 보행이 가능한 소형 인조인간형 로봇. *Advanced Step in Innovative Mobility* 의 머리글자를 따 명명했다.

그래서 뭐?

"나가!"

거의 발에 차이듯 복도로 내쫓긴 내 코앞에서 거칠게 문이 닫혔다.

"저 녀석, 왜 저래?"

찻잔을 놓고 올 여유도 없었다. 나는 갈색 액체에 젖은 셔츠를 손으로 잡아당기며 문에 기대섰다.

이 위화감은 대체 뭐지? 묘하게 일상과 다른 점이 느껴졌다.

"아, 그렇구나."

교실에서도 당당하게 옷을 갈아입는 하루히가 일부러 나를 동아리방에서 쫓아낸 점이 마음에 걸린 거다.

어라? 무슨 심경의 변화이신 거냐? 아니면 어느 사이에 수치심이라는 걸 아는 나이가 되신 거야? 여전히 5반 남자들은 체육시간 전이면 바람처럼 교실에서 튀어나가는 게 습관이 되어버렸으니 알 길이 없었다. 그리고 보니 그 습관을 심어놓은 아사쿠라도 이젠 존재하지 않는다.

손에 든 찻잔을 리놀륨 복도에 내려놓고 나는 한쪽 무릎을 세우고 앉았다.

잠시 기다리자 안에서 부스럭거리는 기척이 멈추었는데도 안으로 들어오라는 소리가 들리질 않아 내가 멍하니 무릎을 껴안고 기다리길 10분.

"들어오세요…."

아사히나 선배의 작은 목소리가 문 너머로 들려왔다. 진짜 메이드처럼 문을 열어준 아사히나 선배의 어깨너머로 인생이 재미없다는 듯 책상에 팔꿈치를 괴고 있는 하루히의 하얗고 긴 다리가 보였다. 머리에서 흔들리는 토끼 귀. 그리고 바니걸 차림이다. 귀찮았는지 깃이랑 커프스는 빼고 스타킹도 안 신은 맨다리인 주제에 귀만은 완벽하게 단 바니스타일의 하루히가 다리를 꼬고 앉아 있었다.

"손하고 어깨는 시원한데 통기성이 영 안 좋네, 이 의상."

라며 하루히는 후루룩거리며 차를 마셨다. 나가토가 책장을 팔락거리며 넘긴다.

바니걸과 메이드에 둘러싸여 어찌해야 좋을지 아무 생각도 안 난다. 이 두 사람을 어딘가에 호객 알바로 알선한다면 돈 좀 벌 수 있지 않을까 하는 생각을 하고 있는데,

"우와, 뭔가요?"

여전한 미소에 당황한 목소리라는 유쾌한 반응을 보이며 코이즈미가 나타났다.

"어, 오늘은 가장 파티날이었나요? 죄송합니다. 전 아무런 준비도 못했네요."

이야기를 복잡하게 만들지 마라.

"미쿠루, 여기 앉아."

하루히가 자기 앞의 철제 의자를 가리켰다. 아사히나 선배는 확연하게 두려움에 떨며 조심스럽게 하루히에게 등을 돌리고선 의자에 앉았다. 무슨 짓을 하나 했더니 하루히는 열심히 아사히나 선배의 감색 머리를 땋기 시작했다.

이 모습만 잘라놓고 본다면 마치 여동생의 머리를 만져주는 언니와 같은 아름다운 풍경이지만, 아사히나 선배의 표정은 두려움에 떨고 있었고 하루히는 무뚝뚝 그 자체다. 단순히 머리를 땋은 메이

드를 만들고 싶었던가보지.

희미한 미소를 지으며 그 광경을 바라보고 있는 코이즈미에게 물었다.

"오셀로라도 할래?"

"좋죠. 오랜만인데요."

우리가 하양과 까망의 쟁탈전을 펼치는 사이(빛의 구슬로 변화할 줄 아는 주제에 코이즈미는 무지하게 약했다), 하루히는 아사히나 선배의 머리를 땋았다 풀었다 트윈 테일로 했다 호빵머리를 하며 놀았고(하루히의 손이 닿을 때마다 가늘게 떠는 아사히나 선배) 나가토는 한순간도 고개를 들지 않은 채 독서에 열중했다.

무슨 모임인지 점점 이해 불가능한 상황으로 치닫고 있었다.

그래, 그날 우리는 아무 특이한 일 없이 SOS단다운 활동을 하며 보냈다. 그곳에는 공간을 일그러뜨리는 정보가 어쩌느니 떠드는 우주인도, 미래에서 온 방문객도, 파란 거인도, 빨간 구체도, 아무것도 관계없었다. 하고 싶은 일도 딱히 없이 뭘 해야 좋을지도 모른 채 시간이 흐르는 대로 몸을 맡긴 모라토리엄(주9) 고교 생활. 당연한 세계, 평범한 일상

너무나 아무것도 없는 데에 부족함을 느끼면서도 "뭘, 시간이라면 아직 충분히 많아"라는 말을 하며 다시 막연하게 내일을 맞이하는 일상의 반복.

그래도 나는 충분히 즐거웠다. 목적 없이 동아리방에 모여 하인처럼 종종거리며 움직이는 아사히나 선배를 바라보며, 부처님처럼 꼼짝도 않는 나가토를 바라보며, 완벽하게 미소를 짓는 코이즈미를

주9) 모라토리엄 : 대외 채무에 대한 지불유예(支拂猶豫)를 지칭하는 단어이지만 여기서는 현재 상황에 그대로 안주하려고 하는 심리 상황을 빗댄 표현.

바라보며, 쉴새없이 오르락내리락하는 기분을 맛보느라 바쁜 하루히의 얼굴을 바라보는 것은 그 나름대로 비일상의 향기가 느껴졌고, 그것은 내게는 묘한 만족감을 주는 학교 생활의 일부였다. 반친구에게 살해당할 뻔하기도 하고 회색의 무인 세계에서 난동을 부리는 괴물을 만나는 건 그렇게 흔한 일이 아니지. 그걸 환각이나 최면술이나 백일몽이라고 단정지을 수는 없었지만.

스즈미야 하루히와 그 일당이라 불리는 건 좀 화가 나지만 여러 가지 의미에서 이런 재미있는 녀석들과 같이 있을 수 있는 건 나밖에 없다. 왜 나뿐이냐는 의문은 지금은 잠시 옆으로 밀어두자. 그러다 나말고 다른 인간이 추가될 수도 있으니까.

그렇다. 나는 이런 시간이 계속되길 바라고 있었다.

보통 다들 그렇게 생각하지 않을까?

하지만 생각하지 않는 녀석도 있었다.

당연히 그것은, 스즈미야 하루히였다.

밤이 되어 저녁밥을 먹고 목욕을 한 다음 내일 영어 번역에 내 차례에 걸릴 만한 부분의 예습을 적당하게 마치고 이젠 자기만 하면 되는 시간을 시계 바늘이 가리키고 있을 무렵, 난 침대에 누워 나가토가 억지로 떠맡긴 두꺼운 책을 뒤적이고 있었다. 가끔은 독서를 해보는 것도 나쁘지 않겠다 싶어 아무 생각 없이 읽기 시작했는데 생각보다 훨씬 재미있어서 페이지가 쑥쑥 줄었다. 역시 책이란 녀석은 읽을 때까지 재미있는지 알 수 없는 거라니까. 독서란 좋은 거야.

하지만 하룻밤에 읽기에는 문자의 양이 너무 많아 나는 등장인물

중 한 명이 길고 긴 독백을 마친 부분에서 책을 놓았다. 슬슬 수마라는 녀석이 눈꺼풀 위에 캠프를 칠 시간이다. 나가토의 친필이 새겨진 책갈피를 사이에 끼우고 책을 덮고선 불을 끄고 이불 속으로 파고들었다. 멍하니 있길 몇 분, 나는 금세 잠이 들었다.

그런데 사람이 꿈을 꾸는 구조에 대해 알고들 있나. 수면에는 렘수면과 논렘(non-REM) 수면 두 종류가 주기적으로 반복되는데 잠이 든 뒤로 몇 시간 동안은 깊은 잠, 즉 논렘 수면이 주로 찾아온다. 논렘 수면 때는 뇌가 활동을 멈추고 있기에, 우리가 꿈을 꾸는 것은 몸은 잠들어 있지만 뇌가 가볍게 활동하고 있는 렘 수면 때다. 아침이 될수록 렘 수면의 구성비는 커지는데, 결국 꿈이란 거의 대부분 일어나기 직전에 계속해서 꾸는 것이라 할 수 있다.

나도 매일 꿈을 꾸지만 막판까지 잠자리에 붙어 있다 일어나면 서둘러 학교 갈 준비를 해야 하기 때문에 금방 잊어버리게 된다. 몇년 전에 꾸고서도 잊고 있던 꿈의 내용을 사소한 계기로 떠올릴 때가 있는데, 정말 인간의 기억의 구조란 참 신비하기 그지없다 할 수 있겠다.

여담은 그만 접고. 그런 건 아무래도 상관없다.

누군가가 뺨을 때리고 있다. 귀찮아. 졸립다고. 기분 좋게 자고 있는 나를 방해하지 마라.

"…쿈."

아직 자명종도 안 울리는데. 몇 번을 울어대도 바로 꺼버리긴 하지만. 엄마의 명령으로 여동생이 신이 나서 날 이불에서 끌어내기 전까지는 아직 여유가 있다.

"일어나."

싫어. 난 자고 싶다고. 수상쩍은 꿈을 꾸고 있을 여유는 없단 말이다.

"일어나라고 그랬지!"

목을 조르던 손이 날 흔들었고, 뒤통수를 딱딱한 바닥에 부딪히는 바람에 나는 겨우 눈을 떴다. …딱딱한 바닥?

몸을 일으켰다. 나를 들여다보고 있던 하루히의 얼굴이 갑자기 내 얼굴을 피했다.

"이제 깼어?"

내 옆에서 무릎을 세우고 있는 세일러복 차림의 하루히가 하얀 얼굴에 불안한 기색을 띠고 있었다.

"여기 어딘지 알겠니?"

알지. 학교다. 우리가 다니는 현립 키타 고등학교. 그 교문에서 신발장까지 가는 돌길 위. 불빛 하나 없는 밤의 학교 건물이 잿빛 그림자가 되어 내 위에 드리워―,

아니. 이건 밤하늘이 아니다.

한 면 가득 펼쳐진 회색 평면. 단색으로 칠해진 인광을 내뿜는 하늘. 달도 별도, 구름조차 없는 벽과 같은 회색 하늘.

세계가 정적과 어둠에 지배되고 있었다.

나는 천천히 일어났다. 잠옷 대신 입고 자는 운동복이 아니라 교복 재킷 차림이었다.

"눈을 뜬 줄 알았는데 나도 모르는 사이에 이런 곳에 와 있고 옆에 네가 뻗어 있더라고. 이게 어떻게 된 거야? 어째서 우리가 학교에 있는 거지?"

하루히가 평소와 달리 힘없는 목소리로 묻는다. 나는 대답 대신 내 몸 여기저기를 더듬어보았다. 손등을 꼬집는 감촉도, 교복 감촉도 도저히 꿈이라고는 믿어지지 않았다. 머리카락을 두 개 뽑으니 확실히 아팠다.

"하루히, 여기 있던 건 우리들뿐이야?"

"그래. 이불에서 자고 있었는데 왜 이런 곳에 있는 거야? 그리고 하늘도 이상해…."

"코이즈미 못 봤냐?"

"아니, …왜?"

"아니, 그냥."

여기가 이른바 차원 단층이 어쩌고저쩌고 한 폐쇄 공간이라면 빛의 거인과 코이즈미 일행도 있어야 된다.

"일단 학교를 나가자. 다른 사람들이 있을지도 모르니까."

"너 별로 안 놀란다."

놀라고 있어. 특히 네가 여기에 있다는 사실에 말이다. 여긴 네가 만들어내는 거인의 놀이터 아니었냐? 아니면 역시 이건 기이할 정도로 실감나는 나의 꿈인가. 인기척 없는 학교에서 하루히와 단둘이라. 프로이드 박사라면 뭐라고 분석해줄까.

하루히와 적당한 거리를 유지한 채 교문을 닫고 나가려는데 내 코끝을 눈에 보이지 않는 벽이 막아섰다. 이 끈적한 감촉은 기억이 난다. 힘을 주면 어느 정도 나아갈 수는 있지만 이내 딱딱한 벽에 부딪힌다. 투명한 벽이 교문 바로 앞에 세워져 있었다.

"…이게 뭐야?"

하루히가 두 손으로 열심히 밀며 눈을 크게 떴다. 나는 학교 부지를 따라 걸으며 확인했다. 눈에 보이지 않는 벽은 내가 걸어본 범위 내에서는 끊김 없이 이어지고 있었다.

마치 우리를 학교에 가두기라도 하듯.

"여기서 나갈 수 없나봐."

산들바람조차 불지 않는다. 대기마저도 움직임을 멈춘 것 같다.

"뒷문으로 돌아가볼까?"

"그보다 어디 연락해볼 수 없을까? 전화라도 있으면 좋을 텐데 휴대전화는 안 갖고 있네."

여기가 코이즈미가 설명한 그 폐쇄 공간이라면 전화가 있다 해도 소용없겠지만 우리 일단 건물 안으로 들어갔다. 교무실에 가면 전화 정도야 있겠지.

불이 안 켜진 어두운 건물은 정말 기분 나쁜 곳이다. 우리는 신발을 신은 채 신발장을 빠져나가 아무 소리도 들리지 않는 건물 안으로 걸어갔다. 1층 교실의 스위치를 켜자 깜박거리며 형광등이 켜졌다. 아무런 멋도 없는 인공적인 빛이지만 그것만으로도 나와 하루히는 안도한 표정으로 서로를 쳐다보았다.

우리는 일단 숙직실로 가 아무도 없다는 것을 확인한 뒤 교무실로 갔다. 당연히 잠겨 있었기 때문에 소화전 문을 열고 소화기를 꺼내 그 바닥으로 창문을 깨고선 창을 통해 안으로 들어갔다.

"…연결이 안 되어 있나봐."

하루히가 내민 전화기를 귀에 대보았다. 아무 소리도 나지 않는다. 시험삼아 다이얼을 눌러 보았지만 무반응.

교무실을 나선 우리는 교실의 불을 차례로 켜면서 위로 향했다. 우리의 1학년 5반 교실은 맨 위층이었다. 거기서 아래를 내려다보면 주위가 어떤 상태인지 알 수 있을지도 모른다고 하루히가 말했다.

건물을 걸어가는 동안 하루히는 내 교복자락을 꼭 잡고 있었다. 나한테 기대지 마라, 난 아무런 힘도 없으니까. 그리고 무서우면 그냥 팔에 매달리지 그래. 그쪽이 더 기분이 나잖냐.

"바보."

하루히는 눈을 치켜뜨며 날 매섭게 노려보았지만 손을 놓으려고는 하지 않았다.

1학년 5반 교실에 특이한 점은 아무도 없었다. 교실을 나왔을 때의 모습 그대로다. 칠판에 난 지우개 자국도, 압정에 꽂힌 모르타르 칠이 된 벽.

"…쿈, 이것 봐…."

창문으로 달려간 하루히는 그렇게 말한 뒤 말을 잃었다. 그 옆에서 나도 눈 아래에 펼쳐진 세계를 바라보았다.

시선이 닿는 곳마다 모두 다크 그레이의 세계가 펼쳐져 있었다. 산 중턱에 세워진 학교 건물 4층에서는 저 멀리 있는 해안선까지 볼 수가 있다. 좌우 180도, 시야가 닿는 범위 내에 인간의 생활 흔적을 느끼게 해주는 불빛은 어디에도 없었다. 모든 집들은 어둠 속에 닫혀 있었고 커튼 너머로 빛이 새어나오는 창 역시 단 하나도 없었다. 이 세계에서 인간이 하나도 남김 없이 사라져버리기라도 한 것처럼.

"여기가 대체 어디야…."

우리 두 사람 외의 인간이 사라진 게 아니라, 사라진 건 바로 우리들이다. 이 경우 우리들이 바로 아무도 없는 세계에 들어오고 만

침입자가 되겠지.

"기분 나빠."

하루히가 자신의 어깨를 끌어안으며 중얼거렸다.

마땅히 갈 곳도 없었다. 그래서 우리는 저녁에 떠났던 동아리방
으로 갔다. 열쇠는 교무실에서 슬쩍해왔기 때문에 들어가는 데 별
로 어려울 것도 없었다.

형광등 아래서 우리는 익숙한 곳에 돌아온 안도감에서인지 누가
먼저랄 것도 없이 안도의 한숨을 내쉬었다.

라디오를 켜봐도 치직거리는 소리조차 나지 않았고, 바람 소리
하나 없는 정적에 둘러싸인 방에서는 주전자의 물을 찻잔에 따르는
소리만이 메아리쳤다. 찻잎을 새로 넣을 마음도 들지 않아 적당히
탄 차다. 차를 타는 건 나. 하루히는 반쯤 넋이 나간 상태로 회색의
바깥 세상을 바라보고 있었다.

"마실래?"

"필요 없어."

나는 내 찻잔을 들고 철제 의자를 끌어당겼다. 한 입 마셔보았다.
아사히나 선배가 타주는 차가 백 배는 더 맛있다.

"어떻게 된 거야. 이게 뭐야. 난 이해가 안 가. 여긴 어디고 왜 나
는 이런 곳에 와 있는 거지?"

하루히는 창 앞에 선 채 돌아보지도 않고 말했다. 뒷모습이 너무
나도 가녀리게 보였다.

"게다가 어째서 너랑 둘뿐인 거야?"

내가 아냐. 하루히는 치마와 머리를 펄럭이며 화난 얼굴로 쳐다

보고선,

"탐색하고 올게" 라는 말과 함께 동아리방을 나서려 했다. 몸을 일으키려던 내게,

"넌 여기 있어. 금방 돌아올 테니까."

라는 말을 남기고는 바람처럼 나가버렸다. 으음, 저런 모습은 하루히답네. 발랄한 발걸음이 멀어지는 소리를 들으며 혼자 맛없는 차를 마시는 내 앞에 마침내 녀석이 나타났다.

작은 빨간빛의 구슬. 처음엔 탁구공만한 크기였다 점차 윤곽이 커진 빛은 반딧불처럼 반짝거리더니 마침내 인간의 모양을 띠었다.

"코이즈미냐?"

사람의 형태를 하곤 있지만 사람으로 보이진 않았다. 눈도 코도 입도 없는 빨갛게 빛나는 형태.

"여어, 안녕하세요."

태평한 목소리는 분명히 빨간빛 안에서 들려왔다.

"늦었잖아. 좀 제대로 된 모습으로 등장할 줄 알았는데…."

"그 문제를 포함해서 이야기할 게 좀 있습니다. 시간이 걸린 건 다른 이유가 있어서가 아니에요. 솔직히 말하죠. 이건 이상 사태입니다."

빨간빛이 일렁였다.

"평범한 폐쇄 공간이라면 전 아무 문제없이 침입할 수 있습니다. 하지만 이번엔 그렇지가 않았어요. 이런 불완전한 형태로, 그것도 동료 모두의 힘을 빌려서야 겨우 들어왔습니다. 그것도 오래 버티진 못할 거예요. 우리가 가진 능력이 지금 당장에라도 사라지려 하고 있습니다."

"어떻게 된 거야? 여기에 있는 건 하루히랑 나뿐이야?"

코이즈미는 그렇습니다 라고 말한 뒤.

"그러니까 우리가 두려워하던 일이 마침내 시작된 거지요. 마침내 스즈미야 씨는 현실 세계에 정나미가 떨어져 새로운 세계를 창조하기로 결정한 것 같습니다."

"……"

"덕분에 우리 기관의 위쪽 분들은 공황 상태예요. 신을 잃어버리면 이 세계는 어떻게 될지 아무도 모릅니다. 스즈미야 씨가 자비심이 깊다면 이대로 아무 일 없이 존속될 가능성도 있습니다만 다음 순간에 무로 돌아갈 수도 있지요."

"왜 그런…."

"글쎄요."

빨간 불빛이 불꽃처럼 일렁였다.

"아무튼 스즈미야 씨와 당신은 이쪽 세계에서 완전히 사라졌습니다. 그곳은 단순한 폐쇄 공간이 아니에요. 스즈미야 씨가 구축한 새로운 시공간입니다. 어쩌면 지금까지의 폐쇄 공간도 그 예행 연습이었던 건지도 모르죠."

재미있는 농담이지만, 그 이야기를 듣고 어느 부분에서 웃어야 좋을지 좀 가르쳐다오, 하하하."

"웃을 일이 아니에요. 진지합니다. 그쪽 세계는 지금까지의 세계보다 스즈미야 씨가 바라는 것에 더 가까울 겁니다. 그녀가 뭘 바라고 있는지까지는 알 길이 없지만요. 자아, 어떻게 될까요?"

"그건 그렇다 치자고. 그런데 왜 내가 여기에 있는 거지?"

"정말 모르시겠습니까? 당신은 스즈미야 씨에게 선택되었어요.

이쪽 세계에서 유일하게 스즈미야 씨가 함께하고 싶다고 생각한 게 바로 당신입니다. 벌써 깨달았을 거라 생각했습니다만."

코이즈미의 빛은 이젠 전지가 끊기기 직전의 손전등 수준으로 광도가 떨어졌다.

"이제 한계인 것 같군요. 이대로 가면 당신과 이제 만날 수 없을지 모르지만 전 조금은 안심이 됩니다. 이제 그 '신인'을 사냥하러 가는 일도 없을 테니까요."

"이런 회색 세계에서 나는 하루히와 단둘이 살아가야 하는 거야?"

"아담과 이브죠. 애라도 낳으면 늘어나지 않을까요?"

"…한 대 맞는다, 너."

"농담입니다. 잘은 모르겠지만 닫힌 공간 상태가 된 건 지금 잠깐 동안이고 곧 익숙한 세계가 될 겁니다. 하지만 이쪽과 완전히 똑같지는 않겠죠. 지금은 그쪽이 진실이고 이쪽이 폐쇄 공간이라 할 수 있겠네요. 어떻게 달라지는지를 관측하지 못하는 게 아쉽군요. 뭐, 그쪽에 제가 태어나게 된다면 잘 부탁드리겠습니다."

코이즈미는 좀 전의 탁구공으로 돌아가고 있었다. 인간 형태가 무너지고 다 타버린 항성처럼 수축되고 있었다.

"우린 이제 그쪽으로 돌아갈 수 없는 거야?"

"스즈미야 씨가 바라면 가능할지도 모릅니다. 가능성은 희박하지만요. 저 개인적으로는 당신과 스즈미야 씨와 조금 더 가까워지고 싶었기 때문에 아쉬운 기분도 듭니다. SOS단의 활동은 참 재미있었어요. …아, 맞다. 아사히나 미쿠루와 나가토 유키의 메시지를 깜박할 뻔했군요."

완전히 사라지기 직전에 코이즈미는 이렇게 메시지를 남겼다.

"아사히나 미쿠루는 용서해달라고 그랬습니다. '미안해요, 저 때문이에요'라고요. 나가토 유키는 '컴퓨터 전원을 켜도록'. 이상입니다. 그럼."

마지막은 참 깔끔 담백했다. 양초의 불이 꺼지는 것처럼.

나는 아사히나 선배의 메시지라는 것에 머리를 쥐어짰다. 대체 왜 사과하는 거지? 아사히나 선배가 무슨 짓을 했는데? 생각은 나중에 하기로 하고 나는 다른 하나의 메시지에 따라 컴퓨터 스위치를 켰다. 하드디스크가 소리를 내며 모니터에 OS 로고 마크가 뜨지 … 않았다. 몇 초면 떠야 할 OS가 아무리 기다려도 나타나질 않고, 모니터는 새까만 상태로 하얀색 커서만이 왼쪽 구석에서 점멸하고 있었다. 그 커서가 소리도 없이 움직이더니 무뚝뚝한 문자를 풀어냈다.

YUKI. N > 보여?

잠시 멍하니 있다가 나는 정신을 차리고 키보드를 당겼다. 손가락을 움직였다.

'응.'

YUKI. N > 그쪽 시공간과는 아직 완전히 연결이 끊기진 않았어. 하지만 시간 문제지. 곧 닫힐 거다. 그렇게 되면 끝이야.

'어쩌면 좋지?'

YUKI. N > 아무런 방법도 없어. 이쪽 세계의 기이한 정보 분출은 완전히 사라졌다. 정보 통합 사념체는 실망하고 있어. 이걸로 진화의 가능성은 사라졌다.

'진화의 가능성이란 게 대체 뭐였는데? 하루히의 어디가 진화란 거냐?'

YUKI. N > 고도 지성이란 정보 처리 속도와 정확성을 말해. 유기 생명체에 부수적으로 붙는 지성은 육체에서 얻는 착오와 노이즈 정보가 너무 많아 처리에 제한이 걸린다. 그렇기 때문에 일정 단계의 수준에서 진화는 정지하지.

'육체가 없으면 되는 거야?'

YUKI. N > 정보 통합 사념체는 처음부터 정보만으로 구성되어 있었어. 정보 처리 능력은 우주가 죽음을 맞이할 때까지 무한하게 상승할 거라 생각되었지. 그건 아니었어. 우주에 한계가 있듯이 진화에도 한계가 있었다. 적어도 정보에 의한 의식체인 이상은.

'스즈미야는?'

YUKI. N > 스즈미야 하루히는 아무것도 없는 곳에서 정보를 만들어내는 능력을 갖고 있었어. 그건 정보 통합 사념체에도 없는 힘이다. 유기체에 불과한 인간이 평생을 들여도 처리할 수 없는 정보를 만들어내고 있다. 이 정보 창조 능력을 해석하면 자율 진화에 대한 단서를 찾을 수 있을지도 모른다고 생각했지.

커서가 깜박였다. 주저하는 기미를 보인 뒤 다음 문자가 흘러나왔다.

YUKI. N > 네게 걸겠다.

'뭘 걸어?'

YUKI. N > 다시 한번 이쪽으로 돌아올 것을 우리는 바라고 있어. 스즈미야 하루히는 중요한 관찰대상이다. 이제 다시 우주에 태어나지 못할지도 모르는 귀중한 존재야. 나라는 개체도 네가 돌아오길 바라고 있어.

문자가 흐려진다. 희미하게 커서는 매우 천천히 문자를 만들어냈다.

YUKI. N > 또 도서관에

모니터가 꺼지려 하고 있었다. 명도를 올려보았자 헛수고였다. 마지막으로 나가토가 친 문자가 짧게,

YUKI. N > sleeping beauty

지이잉, 하드디스크가 돌아가는 소리에 나는 깜짝 놀라 뛰어 오를 뻔했다. 액세스 램프가 점멸하고 모니터에 친숙한 OS 화면이 표시됐다. 컴퓨터의 냉각팬이 내는 신음 소리만이 이 세계의 모든 소리였다.

"나보고 뭘 어쩌라는 거야. 나가토, 코이즈미."

나는 뱃속 깊은 곳에서부터 끓어오른 한숨을 쉬며 아무 생각 없이, 정말 아무 생각 없이 창을 올려다봤다.

파란빛이 창틀을 가득 메우고 있었다.

운동장에 직립해 서 있는 빛의 거인. 가까이에서 보니 그것은 거의 파란 벽이었다.

하루히가 뛰어들어왔다.

"쿈! 뭐가 나왔어!"

창가에 서 있는 내 등 뒤에 부딪치듯 멈춰 선 하루히는 옆에 섰

다.

"저게 뭐야? 무지하게 큰데 괴물이야? 신기루는 아니지?"

흥분한 목소리였다. 조금 전까지의 초연한 모습이 거짓말 같았다. 불안이라곤 눈곱만큼도 못 느끼는지 눈을 빛내고 있었다.

"우주인일까? 아니면 고대 인류가 개발한 초병기가 현대에 되살아난 거야! 학교에서 나갈 수 없는 건 쟤 때문인가?"

파란 벽이 꿈틀거렸다. 고층 건물을 유린하는 광경이 뇌리에서 되살아나 나는 반사적으로 하루히의 손을 잡고 동아리방을 뛰쳐나왔다.

"뭐, 야! 야, 왜 그래?"

넘어지듯 복도로 나오는 것과 동시에 굉음이 대기를 흔들었고, 나는 하루히를 복도로 쓰러뜨리며 몸으로 가려주었다. 저릿저릿 동아리 건물이 흔들린다. 딱딱하고 무거운 것이 지면에 부딪히는 충격과 소리가 복도를 타고 내게 전해졌다. 그 정도로 봤을 때 거인의 공격 목표는 동아리 건물이 아니라 아마 맞은편 건물일 것이다.

나는 입을 뻐끔거리며 말을 못 잇고 있는 하루히의 손을 쥐고 일으켜 세워선 달려갔다. 하루히는 의외로 순순히 날 따라왔다.

땀에 젖은 건 내 손바닥일까, 아니면 하루히일까.

낡은 건물 안은 먼지 냄새조차 나지 않았다. 계단을 향해 전력으로 뛰던 나는 두 번째 파괴음을 들었다.

하루히의 체온을 손바닥에 느끼며 계단을 달려 내려가 건물을 가로질러 경사면을 타고 운동장으로 나갔다. 옆으로 보이는 하루히의 얼굴은 내 착각인지 뭔지 몰라도 기쁨에 차 보였다. 마치 그렇게 바라던 바로 그 선물이 머리맡에 놓여 있는 것을 크리스마스 아침에 발견한 어린아이처럼.

학교 건물에서 적당한 거리가 될 때까지 달렸다. 뒤돌아보니, 거인의 크기가 더욱 확연하게 드러났다. 코이즈미한테 끌려갔던 곳에서 그 녀석은 고층 건물만한 크기였다.

거인이 손을 들어올려 주먹으로 건물을 두들겨 팼다. 첫 일격으로 세로로 갈라진 4층 높이의 불법 시공 건물은 너무나도 쉽게 붕괴되었다. 파편이 사방으로 튀며 귀에 거슬리는 소리를 냈다.

2백 미터 트랙 한가운데까지 간 뒤 우리는 걸음을 멈추었다. 어두컴컴한 모노톤의 캔버스에 그 부분만 무슨 장난처럼 파란색의 거대한 인간 모양이 선명히 자리잡고 있었다.

사진을 찍는다면 바로 이 광경이라고 나는 생각했다. 아사히나 선배의 가슴을 움켜쥔 컴퓨터 연구부 부장도 아닌, 아사히나 선배의 코스튬 모습도 아닌, 이 영상이야말로 홈페이지에 장식해야 될 물건이다.

그런 생각을 하는 내 귀에 대고 하루히가 빠르게 속삭였다.

"저게 우릴 공격할까? 사악한 것 같아 보이지는 않는데. 그냥 그런 생각이 들어."

"모르지."

나는 대답을 하며 생각했다. 처음에 날 폐쇄 공간으로 데려간 코이즈미는 이렇게 설명했다. '신인'의 파괴 활동을 그냥 놔두면 마침내 세계가 뒤바뀌게 된다고. 이 회색 세계가 지금까지 존재했던 현실 세계로 바뀌게 되고, 그러면….

어떻게 된다는 거지.

아까 코이즈미가 한 말에 따르면 새로운 세계가 하루히에 의해 창조된다고 했다. 거기엔 내가 알고 있는 아사히나 선배나 나가토가 있을까. 아니면 눈앞에 있는 '신인'이 자유로이 활보하며 우주인과 미래에서 온 자와 초능력자들이 자연스런 존재인 양 사방에 존재하는, 비일상적인 풍경이 상식처럼 받아들여지는 세계가 될까.

그런 세계가 된다 해도 거기서 내가 할 수 있는 역할이란 과연 무엇일까.

생각할수록 허무하게 느껴졌다. 알 수 없는 것들투성이였기 때문이다. 하루히가 무슨 생각을 하고 있는지, 다른 사람의 생각을 읽을 수 있을 만큼 나는 뛰어난 인간이 아니다. 내겐 아무런 재주도 없다.

생각에 잠긴 내 귓가에 하루히의 명랑한 목소리가 들렸다.

"정말 뭘까? 이 이상한 세계도 그렇고 저 거인도 그렇고 말야."

네가 만들어낸 것 같은데, 여기도 저 녀석도 말이지. 그보다 내가 묻고 싶은 건 왜 나를 끌어들였냐 하는 것이다. 아담과 이브라고? 웃기고 있네. 그런 뻔한 전개를 나는 인정할 수 없다. 누가 인정할까보냐.

"원래 있던 세계로 돌아가고 싶지 않냐?"

무뚝뚝한 목소리로 말했다.

"응?"

빛나던 하루히의 눈이 흐려진 것 같았다. 회색 세계에서도 한껏 돋보이는 하얀 얼굴이 날 향했다.

"평생 이런 곳에 있을 수도 없는 노릇이잖아. 배가 고파도 밥을 먹을 장소도 없어 보이는데, 가게도 연 데가 없을 것 같고, 그리고 보이지 않는 벽, 그게 주위에 쳐져 있으니 여기에서 나갈 수도 없어. 우린 확실하게 굶어죽을 거다."

"으음, 뭐랄까. 신기하기는 한데 전혀 그런 건 신경이 안 쓰여. 어떻게든 되지 않을까. 나도 이해할 수는 없지만, 뭐랄까, 지금 너무 재미있어."

"SOS단은 어떻게 할 건데? 네가 만든 단체잖아. 내팽개칠 거야?"

"이젠 상관없어. 나 자신이 아주 재미있는 경험을 하고 있잖아. 이제 신비한 일을 찾을 필요도 없지."

"난 돌아가고 싶어."

거인은 건물 해체 작업을 하던 일손을 쉬고 있었다.

"이런 상태에 놓인 뒤에야 깨달았어. 난 뭐니 뭐니 해도 지금까지 살아왔던 삶을 제법 좋아했던 거야. 바보 같은 타니구치와 쿠니키다도, 코이즈미와 나가토와 아사히나 선배도. 사라져버린 아사쿠라를 거기에 포함시켜도 좋지."

"…무슨 소릴 하는 거야?"

"난 녀석들과 다시 한번 만나고 싶어. 아직 하고 싶은 이야기가 많이 남아 있는 것 같아."

하루히는 살짝 고개를 숙이며.

"분명히 만날 수 있을 거야. 이 세계도 언제까지나 어둠에 싸여 있지는 않을 거라고. 내일이 되면 태양도 뜰 거야. 난 알 수 있어."

"그렇지 않아. 이 세계를 말하는 게 아니라고. 원래 있던 세계의 녀석들을 만나고 싶은 거다."

"무슨 소린지 이해가 안 가."

하루히는 입을 삐죽거리며 날 올려다보았다. 모처럼 받은 선물을 빼앗긴 어린아이 같은 분노와 비애가 섞인 미묘한 표정이다.

"넌 재미없는 세계가 지긋지긋하지 않았니? 특별한 일이라곤 아무것도 일어나지 않는 평범한 세계보단 더 재미있는 일이 일어나길 바라지 않았어?"

"그랬지."

거인이 걸음을 옮긴다. 무너지지 않고 남아 있던 건물 잔해를 발로 차 쓰러뜨리며 학교 뜰로 향한다. 건물과 건물을 이은 복도를 수도로 쳐내곤 동아리 건물에도 펀치를 날린다. 점점 날아가는 우리들의 학교. 우리들의 동아리방.

하루히의 머리 너머로 그 거인과는 다른 방향에도 파란 벽이 일어나고 있는 것이 보였다. 하나, 둘, 셋…, 다섯 마리까지 세다 나는 더 세기를 포기했다.

빛의 거인들은 빨간빛의 구슬에 방해를 받지도 않은 채 회색 세계를 마음대로 파괴하기 시작했고 계속 파괴해갔다. 그 모습이 즐거워 보이는 듯했던 건 내 정신상의 문제일까. 녀석들이 손발을 휘두를 때마다 공간이 깎여 나가듯 그곳에 존재하던 풍경이 사라져갔다.

이젠 학교의 모습은 반도 남지 않았다.

폐쇄 공간이 확대되어가는 건지 어쩐지 나는 느낄 수도 없었고, 또 확대되어 이 공간이 마침내 새로운 현실 공간이 될 것인지도 알 수 없었다. 그저 그럴 것이라고 짐작만 할 뿐이다. 지금의 나는 전철에서 옆자리에 앉아 있던 술 취한 아저씨가 "아무한테도 말하지 마라. 사실 난 우주인이야"라고 말한다 해도 믿을 수 있을 것이다. 이미 내 경험치는 한 달 전의 세 배는 늘어난 상태다.

내가 할 수 있는 일이 뭐가 있을까. 한 달 전이라면 무리였다 해도 지금의 나라면 할 수 있는 일이다. 힌트라면 이미 여러 개를 얻은 상태다.

난 마음을 다잡고 이렇게 말했다.

"야, 하루히, 난 요 며칠 동안 아주 재미있는 일을 겪었어. 너는 모르겠지만 사실은 많은 사람들이 널 마음에 들어하고 있다. 세계는 널 중심으로 움직이고 있다고 해도 과언이 아니지. 다들 널 특별한 존재라고 생각하고 있고, 실제로 그렇게 행동했었다. 네가 모르고 있을 뿐, 세계는 확실히 재미있는 쪽으로 나아가고 있었어."

난 하루히의 어깨를 잡으려다 아직 손을 쥐고 있었다는 사실을 깨달았다. 하루히는 이게 뭘 잘못 먹기라도 한 게 아닌가 하는 표정을 짓고 있었다.

시선을 피하며 하루히는 학교 건물을 엉망으로 파괴하고 있는 거인을, 그렇게 하는 것이 마치 당연하다는 듯이 바라봤다.

그 옆모습은 새삼 이렇게 보니 나이에 걸맞은 부드러운 선을 그리고 있었다. 나가토는 말했다. '진화의 가능성'이라고. 아사히나 선배의 말에 따르면 '시간의 왜곡'이고 코이즈미의 말을 빌리면 '신'이다. 그럼 내게 있어선 뭘까. 스즈미야 하루히의 존재를 난 어떻게 인식하고 있을까?

하루히는 하루히이고 또 하루히일 뿐이다, 이런 토톨로지(주10)로 넘길 생각은 없다. 없긴 하지만 결정적인 해답을 나는 갖고 있지 않다. 그렇잖아? 교실 뒤에 있는 반 친구를 가리키며 '그 녀석은 너의 뭐냐'고 묻는다면 뭐라고 대답해야 좋지?

…아니, 미안. 이것도 변명이네. 내게 있어 하루히는 단순한 반

주10) 토톨로지 : Tautology. 동의어 반복

친구가 아니다. 물론 '진화의 가능성'도, '시간의 왜곡'도, 나아가선 '신'도 아니다. 그럴 리가 없지.

거인이 돌아보았다. 운동장 쪽을. 얼굴도 눈도 없는데 나는 확실한 시선을 느꼈다. 걸음을 옮긴다. 그 한 걸음은 과연 몇 미터나 될까. 완만한 걸음걸이에 비해 우리들을 향해 다가오는 모습은 빠르게 거대해졌다.

생각해내라. 아사히나 선배가 뭐라고 했는지. 그 예언을. 그리고 나가토가 마지막에 내게 전한 메시지. 백설공주, 슬리핑 뷰티. 아무리 나라도 sleeping beauty의 번역이 뭔지는 알고 있다. 양쪽 모두에 공통되는 것이 과연 뭘까? 우리가 지금 처한 상황과 대비해 생각한다면 그 답은 명쾌하다.

정말 뻔했다. 너무 뻔한 거 아냐, 아사히나 선배, 그리고 나가토. 그런 바보 같은 전개를 나는 인정하고 싶지 않다. 절대로 그렇게 하기 싫다.

내 이성이 그렇게 주장하고 있다. 하지만 인간은 이성만 가지고 살아가는 존재가 아니다. 나가토라면 그것을 '노이즈'라고 할지도 모르지. 나는 하루히의 손을 뿌리치고 세일러복의 어깨를 움켜쥐고선 몸을 돌렸다.

"왜….."

"나 사실은 포니테일 모에야."

"뭐?"

"언젠가 보여줬던 네 포니테일은 정말 기절할 정도로 잘 어울렸어."

"너 바보 아니니?"

검은 눈동자가 날 거부하듯 바라본다. 항의하는 목소리를 내려던 하루히에게 나는 강제로 입술을 겹쳤다. 이런 때는 눈을 감는 게 예의라 나는 그 예의를 따랐다. 그래서 하루히가 어떤 표정을 지었는지는 모른다. 놀라서 눈을 동그랗게 떴는지, 내게 맞춰서 눈을 감았는지, 당장에라도 날 패려고 손을 치켜들었는지 나는 알 길이 없다. 하지만 나는 맞아도 좋다는 기분이었다. 내기를 해도 좋다. 누가 하루히한테 이렇게 하더라도 지금 나와 같은 기분이 들 거다. 나는 어깨에 올린 손에 힘을 주었다. 한동안 떨어지고 싶지 않은걸.

멀리서 다시 쾅음이 울렸고, 거인이 다시 건물을 깨고 부수는 작업을 하고 있나보다는 그런 생각을 한 순간, 나는 갑자기 무중력 상황에 처했고, 돌연 몸이 반전되는 것 같더니 다음 순간 몸 왼쪽에 끔찍한 충격이 가해졌다. 아무리 그래도 업어치기는 너무하다는 생각을 하며 몸을 일으켜 눈을 떴다가 익숙한 천장을 보고선 그대로 굳어버렸다.

그곳은 방. 내 방. 고개를 돌려보니 그곳은 침대로, 나는 바닥에 누워 있었다. 입고 있는 옷은 당연히 운동복. 흐트러진 이불이 반도 넘게 침대에서 미끄러져 있었으며 나는 손을 뒤로 짚고 바보처럼 입을 쩍 벌리고 있는 상황이었다.

사고 능력이 부활하기까지는 제법 시간이 걸렸다.

반은 무의식 상태에서 일어난 나는 커튼을 젖히고 창 밖을 살폈다. 드문드문 빛을 발하고 있는 몇 개의 별과 길가를 비추는 가로등, 깜박거리는 주택가의 불빛을 확인한 뒤 방 중앙을 빙글빙글 돌며 걸었다.

꿈인가? 꿈인 거야?

아는 여자와 둘만의 세계에 빨려 들어가 거기서 키스까지 하게 되다는 프로이트 선생이 폭소를 터뜨릴 법한 그런 뻔한 뻔 자인 꿈을 꾼 거였냐.

크윽, 당장 내 목을 매고 싶다!

일본이 총기 소지가 불가능한 나라라는 사실에 감사해야 할지도 모르겠다. 손이 닿는 범위에 자동소총이 한 자루라도 있었다면 나는 주저 않고 내 머리를 쏴버렸을 것이다. 상대가 아사히나 선배라면 그나마 내 꿈의 내용에 대해 올바른 자기분석을 내렸겠지만 하필이면 하루히라니, 내 심층 의식은 대체 무슨 생각을 하고 있는 거란 말이냐?

난 침대에 쓰러져 머리를 감싸쥐었다. 꿈이었다면 난 지금까지 맛보지 못했던 실감나는 광경을 본 셈이다. 땀에 젖은 오른손, 그리고 입술에 남아 있는 따뜻하고 촉촉한 감촉.

…아니면 여기는 이미 원래 있던 세계가 아닌 걸까. 하루히에 의해 창조된 신세계인 거냐? 그렇다면 확인할 길이 있을까.

없다. 있을지도 모르지만 생각이 안 난다. 아니, 아무 생각도 하고 싶지 않다. 내 두뇌가 그런 꿈을 보여줬다는 사실을 인정하느니 차라리 세계가 부서졌다는 말을 듣는 게 훨씬 더 낫다. 지금 당장 아무나 붙잡고 분풀이를 하고 싶다.

자명종을 들고 현재 시간을 확인하니 오전 2시 13분.

…자자.

나는 이불을 머리끝까지 뒤집어쓰고 맑게 갠 두뇌에 수면을 요구했다.

한숨도 못 잤지만.

그런 연유로 나는 지금 기듯이 걸어 오늘도 맥없이 언덕길을 오르고 있다. 솔직히 힘들다. 도중에 타니구치와 만나 농담 따먹기를 안 한 것만으로도 감사해야지. 쨍쨍 내려쪼이는 태양은 착실하게 핵융합을 전개하고 있다. 조금 쉬면 어디가 덧나냐.

와주길 바랄 때 찾아오지 않았던 수마 녀석이 이제야 내 머리 위를 선회하고 있다. 1교시를 몇 분이나 들을 수 있을지 상당히 의문이다.

학교 건물이 보이기 시작한 순간, 나는 그만 그 자리에 멈춰서서 낡아빠진 4층 건물을 바라보았다. 땀범벅이 된 학생들이 소굴로 향하는 개미 행렬처럼 빨려 들어가는 현관도, 동아리 건물도, 복도도 예전 모습 그대로다.

나는 발을 질질 끌며 비틀비틀 계단을 올라가 그리웠던 1학년 5반 교실의 활짝 열린 문으로 세 걸음쯤 걸어간 위치에서 그대로 멈춰 섰다.

차가, 제일 뒷자리에 하루히는 이미 자리를 잡고 있었다. 뭐지, 저거? 턱을 괴고 바깥을 보고 있는 하루히의 뒤통수가 똑똑히 보인다.

뒤로 묶은 검은 머리가 마치 상투라도 튼 듯 삐죽 솟아 있다. 포니테일이라 하기엔 무리가 있어 보이는데. 그건 그냥 하나로 묶은 거잖아.

"여, 괜찮냐?"

난 책상에 가방을 내려놓았다.

"괜찮지 않아. 어제 악몽을 꿨거든."

하루히는 태연한 목소리로 대답했다. 그거 참 우연이네.

"덕분에 한숨도 못 잤어. 오늘만큼 학교를 쉬고 싶다고 생각한 날은 없었다고."

"그래."

딱딱한 의자에 털썩 앉으며 나는 하루히의 얼굴을 살폈다. 귀 위로 떨어진 머리카락이 옆 얼굴을 덮고 있어서 표정을 알아보기 힘들었다. 하지만 뭐 그다지 기분이 좋아 보이지는 않는구나. 적어도 얼굴만 볼 때는.

"하루히."

"왜?"

창 밖으로 시선을 고정시킨 채 움직이지 않는 하루히에게 나는 이렇게 말해주었다.

"잘 어울린다."

에필로그

그 후의 일에 대해 잠시 이야기를 할까 한다.

하루히는 그날 점심에는 머리를 풀고선 원래의 단정한 단발머리로 돌아왔다. 질린 거겠지. 다시 머리가 자랐을 때 간접적으로 권해볼까 생각 중이다.

코이즈미와는 화장실에 갔다 오는 쉬는 시간에 복도에서 마주쳤다.

"당신에겐 감사해야겠지요."

쓸데없이 상큼한 미소를 지으며 말했다.

"세계는 아무것도 변하지 않았고 스즈미야 씨도 여기에 있어요. 제 아르바이트도 한동안 끝날 기미가 안 보이는군요. 이거 참, 당신은 정말 잘해주었습니다. 비꼬는 거 아니에요. 뭐, 이 세계가 어젯밤에 만들어진 것이란 가능성도 부정할 수는 없지만요. 아무튼 당신과 스즈미야 씨와 다시 만나게 되어 영광입니다."

앞으로 오래 갈지도 모르겠네요, 이런 말을 하며 코이즈미는 내게 손을 흔들었다.

"이따 방과 후에 보죠."

점심시간에 가본 문예부 동아리방에선 나가토가 평소와 같은 모습으로 책을 읽고 있었다.

"너와 스즈미야 하루히는 2시간 30분 동안 이 세계에서 사라졌었어."

첫 마디가 이거다. 그리고 그게 다였다. 태연한 얼굴로 묵묵히 글자를 읽어나가는 나가토에게,

"빌려준 책 말야, 지금 읽고 있거든. 1주일 뒤면 돌려줄 수 있을 것 같은데."

"그래."

시선을 맞추지 않는 건 평소와 똑같다.

"가르쳐줘. 너 같은 녀석은 너말고도 얼마나 이 지구에 존재하는 거지?"

"많이."

"야, 또 아사쿠라 같은 거한테 습격을 당할 수도 있는 거냐?"

"걱정 마."

이 말을 할 때만은 나가토는 고개를 들고 나를 바라보았다.

"내가 그렇게 내버려두지 않을 거야."

도서관 이야기는 하지 않기로 했다.

방과 후 동아리방에 있던 아사히나 씨는 웬일인지 메이드복을 입지 않고 세일러복 차림을 하고 있다가 나를 보자마자 온몸을 던져왔다.

"다행이에요, 다시 만날 수 있어서…."

내 가슴에 고개를 묻고선 아사히나 선배는 울먹이며,

"이제 두 번 다시…(훌쩍), 여기에 도(훌쩍), 돌아오지 못하는 줄만, 알…."

등에 손을 두르려던 내 움직임을 느꼈는지 아사히나 선배는 양손을 내 가슴에 대고 밀쳤다.

"안 돼, 안 돼요. 이런 모습을 스즈미야 씨한테 들켰다간 또 같은 일이 되풀이될 거예요."

"그게 무슨 뜻인가요?"

눈물을 담은 커다란 눈동자가 가련한 정도를 넘어서고 있다. 인생을 다시 시작하고 싶은 심정이 들 만큼 이 솔직한 눈동자에 넘어가지 않을 남자는 없을 것이다.

"오늘은 메이드복 안 입어요?"

"빨았어요."

그때 생각났다. 나는 내 심장 위를 가리키며,

"그러고 보니 아사히나 선배, 가슴 여기쯤에 별 모양 점이 있네요."

손가락으로 눈가를 닦던 아사히나 선배는 눈앞에서 산탄총이 발사된 비둘기 같은 표정을 짓더니 몸을 빙글 돌려 옷자락을 펼쳐 가슴을 살피고는 재미있게도 점점 귀를 빨갛게 물들였다.

"어! 어떻게 그걸 아는 거죠! 나도 지금까지 별 모양인 줄은 몰랐는데! 어, 어, 어, 언제 본 거예요!"

목까지 빨개진 아사히나 선배는 어린아이처럼 양손으로 날 투닥투닥 때렸다.

더 미래의 당신이 가르쳐줬습니다, 이렇게 솔직하게 말하는 게 나으려나.

"너희들, 뭐 하는 거냐?"

입구에 선 하루히가 기가 막힌다는 듯 말했다. 움켜쥔 주먹을 정지시킨 아사히나 선배가 다시 창백해졌다. 하지만 하루히는 의붓딸이 독사과를 먹고 죽었다는 보고를 받은 계모처럼 기분 나쁜 웃음을 만면에 지으며 들고 있던 종이봉투를 내밀었다.

"미쿠루, 메이드복도 슬슬 질릴 때가 됐지? 자, 새 옷으로 갈아입을 시간이야."

고대 무술의 달인과 같은 움직임으로 순식간에 거리를 좁힌 하루히는 너무나도 쉽게 경직되어 있는 아사히나 선배를 잡고선,

"아, 꺄, 뭐, 그, 안."

비명을 지르는 아사히나 선배의 교복을 벗기려 들었다.

"가만히 있어. 저항해봤자 소용없어. 이번에는 간호원이다, 간호원. 요샌 간호사라고 했던가? 에잇, 몰라. 어차피 그게 그건데."

"문이라도 좀 닫아줘요!"

구경을 하고 싶은 마음은 굴뚝이었지만, 나는 인사를 하고 방을 나와선 문을 닫고 합장을 했다.

아사히나 선배에겐 미안하지만 문을 여는 순간이 정말 기대된다.

아아, 나가토라면 처음부터 끝까지 테이블에서 책을 읽고 있었어.

한동안 관심 밖이었던 SOS단 설립에 따른 서류 신청은 요전에 내가 겨우 그럭저럭 문서를 만들어 학생회에 제출했다. '세계를 오지게 들썩이게 만들기 위한 스즈미야 하루히의 단체'는 뇌물이라도 먹이지 않는 한 기각될 게 뻔하다고 생각했기 때문에 '학생회를 응

원하는 세계를 만들기 위한 봉사단체(동아리)'(약칭 SOS)라고 독단적으로 개명을 했고 활동 내용도 '학교 생활에서 일어날 수 있는 학생들의 고민 상담, 컨설팅 업무, 지역 봉사 활동에 적극 참가'라고 적었다. 말의 의미는 나도 잘 이해가 안 갔지만 보기 좋게 신청이 통과되면 고민 상담 모집 포스터라도 게시판에 붙여볼까 싶다. 우리들에게 상담을 한다고 뭐 해결될 일이라곤 하나도 없겠지만.

한편으로 하루히의 지휘하에 시내의 '신비 탐색 순찰'도 계속 되었는데, 오늘은 기념할 만한 그 두 번째 날이었다. 지난번처럼 모처럼의 휴일을 하루 종일 투자해 정처 없이 이리저리 돌아다니는 기획이었는데 대체 어떤 우연인지, 아사히나 선배와 나가토와 코이즈미가 약속시간 직전이 되어서야 못 가게 되었다. 절대로 빠질 수 없는 중요한 일이 생겼다는 말을 하는 바람에 나는 지금 역 개찰구에서 혼자 하루히를 기다리고 있었다.

세 명이 무슨 배려를 하려는 건지, 아니면 정말 급한 일이 생겼는지는 모르겠지만 다들 평범한 사람들은 아니니 또 우리들이 모르는 곳에서 묘한 사태가 벌어져 거기에 대응하느라 정신이 없나보다, 그런 생각도 들었다.

나는 손목시계에 시선을 던졌다. 집합 시간까지는 아직 30분이나 남았다. 내가 여기에 멍하니 서 있은 지 이미 30분이 지났고, 이 소리는 결국 난 약속 시간 1시간 전에 여기에 도착했다는 것이 된다. 이건 특별히 의욕을 주체 못 해서 그런 게 아니라 지각의 유무와 상관없이 마지막에 온 사람이 벌금을 낸다는 규칙이 SOS단에 존재하기 때문일 뿐이다. 아무래도 참가 인원은 단둘밖에 안 되니까.

시계에서 시선을 들자, 이내 멀리서 걸어오는 친숙한 사복 차림의 모습이 눈에 들어왔다. 30분 전에 왔는데 벌써 내가 기다리고 있을 거라고는 생각도 못 했는지 놀란 듯 멈춰 섰다가 분연히 걸음을 옮기기 시작했다. 눈썹을 찡그리는 원인이 저조한 참가율을 한탄해서인지, 내게 선수를 빼앗겨서인지는 알 수 없었다. 나중에 천천히 물어봐야지.

하루히가 쏘는 찻집에서.

그 기회를 빌려 나는 이런저런 이야기들을 물어볼 생각이다.

SOS단의 앞으로의 활동 방침, 아사히나 선배의 희망 코스튬 의상, 반에서는 나말고 다른 애들하고도 대화를 해라, 프로이트의 꿈해석을 어떻게 생각하느냐 등등.

하지만 결국.

처음에 이야기할 것은 이미 정해져 있다.

그렇다, 무엇보다 먼저—.

우주인과 미래에서 온 자와 초능력자에 대해 이야기해주려고 나는 생각하고 있다.

— 2권에 계속 —

작가 후기

뜬금없는 이야기지만, 한 사람의 인간이 평생 동안 쓸 수 있는 문장의 양은 그 사람이 태어난 순간에 이미 정해져 있지 않을까 하는 생각을 할 때가 있습니다. 미리 규정된 문장수가 있다면 쓰면 쓸수록 눈금이 줄어들게 되는 것이니, 그러면 많이 써서 없애버려야지 하는 생각이 드는데, 실제로 하루에 4백자 원고지로 환산해서 3백장 좀 써야지 하고 생각해도 결국 다 이룬 적이 없기 때문에 의외로 맞는 말일지도 모르겠어요. 하루에 20만 자나 되는 글자를 쓰려면 1초에 한 글자를 타이핑한다고 쳐도 약 33시간이 걸리기 때문에 그런 건 절대 불가능합니다만, 어딘가에선 성공하고 있는 사람이 있을지도 모르니 확증을 얻을 수는 없습니다.

불가능하다고 하면 이 전제에서 화제를 부풀리기도 뭐합니다만, 일단 옆으로 미뤄두고 다른 이야기로 옮겨가보자면요, 고양이는 좋은 생물입니다. 귀엽고 부드럽고 냐앙 하고 웁니다. 그래서 그게 어쨌는데 하고 생각하신다면 참 곤란한데요, 제 자신이 곤란한 거니 그 점은 변명할 여지고 뭐고 없이 그저 "그런 겁니다" 하고 생각해 주시기 바랍니다.

그런데 이 책은 황송하고도 고맙게도 스니커 대상을 수여하게 된 결과로 이 세상에 나오게 된 거라 생각합니다만, 수상 연락은 받았을 때 전 먼저 제 귀를 의심했고, 그 다음으로 지구가 자전하고 있다는 사실을 의심하기 시작했고, 마침내 "아무래도 정말인가보네"라는 생각을 하기에 이르렀으며, 괜시리 고양이를 휘둘러보기도 하다가 물리기도 하고, 손등에 남은 이빨 자국을 바라보며 만약 인간이 갖고 있는 운이 미리 정해져 있다면 이 시점에서 모든 행운을 다 써버린 게 틀림없다고 생각한 것까지는 기억하고 있는데, 아무래도 너무나도 큰 정신적 충격에 의해 부분적인 기억 상실증을 보이고 있으므로 저도 확실한 것은 이야기할 수 없습니다. 참 많은 일이 있었던 것 같기는 합니다.

그런 연유로 이 책이 나오기까지 작업행정과정 결정에 관여하신 모든 분들의 수고는 쓴 본인의 그것에 곱하기 2를 한 것보다 더 클 것이라 생각됩니다. 현재 제가 느끼고 있는 감사의 마음을 언어로 표현하려 해도 일본어에 그 감사 규모를 표현할 수 있는 어휘가 존재하지 않을 만큼 어마어마한 크기입니다. 특히 대상 선정위원분들께는 뭐라고 감사를 드려야 좋을지 몰라 새로운 형용사를 고안하고 있는 중입니다만, 아마 그런 자작 언어로 뭔가를 말한다 해도 의미불명으로 종료가 될 것이란 생각이 드네요. 아무튼 감사합니다. 감사합니다. 진심으로 그렇게 생각하고 있습니다.

지금 여기에 있는 저는 겨우 출발 지점에 서 있을 뿐, 출발 신호와 동시에 넘어질지도 모르고 골인 지점이 어딘지도, 어쩌면 급수 지점도 없는 길을 달려야 할지도 모르지만, 헤매면서도 나름대로 달려갈 수 있다면 참 좋겠다는 생각을 갖고 있습니다. 그렇게 남 일처럼 생각하고 있을 때가 아닙니다만.

마지막으로 이 책의 제조, 제작, 출판에 있어 직접적, 간접적, 유형, 무형으로 관련되었던 분들 모두와 읽어주신 분들 모두에게 무한한 감사를 바치며 이번엔 여기서 실례하도록 하겠습니다.

타니가와 나가루

해설

이 「스즈미야 하루히의 우울」은 제8회 스니커 대상의 '대상'을 수상한 작품입니다. 새로운 재능을 발굴하기 위해 마련된 스니커 대상은 설립 이래 수많은 작가를 발굴했습니다만, 최고의 상인 '대상'은 지금까지 두 명밖에 수상을 하지 못했습니다. 제2회의 요시다 스나오(대표작 「트리니티 블러드」), 제3회의 야스이 켄타로(대표작 「라그나로크」)입니다.

아시다시피 이 두 분 모두 인기 시리즈를 발표했고, 대상 수상이라는 커다란 간판에 걸맞은 활약을 하고 있습니다. 반대로 말하자면 대상을 수상하기 위해서는 이 두 분과 같은, 아니 그 이상의 실력이 있다고 인정을 받아야 하는 것이니 무척 힘이 들죠. 하지만 마침내 야스이 켄타로 이후로 5년 만에 대상을 수여하기에 걸맞은 재능과 작품이 등장했습니다. 그것이 바로 타니가와 나가루의 「스즈미야 하루히의 우울」입니다.

스니커 대상의 최종 선정회에선 매해 선정위원들의 뜨거운 격론이 펼쳐집니다. 선정위원 전원은 새로운 재능을 가진 사람을 한 명이라도 많이 세상에 내보내고 싶다는 마음으로 선정에 임하고 있습니다만 그렇다고 무작정 상을 줄 수도 없습니다. 잠시 선정회의 뒷이야기를 하자면, 먼저 선정위원 회의과정에서 그 작품의 장점과 단점을 철저하게 지적합니다. 그 이야기들을 바탕으로 매력적인 포인트가 있는지 어떤지가 수상의 커다란 경계선이 됩니다. 그리고 그 작품이 상을 수상했을 때 편집자는 거기에서 지적받은 단점을 해소하고 장점을 더욱 키우기 위해 작가와 작품을 제작하는 거지요.

이 「스즈미야 하루히의 우울」은 그 최종 선정 과정에서 선정위원 전원 만장일치로 대상으로 추천되었습니다. 스즈미야 하루히라는 엉뚱한 캐릭터를 축으로 한 소설로, 그 근간이 되는 아이디어의 요리법, 1인칭이라는 스타일로 끝까지 질리지 않게 이야기를 끌어가는 스토리의 운용성과 문장력, 캐릭터의 넘치는 매력 등 어느 구석을 봐도 대상에 걸맞다고, 그야말로 그 자리에 있었던 편집자도 깜짝 놀랄 만큼 너무나도 쉽게 대상으로 결정되었습니다.

「스즈미야 하루히의 우울」이란 어떤 내용일까요. 처음에는 스즈미야 하루히라는 미소녀가 엉뚱한 말과 행동으로 주위를 휘둘러대는 학원물입니다…고 생각했더니 중간에 밝혀지는 하루히 본인도 모르는 비밀의 대형 목욕탕이라니! 내용 누설이 될테니 그 대형 목욕탕에 대해 설명할 수는 없습니다만, 자기도 모르게 "맙소사!"라는 말이 나올 만한 전개가 이어짐에 따라 어느 사이엔가 이 놀라운 하루히 월드에 모든 이들이 납득을 하게 되는 것이 이 작품의 신비스러우면서 커다란 매력입니다. 현실이라는 것이 종이 한 장 차이로 순식간에 비일상이 되어버리는 신비함, 이상하다고 생각했던 사건들이 실상은 일반적이었다는 사실을 깨닫는 순간의 기묘한 감각에 꼭 빠져보시기 바랍니다.

등장하는 캐릭터들도 모두 강렬한 개성을 가진 녀석들뿐입니다. 제멋대로에 이기적이고 남의 의견은 듣지도 않는 최고의 주인공 스즈미야 하루히는 자신이 재미있다고 생각하면 그것을 현실과 타협하지 않고 철저하게 추구해가는, 좋게 말하면 왕 적극적이고 나쁘게 말하면 왕 민폐 소녀입니다. 그런 그녀에게 휘둘리게 되는 이 이야기의 화자 콘은 처음부터 끝까지 본명으로 불리지 못하는 불쌍한 취급을 당하는데다 SOS단의 설립과 그 후의 엄청난 소동에 휘말리게 되죠. 그래도 하루히와 사귀다니 이건 일종의 재능이라 할 수 있을 겁니다. 그리고 언제나 하루히에게 억지로 코스튬을 강요당하는 아사히나 미쿠루. 매번 싫다고 하면서도 사실 그녀는 코스튬을 좋아하고 있었던 게 아닐까요? 잡지 연재에서도 다양한 코스튬에 도전을 하고 있고 말입니다.

참, 이 문고 발매와 맞춰 잡지 「더 스니커」에서 단편 연재가 시작될 겁니다. 문고판 뒤의 이야기가 그려지게 될 이 단편에서도 하루히는 제멋대로 떠들고, 미쿠루는 코스튬을 하며 콘은 투덜대면서도 우왕좌왕하며 활약하고 있습니다.

이 「스즈미야 하루히의 우울」을 읽고 만약 마음에 드셨다면 꼭 친구에게도 이 책을 권해주시기 바랍니다. 그리고 「더 스니커」의 연재분도 꼭 읽어주세요. 한 명이라도 많은 사람들에게 이 소설이 읽히는 것, 그것이 작가와 편집부의 가장 큰 바람이랍니다.

스니커 문고 편집부

개정판 스즈미야 하루히의 우울

2022년 6월 8일 초판 1쇄 인쇄
2022년 6월 15일 초판 1쇄 발행

저자 · Nagaru Tanigawa
일러스트 · Noizi Ito
역자 · 이덕주
발행인 · 황민호
콘텐츠4사업본부장 · 박정훈
콘텐츠4사업본부장 · 김순란 강경양 한지은 김사라
마케팅 · 조안나 이유진 이나경
국제업무 · 이주은 김준혜
제작 · 심상운 최택순 성시원
한국판 디자인 · 디자인 우리
발행처 · 대원씨아이(주)

서울 특별시 용산구 한강로3가 40-456
편집부 : 02-2071-2104 FAX : 02-794-2105
영업부 : 02-2071-2061 FAX : 02-794-7771
1992년 5월 11일 등록 3-563호

http://www.dwci.co.kr/

원제 SUZUMIYA HARUHI NO YUUTSU
© Nagaru Tanigawa, Noizi Ito 2003
First published in Japan in 2003 by KADOKAWA CORPORATION, Tokyo.
Korean translation rights arranged with KADOKAWA CORPORATION, Tokyo.